灿烂与孤独

德 语 经 典 小 说

歌德等 著
黄敬甫 李柳明 林立新 译

南方出版传媒 花城出版社
中国·广州

图书在版编目（CIP）数据

灿烂与孤独：德语经典小说／（德）歌德等著；黄敬甫，李柳明，林立新译. -- 广州：花城出版社，2021.1
　ISBN 978-7-5360-9275-4

Ⅰ. ①灿… Ⅱ. ①歌… ②黄… ③李… ④林… Ⅲ. ①中篇小说－小说集－世界②短篇小说－小说集－世界 Ⅳ. ①I14

中国版本图书馆CIP数据核字（2020）第245879号

出 版 人：肖延兵
策划编辑：张　懿
责任编辑：林　菁
技术编辑：凌春梅
封面设计：DarkSlayer

书　　名	灿烂与孤独：德语经典小说
	CANLAN YU GUDU: DEYU JINGDIAN XIAOSHUO
出版发行	花城出版社
	（广州市环市东路水荫路11号）
经　　销	全国新华书店
印　　刷	佛山市迎高彩印有限公司
	（佛山市顺德区陈村镇广隆工业区兴业七路9号）
开　　本	880 毫米×1230 毫米　32 开
印　　张	10　1插页
字　　数	210,000 字
版　　次	2021 年 1 月第 1 版　2021 年 1 月第 1 次印刷
定　　价	49.80 元

如发现印装质量问题，请直接与印刷厂联系调换。
购书热线：020 - 37604658　37602954
花城出版社网站：http://www.fcph.com.cn

译 序

本书选自德语文学中歌德、席勒和海涅等13位德语大师的13篇佳作。

在德语文学史上，中短篇小说占有重要地位。它在十八世纪奠定基础，到十九世纪日益蓬勃发展。在很长一段时间里，可谓名家辈出，佳作如林，不仅对德国文学，而且也对世界文学产生了重要影响。德语文学中的中短篇小说结构严谨，思想深邃，题材多样，故事情节引人入胜，具有很强的可读性，可使读者提高思辨能力，获得美好的艺术享受。

1789年法国爆发大革命，欧洲处于历史大变动时期，德国的阶级状况也处在大变动时期，历史的变动也反映在这一时期的德国文学上。德国文学进入了古典文学时期。这一时期的代表人物，即歌德和席勒。

歌德是德国历史上最伟大的诗人，也是世界文学史上最杰出的作家之一。歌德一生创作浩繁，他的各种诗歌、小说和戏剧等，共计有140多卷。他的长篇小说《威廉·迈斯特的学习时代》、叙事诗《赫尔曼与窦绿苔》、诗剧《浮士德》等，奠定了德国文学在世界文学中的地位。歌德一生的文学活动，不仅具有德国影响，而且有着世界影响。他把德国的民族文学提高到世界水平。他同荷马、但丁和莎士比亚，并列成为欧洲四大文化名人。

席勒是具有世界影响的德国剧作家。席勒的主要剧本《唐·卡洛斯》《华伦斯坦》《奥尔良的姑娘》《威廉·退尔》和美学论著《论素朴诗与感伤诗》等都是蜚声世界的杰作。席勒的抒情诗《欢乐颂》后来被贝多芬用作第九交响乐的合唱歌词。他和歌德的合作把德国的民族文学提高到世界水平。席勒和莎士比亚是德国剧院最受欢迎的古典戏剧家。抗日战争时，席勒的《威廉·退尔》曾在我国演出，鼓舞了我国人民的抗日斗争。新中国成立后，他的《阴谋与爱情》也在我国上演，深受观众的欢迎。

法国大革命以及随后的拿破仑战争震动了德国社会。拿破仑把战争强加到德国人民头上，激起了德国人民的爱国热情，爆发了德国民族解放战争。时代的动荡引起作家创作的热情。十八世纪末到十九世纪初德国小说迎来新的高峰。浪漫派作家创作了不少优秀的作品，这里主要介绍两位作家，克莱斯特和海涅。

克莱斯特是德国中短篇小说的创始人，被认为在德国文学史上的地位仅次于歌德和席勒。他创作生涯不过短短十年，但却留下丰富的文学遗产。他一生创作了8部剧本。讽刺戏剧《破瓮记》是克莱斯特的代表作，被誉为德国最佳喜剧之一。剧情紧张活泼，妙趣横生，讽刺辛辣，幽默含蓄。他的小说也十分精彩，富有戏剧效果，故事耐人寻味，富有哲理性。著名中篇《马贩子科尔哈斯》,著名短篇《智利地震》,都是德国中短篇小说的杰作之一。

海涅是歌德之后享有世界声誉的德国诗人,是十九世纪德国最杰出的革命民主主义诗人。海涅的创作经历了欧洲从浪漫主义到批判现实主义的发展过程。他早期的创作受到当时德国浪漫主义的影响,后来在他的诗中批判现实的成分越来越多,后期的海涅已经是一名优秀的民主主义诗人。海涅创作的诗篇《诗歌集》《德国,一个冬天的童话》和《西里西亚纺织工人》等远扬世界诗坛。他的诗受到马克思和恩格斯的推崇。许多作曲家为《诗歌集》中的诗篇谱曲,如,舒曼、舒伯特、柴可夫斯基和李斯特等。这些诗篇奠定了海涅在世界文学史上的重要地位。除了诗歌,海涅还创作了许多杰出的散文和小说。

1848年爆发德国革命之后,德国资本主义迅速发展,资产阶级在政治、经济上的力量也大大增长。这也反映在德国文学上,这一时期出现了许多重要的作家,这里介绍两位作家,施托姆和海泽。

施托姆是世界著名的中短篇小说家。他一生共创作58篇中短篇小说。他第一部中篇《茵梦湖》,也是他的成名作,五四时代就译成汉语。由于小说的主题是反对封建包办婚姻,提倡恋爱婚姻自由,因此五四时代就受到当时中国青年的欢迎。《茵梦湖》使施托姆一举成名,奠定了他小说家的地位。同时他也是一位著名的抒情诗人,他的抒情诗在德国文学史上可以列入最优秀的抒情诗歌的行列。他的诗从内容上看,主要写他的北德家乡的自然景色,此外就是写爱情。他也写了一些歌颂自由,保卫家国的爱国诗篇。施托姆早年搜集民歌,因此他的诗很受民歌影响,形式朴素,富于音乐性。

随着资产阶级革命的失败,不少作家消极悲观,热衷于描写田园风光和生活琐事,人称"消遣文学",代表作家有海泽等。1910年海泽获得诺贝尔文学奖。他是个多产作家,一生共创作小说、剧本和诗作一百六十多部。海泽的作品避免写社会矛盾和生活阴暗面,而追求异国情调和形式美。这迎合了1848年革命失败后软弱的德国资产阶级的欣赏趣味。他虽创作甚丰,但大多数已为人遗忘。

从十九世纪末到1945年,德国各派政治力量激烈较量,文学上便产生了复杂文学现象和文学流派。这一时期涌现出大批优秀的作家,如豪普特曼、施尼茨勒、黑塞、卡夫卡、茨威格、特拉文和布莱希特等。

豪普特曼是德国著名的剧作家,是德国自然主义的代表作家,他一生创作了40多部剧本。他的剧本《日出之前》,是德国文学史上第一部自然主义戏剧,被誉为德国自然主义戏剧的范本。继《日出之前》后,他又创作了一系列成功的作品,如《织工》《獭皮》和《沉钟》等。由于这些作品影响巨大,1912年豪普特曼获得了诺贝尔文学奖,使他成为具有世界声誉的剧作家。他的剧本《织工》《獭皮》和《沉钟》,在五四运动后被介绍到中国,对中国话剧艺术的发展产生一定的影响。

施尼茨勒是奥地利剧作家、小说家,是奥地利印象主义最主要的作家。施尼茨勒的父亲是著名的医生，施尼茨勒自己也是医生，后来弃医从文。他与著名的精神病医生和心理学家弗洛伊德交往甚密，弗洛伊德的心理分析学对施尼茨勒的文学创作有决定性的影响，可以说，施尼茨勒用文学形式表现了弗洛伊德的学说。施尼茨勒既写中短篇小说，也写剧本。他对环境、人物心理和事物给人的瞬间印象均有极为深刻的观察，并能细致表达，所以文学史家把他归入印象主义作家之列。

黑塞是二十世纪德语文学中杰出的作家，有着明显的批判现实主义倾向。他的主要作品是长篇小说。1904年出版的长篇小说《彼得·卡门青德》是黑塞的成名之作。它奠定了黑塞作为作家的声誉。小说表现了作者对帝国主义时代彷徨求索的青年的关怀和同情。1904年黑塞创作了《在轮下》，对现实的批判有所加强，对社会的批判也比较具体了。黑塞晚年的作品，如《玻璃球游戏》，在批判现实的同时，也表达了他对未来的理想。1946年黑塞获得诺贝尔文学奖。他的作品在世界各国产生了积极的影响，已出版了40多种外文译本。

卡夫卡是奥地利小说家，是享誉世界的欧美现代派文学奠基人，是二十世纪最优秀的作家之一。卡夫卡一生著作甚丰，长篇小说有《美国》《城堡》和《审判》，著名的中短篇有《变形记》《判决》和《乡村医生》等。卡夫卡作品的故事情节总是虚构的，通常用怪诞的比喻，象征性的寓意来表达他对现实的认识。卡夫卡的作品以独特的方式，揭露批判封建专制的官僚体制和资本主义制度的罪恶。

茨威格是奥地利著名的作家。他不仅是中短篇小说的杰出大师,也是传记文学的出色典范。茨威格的作品语言优美,情节曲折,引人入胜,结构巧妙,因此使他在全世界赢得广泛的读者。他在文学上的成就首先是传记文学。他一直是从心理的角度再现人物的性格和他们的生活遭遇。其中著名的有《三大师》《巴尔扎克》《玛利亚·斯图亚特》和《玛丽·安东内特》等。他的中短篇小说深受弗洛伊德学说的影响,善于通过心理描写揭示人物的内心世界。著名中篇小说有《一个陌生女人的来信》《象棋的故事》等。他一生勤奋写作,他的作品被译成50多种文字,销行量达几百万册。

特拉文,德国小说家,是二十世纪世界文坛上富有成就的作家之一。1916年发表第一部反战作品《致S小姐》,随后发表了许多反对军国主义和帝国主义的文章。1919年被捕,判处死刑。后逃出监狱,经荷兰、英国,前往墨西哥,从事海员工作。后来隐姓埋名,从事文学创作。他主要作品有《被绞死者造反》《热带丛林的将军》和《死人船》等。他在文坛上辛勤耕耘了五十多个春秋,出版的全集达十八卷之多。他的作品具有较高的思想性和艺术性,多取材于亲身经历,具有强烈的感染力。他的作品对压迫人民的反抗斗争起到了相当大的作用,因此纳粹统治时期他的著作全被禁止出版。

布莱希特是二十世纪最富独创性的戏剧理论家和剧作家之一。1933年希特勒夺取政权后,他被迫流亡异国他乡,先流亡到丹麦，后到瑞典、芬兰、苏联和美国。1948 年他返回民主德国。他的代表作及主要戏剧论著几乎都写成于这一时期，如，《大胆妈妈和她的孩子们》《四川好人》《高加索灰阑记》《第三帝国的恐惧与灾难》和《伽利略传》等。

布莱希特的戏剧理论具有世界影响。主要论著有《戏剧小工具篇》《娱乐剧还是教育剧？》和《论实验戏剧》等。他强调作品的政治倾向性和教育性，也要注重艺术性。他认为，戏剧必须起到教育作用，更应起到改造世界的作用。

布莱希特的作品风行于全世界，许多国家都在上演他的戏，讨论他的理论。《大胆妈妈和她的孩子们》及《伽利略传》曾在上海和北京上演，深受好评。

黄敬甫
2020 年 10 月 1 日
于中山大学康乐园

目 录
CONTENTS

[德] 歌德　　　　　商人、美人和律师 / 1
[德] 席勒　　　　　罪犯 / 19
[德] 克莱斯特　　　智利地震 / 41
[德] 海涅　　　　　舞女 / 59
[德] 施托姆　　　　茵梦湖 / 89
[德] 海泽　　　　　倔强的姑娘 / 125
[奥] 施尼茨勒　　　出轨 / 149
[德] 豪普特曼　　　悲剧的诞生 / 171
[德] 黑塞　　　　　初恋 / 205
[奥] 茨威格　　　　一个陌生女人的来信 / 213
[奥] 卡夫卡　　　　判决 / 263
[德] 特拉文　　　　签证 / 277
[德] 布莱希特　　　奥格斯堡灰阑记 / 291

歌　德　（1749—1832）

德国大诗人、剧作家和小说家。其诗剧《浮士德》以及优秀的长篇小说和柔情诗，丰富了德国和世界文学的宝库。成名小说《少年维特之烦恼》甫一问世，即风靡德国乃至整个西欧，连拿破仑远征时也带着它。

商人、美人和律师

从前，有一位商人住在意大利的一座海滨城市里。他从青年时代起就很勤奋，而且很聪明。他还是个优秀的航海家，经常自己乘船到亚历山大港去购买和换取各种珍贵的货物，然后运到家乡或者北欧各地去销售，因此发了大财。他在忙碌的生意中得到了极大的乐趣，根本没有时间去进行那些奢侈的消遣，这样他的财富就一年年地增多。

一直到了五十岁，他都是这样勤勤恳恳地干活。他对安宁的市民们用以调节自己生活的各种娱乐不甚了解。他的女同胞们各方面都很出色，但女色很少能引起他的注意，只是他倒十分了解她们追求首饰和珠宝的欲望，而且善于抓住时机加以利用。

因此，他也没有想到，自己的心境后来会发生变化。有一天，他的船满载着货物驶进家乡的港口，当时年轻人正好在过狂欢节。做完礼拜后，小伙子和姑娘们穿上各式各样的服装，把自己打扮一番，去参加节日游行，或者三五成群地到街上玩耍，然后都到郊外的一个广场上进行各种娱乐活动，表演杂耍和特技。大家都认真地进行比赛，争取获得小小的奖品。

起初，我们的航海家还十分愉快地在观看。他看到青年们的生活充满乐趣，父母亲也因此兴高采烈；他发现许多人在享受眼前的快乐，心里满怀着美好的希望。他久久地看着，不禁想起自己孤独的处境。回家后，空空的房子第一次使他感到恐惧，于是他便埋怨起自己来了。

"啊，我这个不幸的人！为什么我这么迟才睁开眼睛呢？为什么我到了这把年纪才看到财富不能使人幸福呢？多少忙碌！多少风险！而那些财富又给我带来什么呢？虽然我的房子里堆满货物，箱子里充满金银，柜子里装满首饰珠宝，但是这些财富并不能使我心情愉快。我把它们积累得越多，它们似乎就越盼望有更多的同伴，一颗宝石盼望着另一颗宝石，一枚金币盼望着另一枚金币。它们不认我是主人，它们粗暴地对我叫喊：'去吧，赶快去吧！为我们弄回更多的同伴吧！'黄金只喜爱黄金，宝石只喜爱宝石！它们就这样支配我全部的时间。至今我才发觉，从这一切中我没得到任何享受。遗憾的是，我现在上了年纪才开始思考。"他对自己说，"你没有享受这些财富，你去世后也没有人享受它们！你可曾用它们打扮过心爱的妻子？你可曾用它们给女儿做嫁妆？你可曾用它们给儿子去赢得并巩固一位好姑娘的爱情？从来也没有！你和你的家人从来没有真正占有过你的这些财富。你辛苦积聚起来的财富，等你一死，别人就可任意挥霍。"

"今晚，那些幸福的父母亲们与我的景况多么不同啊！他们让儿女坐在桌旁，称赞他们的机灵，鼓励他们去创业。他们的眼睛将发出喜悦的光芒，目前的生活将给他们带来希望！但是，难道你就毫无希望吗？难道你是一个年迈的人吗？现在，事情还没有到无可挽回的地步呢，认识到失误，不是还为时未晚吗？不，像你这种年龄，考虑结婚也不算愚蠢，凭你的财富，你可以娶一个诚实正派的妻子，并且使她得到幸福，然后再生育几个子女，这样，晚熟的果实就会给你带来巨大的快乐，不像那些太早由上帝赠赐的孩子那样，常常带来负担和纷乱。"

他自言自语一番，便下定了决心，叫来两名船上的伙计，对他们说了自己的想法。他们已习惯于绝对听从命令，这次也不例外，于是急忙在城里寻找最年轻、最漂亮的姑娘。因为大老板渴求这种货物，就该让他得到最好的。

跟派出去的两个伙计一样，商人自己也不清闲。他到处打听、察看。很快，他就找到了一位意中人，她现时是全城最漂亮的姑娘，大约十六岁，文静而有教养，身材优美，性情温柔。

通过短短的几次交谈，美人相信，嫁给这个商人，不管他是活着还是死了，对她都非常有利。于是就大摆场面，喜气洋洋地举办了婚礼。从这一天起，我们的商人才第一次感到，他确确实实地占有并享受了自己的财富。现在他非常高兴地用华丽的衣料去打扮妻子那漂亮的身躯。宝石在她的胸前和发间闪闪发光，那光辉与曾经放在匣子里时完全不同，戒指戴在她的手上就具有更高的价值。

这样，他不仅感到自己是富有的，而且比以前更加富有了，因为他的财富有人分享，且使用之后仿佛在增值。差不多有一年之久，夫妻俩都过着称心如意的生活，商人似乎改变了往常的习惯，不再为生意奔波忙碌，而沉湎于温馨的家庭生活中。但是，一个人的旧习惯不易改变。我们曾经坚持过的方向，有时也许会偏离，但是不可能永远完全中断。

我们的商人看到别人乘船出海，或者高高兴兴地返回港口时，往日的激情又涌上心头。在家里，在妻子身旁，他有时会感到烦躁不安。随着时光的流逝，这种心情愈来愈强烈，后来发展成一种渴望，使他深感不幸，终于病倒了。

"现在你该怎么办？"他自言自语地说，"现在你总该明白，一个人到了晚年还去追求新的生活方式，而抛弃原有的生活方式，这是多么愚蠢啊！我们怎么可以把自己一向从事和追求的事业，从脑海里以及从身上驱赶出去呢？从前我爱我的事业如鱼爱水，如鸟爱林；如今，我把自己关在装满金银珠宝的楼房里，锁在年轻而漂亮的女子身旁，其结果又会怎样呢？我本来希望，把自己关在家里可以得到满足，可以享受财富。现在我觉得，我反而失去了一切，因为我没有再创造财富。那些试图通过不断的工作来积聚财富的人被当成傻瓜，这是不合理的。一个人能够从不断地追求中感受到快乐，那么对于他来说，工作就是幸福，而得到的财富却没有什么意义。由于不工作，我变得萎靡不振；由于少活动，我病倒了。倘若不拿定主意，改弦易辙，死神也就行将来临啦。

"当然，要离开年轻而令人喜爱的妻子，是一桩冒险的事。我娶了个美丽而动人的姑娘，很快又将她弃置不顾，听任她受孤独、伤感和思念之苦，这难道公平吗？况且，那些花花公子不是已经在我窗外徘徊了吗？他们不是已经在教堂里和公园里试图吸引我妻子的注意力了吗？要是我走了，家里会发生什么事呢？难道我能相信，会有什么奇迹能解救我的妻子？不，像她这样的年华，这样的体质，你希望她能放弃爱情的欢乐，这是愚蠢的想法。你要是走了，等你回来时，你就失去了你妻子的爱情和忠诚，同时也失去了家庭的荣誉。"

一段时间以来，苦思冥想、重重疑虑折磨着他，使他的健康状况严重恶化。他的妻子、亲戚和朋友都为他感到忧伤，但都找不出他的病因。最终还是他自己拿出主意，经过一番思索后他喊道："你真傻！你为了守住妻子而自寻烦恼。你这疾病要是再拖下去，很快就没命，你死后，还是要把她留给别人。只要你能活下去，就是冒险让她失去女性身上最珍贵的东西，不也是更明智，更好吗？有些男人虽然待在家里，但也无法阻止失去这一珍宝，而且失去之后，他也无可奈何。你怎么没有勇气放弃这一珍宝呢？你的生命取决于这一决定。"

他说完这些话，就振作起来，让人把船上的伙计找来。他吩咐他们，按照惯常的方法把货装上船，并做好一切准备，等顺风时就离港出海。然后，他就向妻子作了以下说明：

"当你看到家中有人来往，推断出我准备出远门时，你不要感到惊讶！当我向你承认，我又要出海时，你不要悲伤！我对你的爱始终如一，永远不变。我感到，至今在你的身旁享受到的幸福是多么的可贵。但是如果我能不因无所事事、得过且过而自责，那么我就会觉得这种幸福价更高。我往日的爱好又已萌发，过去的习惯又在吸引我。让我再去看看亚历山大城的市场吧。如今我会以极大的热情去逛市场，因为我想在那里为你购买最华丽的衣料和最珍贵的珍宝。我把全部财产都交给你,你可以随意享用,可以和你的父母、亲戚过着欢乐的生活!离别只是短暂的,重逢时我们将更加快乐。"

可爱的妻子流着眼泪温柔地责备他,要他相信,在他不在家的日子里,她一点儿也不会快乐;她知道无法阻拦他,也不想限制他,只是请求他,在分开的日子里能时时想念着她。

接着,他向妻子交代了一些生意和家务上的事情,然后停顿了一下说:"我还有点儿心事,你让我坦率地说出来吧。我只是真诚地希望你不要误会我说的话,希望你能从这一忧虑中理解到我对你的爱。"

"我知道你有什么心事,"美人说,"你是担心我,你跟其他男人一样,认为我们女人永远都是脆弱的。你看我年轻,活泼,就以为你不在家时我会变得放荡不羁,易受诱惑。我不怪你有这种想法,你们男人都是这样。但是,我了解自己,我可以向你保证,没有什么东西能轻易地给我留下深刻的印象,没有什么印象能使我背离至今坚持的爱情和责任的方向。别担忧,你回来时会发现你的妻子还是那么温柔,那么忠诚,就像你临时外出,傍晚又回到我的怀抱里时一样。"

"我相信你说的,"丈夫说,"希望你能坚持下去。但是,让我们想想最坏的情况吧;我们为什么不能预见一下未来的事呢?你知道,你的身材多么美丽,多么迷人,多么吸引我们城里年轻人的目光。他们会趁我不在家时不断地来纠缠你,想方设法接近你,讨你喜欢。你丈夫的肖像,不能像我现在待在家里那样,永远把他们从你的门前和心上赶走。你是个品德高尚、行为端正的女子。但是人的天性要求也是合理而强烈的，它们总是不断地与我们的理性做斗争，而且通常都赢得了胜利。请不要打断我。当我不在家时，尽管你按本分也会想念我，但是女人想吸引男人和也被男人吸引的欲望，你还是会有的。在一段时间里，我将是你渴念的对象。但是谁知道以后会发生什么情况，出现什么机遇，会使另一个男人实际上得到你意欲给我的东西呢。不要不耐烦，请你听我说完吧！

"可能出现这样的情况：你没有一个男人陪伴就无法生活下去，就会缺少爱情的欢乐。当然，你否认这种可能，我也不希望这种假设很快变成事实。但是，如果出现了这种情况，那么，我只好请你答应我，不要选择轻浮的少年来代替我。这种人表面上彬彬有礼，其实对一个女子的名誉比对她的贞洁更危险。他们追求女子与其说出于情欲，倒不如说是出于虚荣，这样势必追到一个就抛弃另一个。如果你以后想找个朋友，就得找一个称得上是谦虚、缄默的人，以便保守秘密，使爱情更快乐。"

这时，漂亮的妻子无法掩饰自己的痛苦，眼泪止不住地涌流出来。"不管你对我有什么想法，"她热烈地拥抱了丈夫之后大声地说，"你在一定程度上认为我不可避免地要犯那种罪行，但是我绝对可以避免。要是我什么时候冒出这样的念头，大地就会裂开把我吞噬，我就会失去一切希望，无法继续过我们幸福美满的生活！消除你心中的疑虑吧，让我满怀纯洁的希望，等待你不久又回到我的怀抱里。"

商人对妻子进行百般安慰之后，第二天就上船了。途中一帆风顺，他很快就到达了亚历山大港。

这期间，商人的妻子掌管着大量的财富，过着愉快而舒适的生活。但是，她深藏大院，平时除了父母和亲戚不见任何人。她丈夫的生意由一班忠实的伙计打理。她住在一幢大房子里，每天在豪华的房间里愉快地想念她的丈夫。

虽然她甘于寂寞，很少出门，但是城里那帮年轻人却不罢休。他们不放过任何机会，经常在她的窗前走过，晚上时而弹奏，时而唱歌，试图吸引她的注意力。开始时，孤单的美人觉得这种行为实在令人厌烦。但是不久，她就渐渐地习惯了。在漫漫的长夜里，听听这些小夜曲也是一种消遣，不用问是谁在弹唱。有时，听着听着她就想起远方的亲人，不由得发出几声叹气。

她本来指望，这些素昧平生的爱慕者会逐渐地感到厌倦。然而，他们的干劲似乎越来越大，好像要一直坚持下去似的。现在她能辨别反复传来的不同乐器声和不同的嗓音，能区分不同的曲调。过不久，她已压抑不住好奇心，想知道那些陌生的爱慕者到底是谁，特别是坚持不懈的又是哪些人。为了消遣，她这样做也未尝不可。

从此以后，她开始偶尔透过窗帘和半掩着的百叶窗往街上看，注意来往的行人，从中找出紧盯着她窗户的男人来。他们大多是年轻人，外表俊秀，衣着漂亮，但是他们的神情举动流露出轻佻和虚荣。看样子，他们与其说是要表明自己爱慕美人，倒不如说是要通过注视她的住宅，使自己引人注目。

"的确，我的丈夫真有预见！"她有时开玩笑地自言自语地说，"他给我定下了选情人的条件，按照这些条件他就把所有那些追求我的人和我可能喜欢的人都关在门外了。他也许知道，明智、谦虚和沉默是安详的老年人的特性，虽然我们在理性上高度评价这些特性，但是它们绝对无法激发我们的幻想和热情。那些在我屋子周围献殷勤的年轻人，于我毫无危险，因为我不信任他们。而那些值得我信任的人，我又觉得他们一点儿也不可爱。"

有了这种安全感，她就随意让自己沉浸于欣赏小夜曲，观看来往的年轻人。她没有发觉，心中已渐渐地产生了一种焦躁的欲望，等到她打算抵制时已经太晚。孤独、无聊、舒适和优裕的生活，势必产生难以抑制的欲望。这个善良的女子想象不到这种欲望来得如此之快。

如今，在她丈夫的许多优点中，她开始赞赏他通达人情世故，特别钦佩他洞察女子的内心世界，同时也对此暗暗叹息。"看来我强烈否认他说的那种情况，是很可能发生的。"她自言自语地说，"因此，他劝我出现这种情况时要小心，要机智，这也是必要的。但是，小心机智又有何用！在这里无情的偶尔似乎就玩弄一种模糊的欲望。我如何选择我不认识的人呢？而在我的熟人中，哪里还有可选择的呢？"

美人思虑万千，本来不好的心情就愈发恶劣。她再也无法为自己消闲解闷，任何愉快的事情都会激起她的情感，使她在十分寂寞中想象着快乐的情景。

有一次，她带着这样的心情，听亲戚们讲城里的新闻。他们说，有个年轻的法学家在波比亚[①]学成后回到故乡。大家对他赞美不已，说他学识渊博，机智敏捷，少年老成，仪表堂堂，谦

---

① 意大利城名。——译者注

虚谨慎。他作为律师，很快得到市民的信赖和法官的尊重。他每天去市政厅，处理事务，履行职责。

美人听到人家叙述一个如此完美的男子，就想跟他认识一下，并且暗中希望，即使根据丈夫规定的条件，她也可以钟情于这个青年。后来她听说，他每天都经过她的家门，于是她就特别留意起来。她仔细地观察着，了解到市政厅平时开会的时间。她终于看见他走过来了，内心里有点儿激动。如果说他漂亮的身材和他的青春活力对她有很大的魅力的话，那么，从另一方面来看，他的谦虚却又使她感到忧虑。

她暗中观察了他好几天，后来忍不住想吸引他注意自己。她精心打扮一番，然后走到阳台上。当她看见他向街上走来时，心就怦怦地跳动。他像往常一样走自己的路，步伐悠闲，眼帘低垂，若有所思，根本就没有发觉到她，这使她感到伤心和羞愧。

她一连几天用同样的方式想吸引他注意，但是都没有成功。他走路总是迈着相同的步子，低着头，从不东张西望。她越是注视他，就越觉得他正是自己所喜欢的人。这样她对这个青年的爱慕就日益强烈起来，并且无法抗拒，最后到了十分严重的地步。"怎么办？"她问自己，"你那么高尚无私，善解人意的丈夫已经预见到，在他离家时你将面临的处境。他说，你要是没有朋友和情人将无法生活下去，现在他的预言应验了。但是，命运又为你指点一个青年，这个人完全合乎你的心意，也合乎你丈夫的心意。你可以在不泄露秘密的情况下与他共享爱情的欢乐，现在你何必自寻烦恼，自我折磨呢？谁错失良机，那才是傻瓜！谁要抗拒爱情的力量，那才是傻瓜！"

美人试图用各种类似的想法来增强自己的决心。不过，她没有犹豫多久。终于——正如我们遇到的情况那样，我们长期抑制的激情，最后突然爆发出来，心胸就会豁然开朗，就会用藐视的眼光把诸如忧虑、恐惧、矜持、羞愧、礼节和职责等看成小小的障碍——她断然做出决定，派出一名侍女去找她所喜爱的人，不管付出多大的代价，也要得到他。

侍女匆匆地走了。当她找到他时，他正和许多朋友坐在宴会席上。于是，她赶紧按主妇事先教她的那样向他致以问候。青年律师对此并不感到惊讶。他小时候就认识这个商人，知道他眼下不在家，也听说过他已经结婚的事。因此他猜想，由于丈夫外出，留在家里的妻子会有什么重要的法律上的事务要他帮忙。于是，他就很客气地答应了侍女，说散席后就会去拜访她的主妇，保证不会拖延。美人听说很快就能见到意中人，并且和他交谈，感到无比高兴。她赶紧穿上最华丽的衣裙，让人赶快把里外擦得干干净净。路上还撒了橙子叶和花瓣，沙发上铺了最珍贵的毛毯。他来到之前的短暂时间，就在匆忙中过去了，要不然，这段时间她还真难熬呢。

他终于来了，她十分激动地迎了上去。她迷惘地坐到睡椅上，让他坐在身边的矮凳上。她渴望见到的人，如今就在身旁，她反而说不出话来。她先前没有想过，要对他说些什么。他文静地坐在她的面前，态度很谦虚。终于，她鼓起勇气，惴惴不安地说："先生，您回故乡还不久吧？但是大家都知道您很有才华，而且是个可信赖的人。我对您也很信任，准备告诉您一件重要而特别的事。不过，如果认真想一想，这件事倒是应该向神父忏悔，而不应该对律师说。一年前，我嫁给一个高贵而富有的丈夫。在我们共同生活的日子里，他对我关怀备至，假如不是强烈希望出海经商，前些日子丢下我出远门去了的话，我对他可说毫无怨言。

"我的丈夫是个明理的人，有正义感，也觉得自己出远门去对不起我。他明白，不能把一个年轻的女子像珍珠宝石一样收藏起来，他知道，确切地说，她像一座结满果实的果园，要是他固执地把园门关闭几年，那么，任何人，包括园主都得不到园里的果实。因此他启程前认真地劝说我，要我相信，我没有男友将无法生活下去。所以，他不仅允许我，而且还催我答应，将来在我心里喜欢上一个人时，可尽情地去追求他。"

她停顿了片刻，但是年轻人那默许的目光给了她足够的勇气，使她马上又继续说下去。

"我丈夫对自己如此宽容的许诺，只提出一个条件。他建议我要特别小心谨慎，并明确地希望我找一个庄重、可靠、机智和缄默的男朋友。先生，您就不要让我再说下去了吧。不要让我迷惘地向您承认，我对您多么倾心，从我这一番肺腑之言中，您可猜出我对您的希望和请求吧。"

可爱的年轻人沉默了一会儿，然后深思熟虑地说："您对我这样信赖，这样敬重，使我深感荣幸！我只是恳切地请您相信，您找到了一个合适的人。首先，让我以法学家的身份回答您的问题。作为法学家，我坦率地说，我赞赏您的丈夫，他清楚地感觉到并且承认自己做得不对。毫无疑问，一个人抛下年轻的妻子，自己到远方去，这种人就像一个完全抛弃自己的财物，因此也就放弃了所有权的人一样。丢到野外的东西，允许别人捡回去。处于这种情况的一位年轻的妻子，爱上一个人，并且不假思索地把自己托付给一个她觉得诚实可爱的人，我认为那是合情合理的。

"而且，眼前的情况是，丈夫意识到自己不对，明确允许妻子去做他无法禁止的事，这样就更加没有问题了，因为他已表示心甘情愿，所以对他也没有什么不公平。"

"现在，"年轻人握着美人的手，流露出意味深长的目光，十分兴奋地继续说，"要是您把我选作您的仆人，使我感受到从来没有过的幸福。请您相信，"他吻着她的手，大声地说，"您找到了一个顺从、温存、忠实和缄默的仆人。"

美人听了这样的表白之后，就完全放心了。她不再有所顾忌，对他表现出最热烈的温柔。她握住他的手，依傍着他，把头靠在他的肩上。他们这样待了不久，年轻人就温柔地想从她身旁挪开，并且忧郁地开始说："哪一个人会有我这样奇特的境遇呢？本来我将沉浸在最甜蜜的感情中，而现在我不得不强迫自己离开您。眼下，我无法享受在您怀抱中可得到的幸福。啊！要是这次延期不会使我失去最美好的愿望就好了！"

美人忧心忡忡地问年轻人，为什么说出这番奇怪的话来。

"还是在波伦亚城时，"年轻人说，"当时我的学业快结束了，为了日后能胜任工作，我非常刻苦地学习。这时我得了重病，这病即使不会要了我的命，也会毁坏我身心的健康。在十分困顿和剧烈痛苦中，我向圣母玛利亚发誓，如果她保佑我痊愈，我在一年内保证严格斋戒，并放弃一切享受。至今我已有十个月的时间忠诚地实践了誓言。从我得到的恩惠来说，这十个月绝不算长，因为我抛弃某些习惯和享受并没有感到特别困难。但是，剩下的这两个月对我而言是多么的漫长！这两个月过去后，我才能得到最大的幸福。请您不要嫌时间长，不要收回您自愿给我的厚爱！"

美人听了这些解释并不满意。年轻人思考片刻后又说了下面一番话，才使她的心情好起来。年轻人这样说："我几乎不敢向您提建议，告诉您一个能使我提早解决誓言的方法。这办法就是，如果我能找到一个像我一样严格遵守誓言的人，与我分担剩余的时间的一半，这样我将提前一个月赢得自由，我们的愿望也就能得到实现。我亲爱的朋友，为了尽快使我们得到幸福，难道您不愿意把挡在我们面前的一部分障碍清除掉吗？只有最可靠的人，我才会把这件事交给她。要实践誓言也难，因为我每天只准吃两次面包，喝两次水，夜里只能在坚硬的木板床上睡几个钟头，即使事情繁多，都得做几次祷告。就像今天，我不能不赴宴，但是我也不能因此而不顾誓言，我只好尽力抗拒摆在我面前的美食的诱惑。如果您能够做出决定，在一个月中遵守所有这些规定，那么您以后得到您的男朋友时就更加快乐，因为在一定程度上您是以值得称赞的行为得到他的。"

美人听到要赢得爱情还要清除障碍，就显得很不高兴。但是，由于年轻人来到了她的身旁，她对他的爱就更加深了，要是能够保证得到他，任何考验她都不会觉得太严峻。于是，她十分满意地说："我亲爱的朋友！您恢复健康的奇迹，对我也是有意义的，可贵的。我把和您一起履行誓约，看成是自己的快乐和职责。我感到高兴的是，以此可充分证明我对您的爱，我要严格遵守您的规定，在您向我宣布解除这些规定之前，没有任何东西会使我偏离您带领我走的路。"

然后，年轻人向她详细地交代了履行誓言的条件，保证不久再来拜访她，询问遵守诺言的情况。说完，他就走了。告别时，他没有跟她握手，没有亲吻，没有意味深长的目光。她只好让他走了。幸好，那奇特的诺言使她有点儿事做。因为她要做点儿事，然后才能完全改变自己的生活方式。首先，把那些为了接待他而撒在路上的美丽花瓣和树叶清扫干净；然后，把舒适柔软的卧榻换成硬床板。平生她还是第一次只靠面包和水充饥，晚上睡在硬硬的木板床上。第二天，她忙于裁缝一批衣服，这是她答应捐给贫民院和医院的。她在做这些麻烦事时，心里总是想象着男朋友的形象，憧憬着未来的幸福，这样使她得到了消遣。有了这种想象，她那简单的饮食似乎为她提供了丰富的精神食粮。

一个星期过去了。她红润的双颊开始失去了光泽，平时合身的衣裙变得又宽又大，一向敏捷灵活的手脚也变得软弱无力。这时，她的男朋友又来看她，给她勇气和力量。他提醒她要坚守诺言，以自己的例子鼓励她要坚持下去，让她远眺即将到来的欢乐。他只待了一阵子，答应很快再来。

善事继续在做，规律的饮食严格遵守，毫不放松。但是，真遗憾！她已筋疲力尽，就像生了一场大病一样。周末，她的男朋友又来探望她，十分同情地打量着她，然后对她说，考验的时间已过了一半，要她振作起来。

这时，她对无法习惯的斋戒、祈祷和干活越来越难以忍受。看来，过分节制的生活毁坏了她养尊处优的身体。后来，美人连站都站不稳。尽管天气很暖和，她穿的衣服也要比别人多二三倍，这样才能保持几乎消失的体温。是啊，她已经不能长久地坐着，几天来甚至被迫躺在床上。

这时，她不得不对自己的境况进行一番思考！这次奇遇在她心里反复出现。又过了十天，她为之做出了巨大牺牲的男朋友竟没有来，这让她很痛心。但是，在这忧郁的时刻，她倒渐渐地恢复了健康，于是，她变得坚定起来。过不久，她的朋友来了，坐在她床边的矮凳上，他第一次听她吐露衷肠时也坐在那里。这时，他亲切而温柔地劝她再坚持一下，她微笑着打断他的话，说："我尊敬的朋友，您不用再劝说了，我有耐性和信心坚持到底。我相信，您让我履行这个誓约，对我大有益处。我现在筋疲力尽，无法向您表达我深切的谢意。您使我维护了自己，保全了自己，我认识到，从今以后，我整个生命都是您给的。

"是的，我的丈夫明理、聪慧、了解女人的心；他公平、正直，不责备妻子因为他的过错在心里产生了追求情人的念头；他慷慨、高尚，放弃自己的权利，以满足本性的要求。而您呢，先生，您头脑冷静，心地善良。您让我感觉到，在我们心里除了情欲之外，还有别的东西，它可与情欲抗衡，使我们能够放弃任何已习惯了的物质享受，打消任何最强烈的欲望。您让我产生错觉和希望，您用这种方法教育了我。但是，如今不管是错觉还是希望都没有必要了。我们已经认识到，那个善良而强大的自我已安静地存在我们的心里。这个自我在成为我们的主宰之前，至少会不断地通过美好的回忆，使我们注意到它的存在。祝您平安！

您的女友很乐意以后能再见到您。请您像帮助我那样,也去帮助您的同胞们,使他们消除在金钱上容易产生的糊涂思想,同时通过亲切的引导和榜样的力量,使他们心里都萌发出道德的力量。大家对您表示敬意将是您的报酬,您将作为重要的政治家和伟大的英雄,而赢得祖国之父的英名。"

席　勒　（1759—1805）

德国剧作家,在歌德影响下恢复文学创作——他们的友谊合作构成了德国古典文学的高峰。主要剧本《强盗》《阴谋与爱情》《奥尔良的姑娘》《威廉·退尔》等都蜚声世界。

罪　犯

　　克里斯蒂安·沃尔夫是×邦×市（不能说出地名，其原因读者慢慢就会知道）一家旅店店主的儿子。由于父亲已去世，二十岁前他一直帮助母亲经营。因为生意不好，沃尔夫经常无所事事。在学校里，他已经是个出名的顽皮学生。成熟的姑娘们讨厌他无礼，城里的男孩佩服他具有发明创造的才能。他的身体生来就有缺陷。他身材矮小而且不引人注意，鬈曲的头发黑不溜秋的，令人厌恶，鼻子扁平，翘起的上唇给马踢歪了。他的模样丑陋，女人们回避他，同伴们笑话他。

　　他得不到的东西，他想强求得到。因为人家厌烦他，他就尽力讨人喜欢。他情欲冲动，以为自己在恋爱。他看上一个姑娘，而她却讨厌他。他完全有理由担心，他的情敌们比他幸运。不过，这个姑娘是贪婪的，他的誓言打不开她的心扉，也许他的礼物能赢得她的芳心，但是他囊中羞涩。他试图把自己的模样弄好一些，于是把从清淡的生意中赚来的一点儿钱也花光了。他过于追求舒适，过于愚昧无知，因此通过投机生意也无法挽救衰落的家道。他太骄傲，又太懦弱，一贯以来做少爷，所以不愿当农民，又不肯放弃他所崇拜的自由。他看到面前只有一条出路，那就是光荣的盗窃之路，成千人在他前后走过这条路，但是他们的运气比较好。他的家乡接近君主的森林，于是他成了偷野生动物的贼，他忠实地把赃款送到情人手里。

约汉娜的情人中有个叫罗伯特，他是森林管理人员中的猎人。他早已注意到，他的情敌由于送礼大方而占优势，于是就十分忌妒地去调查其经济来源。他经常去沃尔夫开的旅店——太阳旅店。他因为妒忌而变得敏锐的眼睛，很快就发觉沃尔夫的钱是从哪里来的。前不久，重新发布了一道严格保护野生动物的命令，违者坐牢。罗伯特坚持不懈地跟踪情敌的秘密形迹，终于当场捉住这个鲁莽的人。沃尔夫被关了起来，他卖掉仅有的一点儿财产，勉强交了罚金，才避免判刑。

罗伯特赢了。他的情敌在情场上被打败了，并失去了约汉娜的爱情，因为他是个穷鬼。沃尔夫知道了他的敌手，这个敌手幸运地占有了他的约汉娜。贫穷的压抑感打击了他的傲气，困顿和妒忌伤害了他的自尊心，饥饿迫使他远走他乡，但复仇和爱情要他留下。他第二次偷捕野生动物，可是罗伯特加倍警惕，再次抓住了他。现在他才知道法律的厉害：因为他付不起钱，几周后他被投进省城的监狱里去了。

一年的徒刑期满了，离别使他的爱情增长了，不幸的重压使他变得顽强。他刚刚获得自由，就急忙跑回家乡去见约汉娜。他来了，她却避开他。极端的贫困终于挫折了他的高傲，征服了他的软弱。他表示愿意给当地的富人打短工。农民见他如此虚弱，只是耸耸肩膀。体格强壮的竞争者使他在雇主面前相形见绌。他进行最后的尝试。还有一个职位空缺，那是最低贱的有辱名声的职位——他要求当镇上的牧人，可是农民不想把猪交给他这样的废物。他事事落空，处处碰壁，于是第三次去偷捕野生动物，而且第三次遭到不幸，落到警惕的情敌手中。

他屡次犯罪，罪加一等。法官只翻了翻法典，但是没有一个人去了解被告的心态。法律要求严厉惩处偷捕野生动物的人，于是沃尔夫被判了三年徒刑，并在背部烙上绞架的标志。

这个刑期也满了，他出狱了，但是与入狱时判若两人。从此，在他的生活中开始了一个新的时期。听听他对辩护人和在法庭上的自白吧。

我入狱时，是个迷路人，出狱时成了无赖。在这个世界上我还有一些珍贵的东西，耻辱扭曲了我的自尊心。我被关进监狱时，我和23个犯人关在一起，其中两个是杀人犯，其余都是臭名昭著的窃贼和流氓。我说起上帝时，他们就讥讽我，还逼我无耻地诽谤救世主。他们还在我面前唱淫荡的歌曲，我虽然轻浮，但讨厌和害怕听这些歌。我看到他们的所作所为，心里更为反感。他们每天都在做无耻的事情，筹划罪恶的阴谋。开头我尽量躲避这伙人，不听他们的谈话。但是我也需要一个做伴的，冷酷的看守连我的狗也抢走了。劳动艰苦，备受折磨，我的身体每况愈下。我需要帮助，干脆地说，需要同情。为了得到帮助和同情，我出卖了残余的良心。终于，我跟他们同流合污了，最后三个月我甚至超过了我的师傅。

从此，我热爱自由，又渴望报仇。所有的人都伤害了我，因为他们都比我愉快和幸福。我认为我应有的权利被剥夺了，成了法律的牺牲品。当太阳在监狱的山后冉冉上升时，我就咬牙切齿地摩擦镣铐。远处的景色使一个囚犯更加痛苦。风呼啸着自由地吹过监狱的通气孔，燕子停在牢房的铁窗上，清风和飞燕似乎拿它们的自由来嘲弄我，使我感到坐牢实在恐怖。当时我发誓要无情而残酷地仇恨全人类，我发誓遵守诺言。

我恢复自由后，首先想到回家乡。在那里，将来的生活渺茫无望，但是可以满足我报仇的欲望。当教堂的钟楼出现在远处的树林里时，我的心开始剧烈地跳动。我的心情不像第一次回乡时那样愉快。想起在那儿遭受的灾难和迫害，我突然从噩梦中惊醒，所有的伤口在出血，所有的伤疤在开裂。我加快步伐，因为一想到我的突然出现会令仇人大吃一惊，我就会十分兴奋。从前我担心自己会堕落，现在我渴望自己堕落下去。

当我来到市场中心，晚祷的钟声响了。人们成群结队地走向教堂。他们很快认出我来，凡是遇见我的人，都胆怯地躲开了。我一贯喜欢小孩子，当一个男孩蹦蹦跳跳地从我身旁经过时，我不禁给他一枚硬币。男孩凝视了我一阵，然后把硬币扔到我的脸上。我的情绪还比较平静。我想起，我还留着在狱中长出来的胡子，这胡子使我的脸变得丑陋难看,但是我凶恶的心传染了我的理智。眼泪从我的双颊流淌下来,我从来没有这样痛哭过。

我轻声地自言自语:男孩不知道,我是谁和从哪儿来的,但他躲开我,好像我是下贱的畜生。难道在我的额头上做了记号?难道因为我不再爱任何人,看上去就不像人了么?这个男孩的蔑视给我带来的痛苦远超过三年的苦役,因为我对他好心好意,而且和他没有私仇。

我坐在教堂对面的木工场上,我不知道自己想做什么,但是我看到,从我身旁走过去的所有熟人中,没有一个人跟我打招呼,于是我恼怒地站起来。我不情愿地离开那个地方,去找小客栈。我拐入一条小巷,差点儿撞到我的约汉娜身上。"太阳旅店的老板!"她大声地尖叫起来,并做出要拥抱我的样子,"你回来了,亲爱的老板!谢天谢地,你回来了!"从她的衣着上,可以看出她饥饿和困苦,从她的脸上,可以看出她得了可耻的病;她的外表说明她已堕落成一个卑鄙的女人。我很快猜到,这里发生了什么。刚才我遇到几个穿戴华丽的龙骑兵,就知道镇上驻了军队。"军妓!"我喊道,并笑着把背转向她。我感到很高兴,在活着的人当中,还有一个人比我卑贱。我从来没有爱过她。

我的母亲已经去世。债主把我的小屋拿去抵债。我没有亲人,我一无所有。大家回避我,好像我是毒药,但我终于不知羞耻了。以前我躲避人们的目光,因为我忍受不了他们的蔑视。现在我逼近他们,把他们吓跑反而使我感到轻松愉快。现在我感到舒畅，因为我不会再失去任何东西，也没有什么东西需要保护。现在我不需要优秀的品质，因为人们认为我身上没有优秀的品质。

整个世界向我敞开，在外省我也许被认为是个诚实的人，但是我没有勇气去做诚实的人。绝望和耻辱最终使我具有这样的思想。我最后的唯一出路，就是学会不要名誉，因为我没有权利维护自己的名誉。如果我受到侮辱时还有骄傲，还有虚荣心，那么我应该去自杀。

我自己还不清楚今后要干什么。我隐约地记得，我想干坏事。我想跟我的命运算账。我觉得，法律袒护某些人。因此，我决定去犯法。从前我出于无奈和轻率而犯法，现在我自愿去犯法，并把犯法看作是消遣。

首先，我继续打猎。打猎逐渐成了我的爱好，此外也可维持我的生活。但这不是唯一的原因：我嘲弄侯爵的告示，大力破坏君主的利益，这使我暗暗高兴。我不再担心会被捉住，因为我现在为揭发者准备了一颗子弹，我知道，我会打中那个人。我遇到野兽，就全部打死它们，只拿小部分到边界去卖，让大部分腐烂。我过着贫穷的生活，以便购买子弹和火药。我大量捕杀野兽的丑闻流传出去，但没有人怀疑我。我的外貌消除了嫌疑。我的姓名已被遗忘。

这样过了几个月。有一天早上，我按习惯穿过树林，去跟踪一头鹿。我找了两个小时，白费气力，累得筋疲力尽，以为猎物跑掉了，突然发现它在射程之内。我在瞄准,正想射击,突然我大吃一惊,看见离我几步远的地方有一顶帽子。我认真地观察周围,发现猎人罗伯特站在粗大的橡树后面,正在瞄准我要射击的那头鹿。我看到他,一股寒气直透全身。在所有的生物中,我最痛恨的正是这个人,现在他在我的射程之内。这时我觉得,世界上最重要的事莫过于我这一枪,我一生的仇恨都集中在勾扳机杀人的手指尖上。好像有一只无形的可怕的手伸到我的头上,我命运的时针不可阻挡地指向黑色的时刻。当我向罗伯特瞄准时,我的胳膊在发抖,牙齿就像害了寒热病似的在打颤,气也透不过来。我的枪犹豫不决地时而对准罗伯特,时而对准那头鹿,这样持续了一分钟——一分钟——又是一分钟——又是一分钟。仇恨和良心顽强而坚定地搏斗着,但是仇恨得胜了,猎人倒在地上,死了。

枪声一响,我的枪掉下去了……"杀人犯"……我结结巴巴地说。树林像墓地一样寂静,我清楚地听见自己说"杀人犯"。当我走近时,那个人已经断气了。我默默地在死者面前站了很久,终于大笑起来。"现在你总该闭嘴了吧,好朋友!"我说完就大胆地走过去,同时把死者的脸转过来。他的眼睛睁得很大。我变得严肃起来,突然又沉默了。我心里产生了一种奇异的感觉。

我一直想报仇;现在杀了人,却没有受到处罚。一个钟头前我认为,没有人能使我相信,天下有比我更坏的人。现在我开始觉得,一个钟头前我还是值得羡慕的。

我没有想到上帝的判决,但我不知什么原因,却迷惘地想起绞刑架和刀剑，想起我读小学时看到的一个杀害小孩的女人被处决的情形。从现在起我的一生完了，这种想法使我惊恐万状。我不再想别的，只希望他还活着。我强迫自己回想死者生前对我做的一切坏事，但是真奇怪，我的记忆力好像完全失掉一样！我无法想起一刻钟前使我发狂的事情。我根本不理解，我怎么会去杀人。

我还站在死者面前，一直站着。策马扬鞭的噼啪声和货车通过树林的嘎嘎声，使我清醒过来。杀人的地方离公路不到四分之一公里。我必须考虑我的安全。

我只好逃到树林深处。半路上我想起，死者还有一个怀表。我需要钱，才能到达边界，但是我缺乏勇气回到死者身旁。这时我想到魔鬼，想到上帝的存在，不禁大吃一惊。最后我大胆地决定向地狱挑战，于是又回到那个地方。我找到了怀表，在一个绿色的钱包里还找到一块多钱。我正想把表和钱放在身上，但是突然停止下来，并且在思虑。我丝毫不感到羞耻，也不担心抢劫会加重我的罪行。我扔掉了怀表，钱只要一半，我相信，这是由于骄傲的心理。我要别人认为我是死者的仇人，而不是强盗。

现在我又逃进树林里去。我知道，树林往北延伸四公里，就到了省界。直到中午，我都是气喘吁吁地跑着。拼命地逃跑使我减少了心里的恐惧；但是当我力气不支时，这种恐惧又冒上来了。成千个丑陋的东西从我身旁掠过，就像尖利的刀子刺我的胸部。现在我只有两种选择，或者惶惶不可终日地活下去，或者残忍地自杀，我必须做出选择。我无心自杀，但是又害怕活在世上。活着要受罪，去死太恐怖，我陷入困境，无法选择是生还是死。就这样我跑了6个钟头，时刻充满着痛苦，任何活着的人都无法形容这种痛苦。

　　我沉浸在苦思冥想之中，慢慢地不知不觉地踏上一条狭窄的小路。我无意中把帽子压低到脸上，好像生怕无生命的大自然的眼睛会认出我似的。小路通过浓密昏暗的树林。突然在我前面发出粗暴的命令声："站住！"这声音很近，由于我心不在焉，而且帽子压得很低，所以没有向四面张望。我抬起眼睛，看见一个野蛮的汉子拿着一根多节的木棒向我走来。他身材高大——我受到震惊，至少觉得他是高大的——他的皮肤是深褐色的，白色的斜眼令人毛骨悚然。他用粗绳代替皮带围在绿色呢外套上，而且围了两道，里面插着一把宽的屠刀和一支手枪。他又喊了一声，并且有力的手抓住我。他的声音吓了我一跳，但是看到蛮汉的面目后就放心了。在我现在的处境中，我确实害怕任何诚实的人，但是没必要在强盗面前颤抖。

　　"你是谁？"那个人问。

　　"和你是同行，"我答道，"如果你真的像是看上去的那种人！"

　　"这条路走不出去。你在这里找什么？"

　　"你问我干什么？"我执拗地说。

　　那个人从脚到头打量了我两次。他好像把我的身材和他的身材以及把我的回话和我的身材进行比较——"你说话粗暴就像乞丐一样。"他终于说。

"这可能。我昨天还是乞丐呢。"

那个人笑了。"我可以发誓,"他说,"你现在也不比乞丐好多少。"

"那么我比乞丐还要糟糕。"我说,并且想走。

"慢着,朋友!你忙什么?你要赶时间?"

我思考了片刻。我慢慢地说:"生命是短暂的,地狱是永存的。"我不知道自己怎么说出这样的话来。

他呆呆地看着我。"我敢赌咒,"他终于说,"你差点儿上了绞刑架。"

"以后还有这种可能呢。再见吧,朋友!"

"好吧,朋友!"他喊道,并从猎袋里取出一个锡制的瓶子,自己喝了一大口,然后把瓶子递给我。

逃跑和惊恐耗尽了我的精力。在这令人恐怖的一天中,我还没有吃过东西。我担心在这片树林里要挨饿,因为方圆三公里内我不可能找到食物。你想想,他请我喝酒,我是多么高兴。喝了一口酒,我浑身增添了新的力量,我的心增添了新的勇气、希望和对生命的热爱。我开始相信,我也许还没有到走投无路的时候。这口好酒威力不小。是的,我承认,我的处境几乎又好转起来了,我的希望经过成千次破灭之后,最终找到了一个与我相同的人。在我走投无路时,我也许会与地狱里的魔鬼为了友情而干杯,以便和他做朋友。

那个人躺在草地上,我也躺下去。

"我喝了你的酒感到很舒服!"我说,"我们应该好好认识一下。"

他打火点烟。

"你干这一行很久了吗?"我问。

他盯着我。"你这样问想干什么?"

"这把刀上常带血吗?"我从他的腰带上拔出刀来。

"你是谁?"他吃惊地问,并放下烟斗。

"和你一样是个杀人犯,不过我是新手。"

他生硬地看着我,又拿起烟斗。

"你的家不在这儿吧?"他终于问。

"我的家离这儿有3公里路。我是L市太阳旅店的老板……你听过我的事吧?"

他像着魔似的跳起来。"你是偷猎的沃尔夫?"他匆忙地喊道。

"是的。"

"欢迎,朋友!欢迎!"他喊道,并用力地握着我的手,"太阳旅店的老板,我终于找到你了,太好了!我一直在找你。我熟悉你的情况。我什么都知道。我早就期待着你呢。"

"期待着我?为什么?"

"这个地区的人都知道你。沃尔夫,你有仇人,一个管理员在压迫你!他们把你打翻在地,肆无忌惮地迫害你。"

他发怒了。他说:"侯爵在我们田地里饲养畜生,你打死了几头畜生,他们让你长年坐监牢,并且抢了你的房子和旅店，迫使你当乞丐。兄弟，难道人还比不上一只兔子？难道我们还不如田地里的畜生？像你这样的人难道能容忍这种状况？"

"我能改变这种状况吗？"

"这要等着瞧。请告诉我，你是从哪里来的，心里想干什么？"

我把我的全部情况告诉了他。他不等我说完，就高兴而性急地跳起来，拉着我走。"来吧，太阳旅店的老板兄弟，"他说，"现在你成熟了，现在我用得着你。我会因你而获得光荣的。你跟我来吧！"

"你要带我去哪里？"

"别问，跟着走！"他用力拉我走。

我们走了四分之一公里路。树林愈来愈荒芜，道路愈来愈难走，愈陡峭。我们俩都默默无言。我沉浸在深思中，直到我的领路人一声口哨才把我惊醒过来。我举目一看，我们站在悬崖之边，下面是深谷。这时从悬崖的深处传来回答的哨声，然后有一架梯子好像是自动地缓慢地从深谷里升上来。我的领路人先爬下去，他让我在上面等他回来。"我要先把狗拴在链条上，"他补充说，"你在这儿是陌生人，狗会把你撕裂。"他说完就走了。

现在我独自站在深谷上面。我知道得很清楚，这儿只有我一个人。我不是没有注意到，我的领路人是多么粗心。我要是果断地把梯子拉上来，这样我就自由了，就可以逃跑了。我承认，我悟到了这一点。这时我俯视着准备接纳我的深谷,它使我隐隐约约地想起地狱的深渊,谁也无法从中得到解脱。我想到从现在起要走的路,不禁浑身颤抖起来。只有赶快逃跑才能救我。我决定逃跑,我已经把手伸向梯子,但是突然间我耳边响起雷鸣般的声音,仿佛是地狱里的魔鬼在嘲笑我:"杀人犯还怕什么?"我无力地垂下手来。我已经没有希望了,后悔也太晚了,我犯的杀人罪像一座大山屹立在我的后面,它永远地挡住了我的后路。这时我的领路人来了,他叫我下去。现在我已没有什么选择了,于是我就爬下去。

我们在岩壁上爬下几步,看到一个扩展的地方和几间茅舍。茅舍中间有一块圆草地,那儿有18到20个人围着一堆柴火。"战友们!"我的领路人说,并把我领到圈子的中间。"这就是太阳旅店的老板!你们欢迎他吧!"

"太阳旅店的老板!"大家马上喊道,男男女女都跳起来,并挤到我的身旁。坦率地说,他们的快乐不是装出来的,而是发自内心的,每一张脸都流露出信任,甚至尊重的神情。有的和我握手,有的亲切地拉拉我的衣服,好像跟一个尊敬的老朋友重逢一样。刚才,我的到来中断了他们刚开始的盛餐,现在他们又接着吃,并请我喝酒,对我表达欢迎。他们吃的是各种野味,酒瓶不停地从这个人手里传到那个人手里。这些人看来团结一致,生活愉快。他们都争着向我表示欢迎。

他们请我坐在长餐桌旁两个女人之间的首席上。我以为这儿的女人很丑陋。当我在这帮卑贱的强盗中,看到这两个十分美丽的女人时,我感到非常惊讶。年纪稍大和比较漂亮的那个叫玛加蕾特,她要别人叫她"姑娘",可能不到25岁。她说话大胆,行为放肆。年轻那个叫玛莉,已婚,因受丈夫虐待而逃跑出来。她比较娇小瘦弱,面色苍白,不如热情奔放的玛加蕾特那样引人注目。两个女人竭力要得到我的好感。漂亮的玛加蕾特用粗俗的玩笑帮我摆脱窘境,但我讨厌她,我的心却迷上了羞怯的玛莉。

"太阳旅店的兄弟,"领我来的那个人说,"你看,我们是怎样生活的,每天和今天一样。战友们,是吗?"

"每天和今天一样!"大家重复一遍。

"如果你决定过我们这种生活,就来当我们的头儿吧。直到现在我是头儿,但是我想退位给你。战友们,你们同意吗?"

"同意!"大家快活地回答。

我感到头昏脑涨。美酒和欲望使我的热血在沸腾。世人像扔垃圾一样抛弃了我。在这里我受到兄弟般的欢迎,还能过上愉快的生活,并且受人尊重。我不管做什么选择,都难逃一死。但是在这里,我的生命至少可以换取较高的代价。我的欲望在膨胀,至今别的女人都鄙视我,在这里我可以得到美人的宠爱,享受无比的快乐。我的决定不会对我有什么损害。"战友们,我留在你们这里吧,"我坚定而大声地喊道,并且走到这帮人中去。"如果你们把我身旁的这位美人让给我,我就留在你们这里!"我再次大声喊道。他们取得一致意见,同意我的要求。这样我就成了公开承认的一个娼妓的主人和这帮强盗的头子。

故事的下半部我就略过不说；只说些丑恶的事情对读者没有什么教育意义。一个不幸的人，堕落到如此地步，什么卑鄙的事都干得出来。但是，根据刑讯时证明，他没有第二次杀过人。

这个人的名声很快传遍全省。公路上变得危险起来，夜间抢劫弄得人心惶惶，太阳旅店老板的名字使乡下人担惊受怕，官方在跟踪他，并且悬赏缉拿他。但是他很幸运，每次追捕他时，都被他逃脱了。他非常狡猾，善于利用无知农民的迷信思想来掩护自己。他要同伴散播谣言，说他与魔鬼结盟，精通妖术。他活动的区域属于德国未开化的地方，当时比现在更落后。人们相信这种谣言，于是他的人身安全得到了保障。没有人愿意侵犯这个危险的人物，因为他替魔鬼干活。

他有一年时间从事这个可悲的行当，然后就无法忍受下去了。他当头目的这帮强盗并没有满足他美好的愿望。那次他喝得醉醺醺的，被富有诱惑力的表面现象迷住了。现在他吃惊地发现，自己被蒙骗了。饥饿和贫困代替了想象中的富裕生活，他常常为了一餐饭冒着生命的危险，而这餐饭只能使他免于饿死。兄弟般和睦相处的现象没有了，在这帮被遗弃的人中充满着妒忌和猜疑。官方许诺奖赏活捉他的人，如果是同伙逮住他，同伙可以免罪——这对于人类的渣滓来说是个巨大的诱惑！这个不幸的人看到自己面临危险。那些背叛人类和上帝的人的良心，使他的生命失去了保障。从现在起他睡不着了，巨大的恐惧使他心神不宁。如果他醒着，不管逃到哪里，猜疑就像可恶的魔鬼总是跟着他，折磨他；如果他去睡觉，它就陪他睡，在噩梦中恐吓他。同时沉默的良心又在折磨他，后悔像一条睡着的毒蛇在他翻腾的胸中苏醒过来。他把对人类的仇恨的锋芒对准自己。现在他宽恕所有的人，他除了自己找不到一个可诅咒的人。

罪恶已完成了对这个不幸者的教唆，他天生的清醒的头脑终于战胜了可悲的妄想。现在他觉得，自己陷入了深渊，忧郁的心情代替了咬牙切齿的绝望。他痛哭流涕，希望回到过去。现在他知道，要是回到过去，他会重新生活。他开始希望自己成为正直的人，因为他觉得他可以做到。在他堕落到深渊时，他也许比第一次犯罪前要善良得多。

这时爆发了七年战争①，处处在大量招兵。这个不幸者从这种状况中产生了希望，于是写了一封信给他的君主。我把这封信摘录如下：

如果尊敬的君王不厌恶我这个卑贱的人，如果像我这样的罪犯能得到您的同情，那么就请尊贵的殿下听我说吧！我是杀手，又是强盗，法律判我死刑，法庭在通缉我——而我愿意自首。但是，我同时向殿下提个奇特的请求。我厌恶我的生命，不怕死，但是还没有生活过就死去，实在太可怕了。我想活着，为了弥补过去的一部分罪过；我想活着，为了得到被我伤害的国家的宽恕。我被处死可使人们引以为戒，但是这不能抵偿我的罪行。我憎恨

---

① 七年战争，即1756—1763年普鲁士和奥、法等国间的战争。——译者注

罪恶，向往诚实的道德。我有能力使祖国畏惧我。我希望，我还留下一些能力为祖国做点儿有益的事。

我知道，我的要求是闻所未闻的。我失去了生活的权利，可以毫不犹豫地与法庭交涉。但是我不能戴着锁链站在您的面前——我还是自由的——恐惧在我的请求中只占极小的部分。

我恳求赦免。如果我有权要求法律上的公正，我也不敢想出这种要求。但是有一点我可以提醒法官：我事先被判了罪，名誉受到诋毁之后，才开始犯罪。如果我当时得到公正的判决，也许现在我就不需要宽赦了。

我的君主，请您对我宽大处理！如果您有权请求法律宽恕我，您就把生命赐给我吧。从现在开始，我可以为您效劳。如果您愿意这样，就请您公开宣布宽赦我，我就相信您的话，到京城去。如果您对我做出另外的决定，那就请法院按您的指示去办，而我则照自己的意志行事。

这封请求信没有得到答复，第二封和第三封也一样。在后来的两封信里，请求者希望在侯爵的部下当一名骑兵。他请求赦免的希望完全落空了，他决定逃往国外，为普鲁士国王效劳，当一名勇敢的战士，直到战死。

他幸运地从同伙中脱身了，踏上了旅途。他经过一个小镇，准备在那里过夜。前不久，由于侯国的君主参加了战争，因此在全国范围内发布了对旅客进行严查的法令。这个小镇的守门人也收到了这个命令。这一天他正坐在城门前的长凳上，这时太阳旅店的老板骑着马来了。老板的模样有点儿滑稽，同时也有点儿可怕和野蛮。他骑的瘦马和可笑的服装——他的穿戴似乎不是凭爱好，而是从多年偷窃来的衣物中挑选的——与他的脸形成强烈的对比。他的脸部充满凶恶的表情，如同战场上死者扭曲的脸一样。守门人看到这个怪人，就惊呆了。他在这个岗位干了一辈子，40年的工作经验使他能准确地识别各种流浪汉的面孔。这个怪人逃脱不了守门人敏锐的目光。他马上关闭城门，要求骑马的人出示护照，并且抓住缰绳。沃尔夫对这类情况做了准备，随身携带了护照，这本护照还是他不久前从一个商人那儿抢劫来的。但是这唯一的证件根本无法推翻守门人40年的经验，也动摇不了他的预言。守门人相信自己的眼睛胜过相信这本护照，他要沃尔夫跟他到办公楼去。

当地的镇长检查了沃尔夫的护照，宣布它是合格的。镇长是个非常爱听新闻的人，特别喜欢在喝酒时谈论新闻。这本护照表明，它的持有者是直接从敌国来的，那里正在打仗。他希望从这个陌生人的嘴里能掏出一些秘密的消息，于是就派一个秘书把护照送还给他，并请他来喝酒。

这时太阳旅店的老板站在办公楼前面。由于他的模样逗人发笑，镇上一些无聊的人团团围着他。人们低声议论着，时而指着瘦马，时而指着骑手，轻声的戏弄终于酿成大声的喧闹。现在大家对这匹马指手画脚，不幸的是，它是偷来的。他以为通缉令上描绘过这匹马，现在被认出来了。镇长意外的好客引起了他的怀疑。现在他确信，假护照已被识察，请喝酒只是个圈套，以便活捉他，以免他反抗。心虚使他变蠢，他一言不发，用靴刺踢马,马儿飞奔而去。

他突然逃跑使围观的人大声叫喊起来。

"坏蛋!"大家喊道,并尾追而去。骑马的人拼命地逃跑,一直处于领先的地位,追赶的人气喘吁吁地跟在后面。他眼看就要逃掉了——但是一只看不见的沉重的手挡住了他,他命运的时钟停止了,无情的复仇女神逮住了罪人。原来他跑进了一条死胡同,他只好返身,朝着追赶他的人跑去。

其间,这件事造成的喧闹惊动了全镇的人,大家纷纷聚集起来,大街小巷都被封锁了,一队人马向他冲去。他拔出手枪,人们躲开了,他用武力逼人们让路。"谁敢阻拦我,谁吃子弹!"他喊道。大家吓得不敢动。这时,一个有胆量的钳工学徒终于从后面制止了他的罪行。这个疯狂的骑马人正要开枪,但是学徒抓住了他的手指,使它脱臼。手枪落地了,这个被解除武器的人被拉下了马,群众带着胜利的豪情把他扭送到办公楼去。

"你是谁?"镇长相当粗暴地问。

"一个坚定的人不回答任何问题,除非人家提问时很有礼貌。"

"您是谁?"

"我冒充了谁?我走遍全德国,没有一个地方比这儿的人更无耻的了。"

"你快速逃跑,行为可疑。你为什么逃跑?"

"因为我无法忍受愚民的嘲弄。"

"你想开枪吓人。"

"我的手枪里没有子弹。"人们检查了他的手枪,里面确实没有子弹。

"为什么你私带武器？"

"因为我身上带有贵重的物品，而人家警告过我，说要提防太阳旅店的老板在这一带抢劫。"

"你的回答说明你很放肆，但是这对你没什么好处。我限你最迟明天要向我交代事情的真相。"

"我不会改变我的供述。"

"把他投进监狱！"

"投入监狱？镇长先生，我希望在这个国家里还讲一点儿法律。我将要求赔罪。"

"只要能证实你无罪，我就赔罪。"

第二天早上，镇长思考之后认为，陌生人也许无罪。命令的语言对顽固的人可能不起作用，对他温和些也许比较好。于是，他召集了当地的陪审员，让人把罪犯带上来。

"先生，我昨天对你有点儿冷酷，请原谅我态度不好。"

"你能理解我，很好。"

"我们的法律是很严格的，你逃跑造成了轰动。我不能违反职责而释放你。你的行为对你很不利。我希望，你能告诉我一些情况，以此证明你是无罪的。"

"如果我一无所知呢？"

"那我只好把这件事向上级政府报告，这样你将长期受监禁。"

"然后呢？"

"然后把你当作流浪者，你将面临驱逐出境的危险。如果对你宽容些,就让你去当兵。"

他沉默了几分钟,心里好像展开了激烈的斗争,然后很快转向镇长。

"我能否单独和你谈一刻钟?"

陪审员们面面相觑,但是镇长下命令似的一挥手,他们只好离去。

"说吧,你有什么要求?"

"镇长先生,你昨天的态度无法使我承认,因为我蔑视强权。今天你对我态度谦虚,所以我信任你,尊重你。我相信,你是个高尚的人。"

"你要对我说什么?"

"我看,你是个高尚的人。我早就希望见到像你这样的人。请允许我跟你握手。"

"这是什么意思?"

"你的头发已经灰白,你是个令人敬畏的人。你在这世上活了很久,也经历了许多艰难,是吗?因此你变得有人性些?"

"先生,你为什么说这些?"

"你离归天只差一步,不久你就需要上帝的宽恕。你不会不宽恕别人吧——你没有猜出来吗?你认为你现在跟谁说话?"

"这是什么意思?你以为我害怕。"

"你还没有猜出来吗?你给侯爵打报告,说你怎样找到了我,说我是自愿坦白的——但愿上帝将来会宽恕他,就像他现在在宽恕我一样——老先生,请你为我求求情吧,然后让你在报告上洒一滴眼泪:我就是太阳旅店的老板。"

克莱斯特 （1777—1811）

德国戏剧家、小说家,是德国中短篇小说的创始人。讽刺剧《破瓮记》是其代表作,被誉为德国最佳喜剧之一。其小说富于戏剧效果与哲理性。

智利地震

1647年，在智利王国的首都圣地亚哥发生了一次大地震，使成千上万的人丧生。在地震时，一个被控犯罪的西班牙青年，名叫耶罗尼莫·鲁格拉，正站在关押他的监狱的柱子旁，想悬梁自尽。

这个城里最富裕的贵族唐·亨里可·阿斯特伦曾聘耶罗尼莫当家庭教师，由于他与阿斯特伦唯一的女儿唐娜·何赛法关系密切，所以大约一年前被辞退了。老阿斯特伦再三警告女儿，不得与鲁格拉来往。但是，他骄傲的儿子通过暗中窥探，向父亲吐露了这对情侣的秘密约会。阿斯特伦大怒，于是把女儿送到圣母山上的加尔默派修道院去。由于偶然的机会，耶罗尼莫在这里与何赛法重新取得联系。在一个寂静的夜晚，耶罗尼莫把修道院的花园变成他享受无比幸福的乐园。

基督圣体节那天，修女们开始游行，新来的姑娘跟在队伍后面。教堂钟声响时，不幸的何赛法由于阵痛倒在大教堂的石阶上。这一事件造成巨大的轰动。人们毫不考虑这位罪人产后虚弱，立即把她投进监狱。刚满月，根据大教主的命令，就对她进行最严厉的审判。在这座城里，人们极其愤慨地谈论这件丑闻，非常尖锐地抨击发生这一事件的修道院。虽然阿斯特伦家庭尽力求情，修道院院长也有心搭救——因为这姑娘平时举止端庄，院长很喜爱她——但是，根据修道院的法规，无法减轻对姑娘的严惩。唯一能做到的就是，由总督发布一道命令，将原判火刑改为斩首，此事引起圣地亚哥市的太太小姐们的极大愤慨。

　　行刑队伍要经过的街道，两旁窗户都出租了，屋顶也被拆除了。这座城里虔诚的女儿们邀请自己的女友，像姐妹般聚在一起，观看为天主报仇的场面。这期间，耶罗尼莫也被关在狱中，他听到事态起了巨变后，几乎昏厥过去。他想越狱，但是徒劳。他想尽一切办法，拼命撞门闩和墙壁，试图锉断窗栅栏，但被发现，反而对他严加监禁。他跪在圣母像前，万分虔诚地向她祈祷，现在只有她才能够解救他。但是可怕的日子终于到了，他内心里对自己的处境感到十分失望。伴送何赛法赴刑场的钟声响了，他整个心灵充满着绝望。他似乎已厌倦生活，决定用一根偶尔留下的绳子了结自己的一生。正如前面所说，他刚好站在墙柱旁，把绳子系在柱子的铁钩上，这根绳子即将使他离开这个悲惨的世界。这时，突然轰隆一声，好像天塌下来一样，这座城市的大部分沉陷下去了，万物都掩埋在废墟底下。

　　耶罗尼莫吓呆了，他的知觉好像崩溃了。为了避免跌倒，他赶紧抱住原先想用来自尽的柱子。他脚下的地面在震动，监狱的墙壁都裂开了，整座房子朝街倾斜，慢慢倒下，刚好与对面倒下的房屋相碰，形成了一个拱形，这样，牢房才没有全部坍塌。两座房屋相撞时，监狱的前壁裂开了一个洞口。耶罗尼莫吓得毛发直竖，浑身发抖，膝盖都要折断了，他滑过倾斜的地面，从洞口爬出去。他刚刚逃出来，就发生了第二次地震，这条已受到强烈震动的街道完全倒塌了。他不知如何逃脱这次大灾难，失神地匆忙穿过瓦砾和断梁，各路死神向他袭来，他向最近的一个城门逃去。这里一幢房子正在倒塌，瓦砾四处飞溅，他被赶到横街去。那里火光熊熊，所有的屋顶都冒着浓烟，情景十分恐怖，他又被驱赶到另一条街上。那里马波乔河的洪水越过河岸，汹涌澎湃，怒吼着把他赶到第三条街上。这里有一堆被砸死的人；那里有人在瓦砾堆里呻吟；那里有人在燃烧着的屋顶上向下面叫喊；那里人们和牲口与波涛搏斗；那里英勇的抢救人员正在尽力援救别人；那里有个脸色惨白的人默默地把颤抖的双手伸向空中。耶罗尼莫出了城门，爬上对面的山坡，便昏倒过去了。

他昏迷不醒，大约躺了一刻钟，后来恢复了知觉，面对着郊外站了起来。他摸了摸前额和胸口，不知怎样才能摆脱困境。一阵海风吹拂着他复苏的生命。他的目光远眺圣地亚哥郊区，那儿处处是一片繁荣的景象，他感到一种说不出的高兴。只是到处都可见到惊恐万状的人群，这使他心里惴惴不安。他不知道，什么事情把他和他们赶到这里来。他转过身，看到背后的城市已经沉陷，才想起刚才经历过的可怕时刻。他深深地弯下腰，额头触到地面，感谢天主奇迹般地拯救了他。同时，那可怕的时刻，像是刻在心上一样，仿佛把以前所有的印象全部都驱赶了似的，他又能享受这多姿多彩的无限美好的生活，不禁高兴得流下了热泪。

随后，他发觉手上的戒指，突然记起了何赛法。同时，他也想起了与她有关的事和他坐过的监狱，想起了在狱中听到的钟声，以及监狱倒塌的时刻。这时，他心里又充满了空虚沉重的感觉，开始后悔刚才做的祷告，觉得这位支配万物的神明实在令人敬畏。到处都是人群，他们带着抢救出来的财物，从城里涌出来。他混进人流中间，鼓起勇气悄悄地探听阿斯特伦的女儿是否已被处死。但是，没有人给他详细的答复。有个女人从他旁边走过，她背着沉重的行李，压得脖颈都要弯到地上，怀里还绑着两个孩子。她说，她好像看到阿斯特伦的女儿已被斩首。耶罗尼莫转过身来，算了算时间，对行刑的事无可怀疑。于是他在荒僻的林中坐下，感到无比悲痛。他希望，自然的破坏力能再次向他袭来。他不知道，为什么他能逃脱死神，他痛苦的心灵寻求过死神，而且当时死神正从四面八方主动地赶来解脱他。他拿定主意，这片橡树现在就是被连根拔起，树梢压倒在他的身上，他也不会移动一步。

他痛哭之后，在热泪中又产生一线希望。他站起来，走遍郊野的每个角落。他登上了每一座聚集着人群的山头，踏遍了每一条有逃难的人行走的道路，只要哪个地方飘动着妇女的衣衫，他颤抖的脚就走向那里，但是都找不到阿斯特伦的可爱的女儿。太阳快要下山了，他的希望也即将破灭。当他走到一座山崖的边缘时，看到一个很少人来到的大山谷。他穿过一堆堆的人群，还没有拿定主意该做些什么，正要折回，突然看见一个年轻的女子在流经山谷的泉水边，正在给小孩洗身。看到这情景，他的心突突地跳着。他满怀自责的心情跃过一块块的岩石，喊道："啊，神圣的圣母!"那女子听到声音后,谨慎地向四周张望。这时他认出了何赛法。神奇的上天拯救了这两个不幸的人,他们无比欢乐地拥抱在一起。

原来何赛法被押去处斩,快要到刑场时,突然房屋哗啦一声塌了下来,整个行刑队伍都跑散了。起初,她非常恐慌地向最近的城门逃去。不一会儿,她恢复了理智,就转身向修道院跑去,她幼小且需要照料的孩子还留在那里。她看到整个修道院在燃烧,院长正站在门前,叫喊人们抢救婴儿——在何赛法生命的最后时刻,院长曾答应替她照料她的孩子。这时,何赛法无所畏惧地穿过滚滚而来的浓烟,冲进正在倒塌的房屋。似乎所有的天使都在保护她一样,她竟然没有受到丝毫损伤,就带着孩子冲出门来。院长合着双手向她表示祝福,她正想投入院长的怀里,这时房屋的山墙塌下来,活活地把院长和几乎所有的修女都砸死。在这恐怖的时刻,何赛法倒退了几步。她匆匆地替院长合上双眼,惊慌失措地带着宝贝儿子逃走了。这孩子是上天再次赐给她的,是从毁灭中抢救出来的。她没走几步,就看到大主教的尸体,这具被压扁的尸体是刚刚从大教堂的瓦砾堆里拉出来的。总督的宫殿也倒塌了,前不久对她做出判决的法院正在熊熊燃烧,她父亲的住宅那一带成了一片火海。

何赛法集中全力,使自己镇静下来。她抑制内心的痛苦,勇敢地带着孩子走过一条条街道。她快到城门时,看见关押耶罗尼莫的监狱也变成了一片废墟。她看到这情景,浑身摇晃起来,神志不清,差点儿在街角昏倒过去。这时,她后面一座摇摇晃晃的房屋塌了下来,把她赶跑了,她吃了一惊反而清醒了。她吻了吻孩子，擦干了泪水，不再看周围恐怖的情景，来到城门口。她在郊外很快就发现，原先住在倒塌的房屋里的人，不是每个人都会被砸死。她默默地站在下一个岔路上，期待这个世界上除了小菲利普之外，还有一个最亲爱的人会出现在她的眼前。她继续往前走，因为她要等待的人没有来，来的都是吵吵嚷嚷的人群，她又转过身来，又在张望。后来，她流着眼泪悄悄地走到松树成荫的幽谷，她以为他已经去世，想为他的灵魂做祷告，没想到在这里找到了最亲爱的人，真是无比幸福，这山谷似乎变成乐园一样。现在她非常激动地把这些经历告诉耶罗尼莫，然后把孩子递给他亲吻。

耶罗尼莫接过孩子，以一种做父亲的无比喜悦的心情抚摸着他。孩子看到陌生的面孔开始哭起来，他就非常慈爱地在孩子的嘴上不停地吻着。这时，美丽的夜晚已经降临，充满着奇妙的清香，月光皎洁，鸦雀无声，这景象只有诗人才能想象出来。沿着山谷的清泉，在月光的银辉下，人们都已躺下。他们用苔藓和树叶做成柔软的床，在受了一天的折磨之后，想休息一下。可怜的人一直在叹气，有的人失去了房子，有的人失去了妻子和孩子，有的人失去了一切。因此，耶罗尼莫和何赛法就不声不响地走进一处密林，以免他们内心的喜悦使别人感到悲伤。他们找到一棵枝叶茂盛的石榴树，石榴树树枝向远处伸展，上面结满果实，飘着芳香，一只夜莺在树梢上唱着欢乐的歌儿。耶罗尼莫坐下来，身子靠着树干，何赛法抱着孩子靠在他的身上。他们坐在那里，盖着耶罗尼莫的大衣，休息了。他们入睡之前，月光下的树影已经离开他们的身上，月亮已变得淡白，东方开始破晓。因为他们有谈不完的话，从修道院的花园谈到他们坐过的监狱，谈到自己为对方所受的痛苦。他们想到，有多少悲惨的事降落到这个世界上，才有他们今天的幸福，因此，他们感到无比激动！他们决定，地震一过，就到康塞普翁市去。在那里，何赛法有个知心的女友，她想从女友处借一些钱作路费，然后从该市乘船到西班牙去。耶罗尼莫的母亲有些亲戚在西班牙，到了那里，他们就能过上幸福的生活。说到这里，他们热烈地亲吻，然后渐渐地入睡了。

他们醒来时，太阳已经升得老高。他们看到，附近的许多人家正在烧火做早餐。耶罗尼莫也在想，怎样才能为他的亲人弄点儿吃的。这时有个穿戴整齐的年轻男子，抱着一个婴儿走到何赛法身旁，有礼地问她：是否可以给这个可怜的孩子喂一点儿奶，因为孩子的母亲受伤躺在那边的树下。何赛法显得有点儿惊慌，她看出他是熟人。他看到她惊慌失措的样子，却误解了她，继续说道："只要喂一点儿就行了。唐娜·何赛法，这孩子自从我们遭到不幸以来，什么东西也没有吃过。"她回答道："我刚才不出声，是由于其他的原因，唐·费尔南多；在这样恐怖的时候，没有人会拒绝把自己拥有的东西分一些给别人。"说完她就把自己的孩子交给耶罗尼莫，接过这个陌生的小孩，给他喂奶。唐·费尔南多非常感谢她的好意，问他们是否愿意跟他一起到那一群人中去，他们正在那里生火做早餐。何赛法回答，她很高兴接受这个建议，耶罗尼莫也没有异议，因此她就跟唐·费尔南多到他家里人坐的地方去。在那里，唐·费尔南多的两个小姨子最真挚、最亲切地接待了她，她也认识这两个可尊敬的年轻太太。

唐·费尔南多的夫人唐娜·埃尔菲蕾脚部受了重伤,躺在地上,她看到自己饿坏了的孩子在何赛法的胸脯上吃奶,就非常亲切地拉她到自己身旁坐下。唐·费尔南多的岳父唐·佩德罗肩膀受了伤,他也和蔼地向她点点头。

在耶罗尼莫和何赛法的心里产生了一些奇特的想法。他们看到,别人都是那样信任和友好地对待他们,他们不知道,别人对过去的事情,对刑场、监狱和钟声,是怎么想的,他们是否在做梦呢?经过可怕的震撼人心的打击之后,仿佛大家都和好了。大家可能都记不起地震以前的事了。只有唐娜·伊莉莎白——昨天早晨她拒绝了一个女友请她去观看行刑的情景——有时以梦幻的目光看着何赛法。但是,当大家谈到眼前可怕的地震时,她那几乎脱离现实的心灵才又回到实际中来。有的人说,第一次大地震后,一瞬间,满街都是妇女,她们当着男人的面生下孩子。僧侣们手拿耶稣受难像,四处奔跑,大声叫喊:世界末日来了!有个卫兵根据总督的命令,要求人们撤离教堂,但有人答道:智利已经没有总督了!在这最恐怖的时刻,总督只好让人建起绞刑架,以制止盗窃行为。有个无辜的人从着火房屋的后门逃出来,屋主匆匆忙忙地把他抓住,马上就被送上了绞刑架。

何赛法帮忙唐娜·埃尔菲蕾护理伤口,后者在大家热烈交谈时,找机会问何赛法:她是怎样度过那最可怕的一天。何赛法心情不安地向她讲了一些主要的情况,她看到这位夫人的眼睛流出了泪水,心里感到很高兴。唐娜·埃尔菲蕾抓住她的手,紧握着,示意她不要再说下去了。何赛法觉得自己很幸福。她有一种无法抑制的感觉:过去的一天给这个世界带来许多苦难,但上天也前所未有地赐给这个世界一个大恩惠。确实是这样，在那恐怖的时刻，人类的物质遭到毁灭，整个自然界差点儿沉陷，但是人们的精神却像一朵鲜花在开放。目光所及，原野上躺着各个阶层的人：王侯和乞丐，贵妇人和农家女，公务员和临时工，修士和修女。他们互相同情，互相帮助，为了保存生命，他们分享从地震中抢救出来的东西，好像这场共同的灾难，把劫后余生的人组成一个大家庭。现在他们谈的不是茶余饭后闲聊的话题，而是不平凡事迹的范例：平时有些人在聚会时不大受人重视，这次却表现得像罗马英雄那样伟大；有的无所畏惧，有的藐视危险，有的富有忘我和牺牲的精神，这样的事例不胜枚举。他们可以毫不迟疑地抛弃自己的生命，仿佛这生命是毫无价值的，很快又可以找回来似的。是的，这一天任何人都遇到某种动人的事情——自己或许没有做出什么伟大的举动——所以，每个人痛苦的心里还夹杂着许多甜蜜的喜悦，正如何赛法所认为的那样，是幸福的总和，是否一方面减少多少，另一方面就增加多少，这是说不清的。耶罗尼莫和何赛法两个在默默地观察了这些情况之后，他挽着她的手臂，怀着说不尽的喜悦心情，带她到浓密的石榴林中漫步。他告诉她，人们的情绪和周围的环境都发生了变化，因此他决定放弃乘船去欧洲的计划；总督对他的事情一直做出善意的表示，如果总督还活着，他要在总督面前下跪求情，他希望和她一起留在智利，同时他亲吻了她一下。何赛法回答，她心里也有类似的想法，如果她的父亲还活在世间，她也不再怀疑会与父亲和解；但是她建议不用下跪求情，宁可先去康塞普西翁，在那里给总督写一封信请求宽恕，那里毕竟离港口近，要是请求宽恕的信有了预期的结果，那当然好，那时再返回圣地亚哥也很容易。耶罗尼莫稍微考虑之后，赞成这个谨慎的计划。他带她又走了一会儿，对未来充满着乐观的精神，然后和她一起回到那堆人中去。

这时已经是下午，地震减弱了，成群结队的逃难者的情绪也慢慢地平静下来。这时传来一个消息：在这次地震中，只有圣多米尼克教堂得以保存，修道院院长神父要在教堂里主持一次庄严的弥撒，祈求上帝保佑不要再发生灾难。人们已经从各个地方出发，匆忙地涌回城里。唐·费尔南多这群人也提出，是否也要跟上大队伍去参加这次隆重的仪式。唐娜·伊莉莎白有点儿不安地提醒大家，不要忘记昨天在教堂里发生的不幸事件。这种感恩弥撒今后还会经常举行，到时再去，大家的心情会更加轻松更加平静，因为危险已经过去了。何赛法马上站起来，有点儿激动地说，天主发挥了不可思议的神圣的威力，她从来没像现在这样迫切地感到，要拜倒在天主面前祈祷。唐娜·埃尔菲蕾非常鲜明地支持何赛法的意见，并坚持认为，大家要去听弥撒，还要唐·费尔南多带大家去。于是包括唐娜·伊莉莎白在内，所有的人都从坐的地方站起来。

但是，大家看见唐娜·伊莉莎白呼吸急促，非常犹豫地慢吞吞地在准备出发前的工作。人家问她哪里不舒服，她说不知怎么回事，心里有一种不祥的预感。唐娜·埃尔菲蕾就安慰她，要她留下来，与她生病的父亲在一起。何赛法说："唐娜·伊莉莎白，这样就请您替我照顾这个小宝贝，您看，他又找到我这儿来了。""很好。"唐娜·伊莉莎白答道，并准备抱起他。但是孩子觉得陌生，就伤心地哭起来，怎么也不让她抱。何赛法笑着说，她只好把他带到身边，接着就亲他，他又安静下来了。唐·费尔南多对何赛法庄重而优雅的举止很满意，就向她伸出胳臂。耶罗尼莫抱着小菲利普，并领着唐娜·康斯坦策。他们中的其他人就跟在后面，队伍有秩序地向城里走去。

这时，唐娜·伊莉莎白悄悄而激烈地跟唐娜·埃尔菲蕾谈话。队伍刚走出五十步左右，人们就听到唐娜·伊莉莎白在叫喊唐·费尔南多的名字，并且看到她急急忙忙地跟着跑来。唐·费尔南多停下脚步，并转过身来等她，仍然还挽着何赛法的胳臂。唐娜·伊莉莎白走到一定距离时就停住了，似乎等他走过来，他问她有什么事。唐娜·伊莉莎白显得很不乐意，但还是往前走到他的近旁，并低声对他说了几句话，不过没让何赛法听到。"是吗？"唐·费尔南多问，"由此会产生什么不幸呢？"唐娜·伊莉莎白怅然若失地又对他耳语几句。唐·费尔南多气得满脸通红，他说："好吧！你叫唐娜·埃尔菲蕾放心好了！"说完他带着何赛法走了。

当他们到达圣多米尼克教堂时，可听到悦耳的管风琴声。人们像潮水般涌进教堂。拥挤的人群站在教堂门外的广场上，孩子们爬到墙壁旁的画框架上，手里拿着帽子，目光中充满着期待。所有的枝形吊灯都射出光芒，柱子在暮色中投入神秘的阴影，教堂后面饰有蔷薇花的大型彩色玻璃窗，在晚霞中闪闪发光。这时，管风琴沉默了，大厅里一片寂静，好像个个都是哑巴似的。从来没有一座天主教教堂，像今天圣地亚哥城的圣多米尼克教堂那样，对上天有着如此热情的信仰；也没有一个人的心中，像耶罗尼莫和何赛法的心中那样，产生更加炽热的信仰！

盛典从布道开始。有个身着节日法衣的神甫——他是年事最高的唱诗班成员之一,站在讲坛上说教。他高举起颤抖的、被法衣紧抱着的双手,对上天表示歌颂、赞美和感恩,因为今天人们还能在世界上这块沦为废墟的地方向天主祷告。他叙述了根据天主的示意所发生的事情,末日审判也不会比这更恐怖。他说到昨天发生的地震,并指着教堂里的一道裂缝,称这只是末日审判的征兆,顿时所有听众都感到不寒而栗。说到这里,他以神甫的能言善辩,滔滔不绝地指责这个城市道德败坏。他谴责这个城市所犯的罪行。即使在索多姆和哥摩拉也不会发生。他说,只是因为天主无比宽容,这个城市才没有在地球上被完全毁灭。这番说教使我们那两个不幸的人心胆俱裂。接着,神甫详细叙述了发生在加尔默派修道院花园里的罪行,这些言语如同匕首插进他们两个早已破裂的心。神甫又说,这世上竟然有人宽容这种罪行,这简直是亵渎神明,他口出恶语,道出犯罪者的姓名,扬言要把他们的灵魂交给地狱里的魔鬼!

唐娜·康斯坦策靠在耶罗尼莫的胳臂上,浑身颤抖地喊道:"唐·费尔南多!"但是费尔南多以既是强调又是神秘的语气答道:"唐娜,您不要出声,连眼珠也不要动,装作晕倒的样子,然后我们马上离开教堂。"可是,唐娜·康斯坦策还来不及实行这条脱险的妙计,就有一个人大声地打断神甫的说教:"你们躲远一点儿,圣地亚哥的市民们,亵渎上帝的人就站在这里!"这时可怕的人群在说话人的周围形成一个很大的包围圈,另一个人吃惊地问:"在哪里?"第三个人答道:"在这里!"并且非常恶毒地抓住何赛法的头发,要把她拉倒在地,如果唐·费尔南多没有扶住她,她就会抱着费尔南多的儿子跌倒在地。"你们发疯啦?"这个年轻的绅士喊道,并把胳臂搭在何赛法的肩上:"我是唐·费尔南多·奥尔梅策,本城城防司令的儿子,你们大家都认识城防司令吧!""你是唐·费尔南多·奥尔梅策?"一个鞋匠走到他的跟前喊道。这个鞋匠以前为何赛法做过鞋,他认识她,就像熟悉她纤细的脚一样。这时,他转过身来以无耻而固执的态度问阿斯特伦的女儿:"谁是这个孩子的父亲?"唐·费尔南多听到这句问话,脸色变得苍白。他胆怯地望着耶罗尼莫,又匆忙地瞥一眼周围的人,看看是否有人认识他。何赛法被这危急的形势所逼,就叫喊道:"佩德里洛师傅,你不要误会了,这不是我的孩子。"说话时,她心里十分恐惧地望着唐·费尔南多。她接着说:"这位年轻的先生是唐·费尔南多·奥尔梅策,他是你们大家都认识的本城城防司令的儿子!"鞋匠问道:"公民们,你们当中谁认识这个年轻人?"周围好几个人反复喊道:"谁认识耶罗尼莫·鲁格拉?请站出来吧!"

刚好在这个时候,嘈杂混乱的气氛吓坏了小胡安,他就从何赛法的怀里扑到唐·费尔南多的身上。这时有人叫道:"他是父亲!"另一个人喊道:"他就是耶罗尼莫·鲁格拉!"第三个人叫喊道:"他们就是亵渎天主的人!"聚集在教堂里的天主教徒大喊大叫:"用石头砸死他们!用石头击毙他们!"这时,耶罗尼莫喊道:"住手!你们这些野蛮的人!如果你们要找耶罗尼莫·鲁格拉,他就在这儿!放开他,他是无罪的!"

耶罗尼莫的话把愤怒的人们弄糊涂了,一个个都愣住了;好几个人都放开了唐·费尔南多。这时,一个官位显赫的海军军官急忙走过来,他穿过混乱的人群,问道:"唐·费尔南多·奥尔梅策!您这里发生了什么事?"现在唐·费尔南多完全解脱了,他以真正的英雄气概从容不迫地说:"是啊,您看,唐·阿洛措,这帮杀人的凶手!如果不是这位可尊敬的人冒充自己是耶罗尼莫·鲁格拉,来平息这帮疯狂的人,我已经丧生了。能否劳驾您把他和这位年轻的太太带走,以保证他们的安全;这个坏家伙,请您把他抓起啦!"说着他抓住佩德里洛师傅,"整个骚乱就是他在煽风点火!"

鞋匠大叫道:"唐·阿洛措·奥诺莱耶,我问您的良心,这个姑娘不是何赛法·阿斯特伦吗?"唐·阿洛措跟何赛法很熟,现在犹豫不决没有回答。因此,许多人又重新燃起怒火,高喊道:"她就是何赛法,她就是何赛法!""打死她!"这时,何赛法把小菲利普——他一直由耶罗尼莫抱着——和小胡安递给唐·费尔南多,并对他说:"唐·费尔南多,您走吧,把您的两个孩子解救出去,让我们等待命运的安排吧!"唐·费尔南多接过两个孩子,他说,他宁愿丧命,也不能让自己的同伴受伤害。他借了海军军官的剑,然后挽着何赛法的胳臂,要后面那一对人跟着他。他们做了这样的准备之后,人们反而恭敬地为他们让路,他们也确实走出了教堂,以为已经得救了。

教堂门前的广场上同样人山人海,他们刚走到广场上,跟在他们后面的疯狂人群中有一个人喊道:"市民们,这个人就是耶罗尼莫·鲁格拉,因为我是他的生身父亲!"然后他就用粗大的木棍把唐娜·康斯坦策身旁的耶罗尼莫打倒在地。"圣母玛利亚!"唐娜·康斯坦策叫道,并向她姐夫的身旁逃去。可是辱骂声已经响起:"修道院里的娼妇!"这时,从另一侧打来一棍,把她打死,倒在耶罗尼莫旁边。"你这恶魔!她是唐娜·康斯坦策·哈勒斯!"一个陌生人喊道。"他们为什么欺骗我们!快把真正的娼妇找出来,把她打死!"鞋匠回答道。唐·费尔南多看到康斯坦策的尸体时,勃然大怒,抽出利剑挥舞起来,向着犯下暴行的杀人凶手砍去,要不是凶手转身躲过,这愤怒的一剑定要把他劈成两半。但是人群向着唐·费尔南多涌来,他根本无法制服他们。这时,何赛法喊道:"唐·费尔南多和孩子们,再见了!"然后又高喊道:"打死我吧,你们这群凶猛的野兽!"说着她就跳到这群野兽中去,以便结束这场残杀。于是佩德里洛师傅就举起木棍把何赛法打死,她的鲜血喷射到他的全身。"把这个私生子和她一起送到地狱去!"他叫喊着,还嫌杀得不够,又重新逼上来。

唐·费尔南多,这位真正的勇士,现在站在那里,背靠教堂,左手抱着两个孩子,右手握着利剑,他一挥剑,剑光闪闪,就有一个人倒地;一头狮子防御得也不如他好。七个暴徒横尸在他的面前,他们的头目也受了伤。但是,佩德里洛师傅决不罢休,他从唐·费尔南多怀里抢过一个孩子,抓住他的脚旋转着,然后把他摔到教堂柱子的棱角上。这时广场上一片寂静,人们都纷纷散去。

唐·费尔南多看到自己的小胡安躺在面前,脑浆迸裂,他抬头望着苍天,心里感到无比的痛苦。那位海军军官又来到他的身旁,尽力在安慰他,并对他表明,在这次惨案中,虽然许多情况可以替自己无所事事的行为辩解,但还是觉得很后悔。可是唐·费尔南多说，他是无可指责的，只是请求他，现在帮忙把尸体抬走。夜幕已经降临，他们在昏暗中把全部尸体抬到唐·阿洛措家里，唐·费尔南多跟在后面，他的眼泪不住地滴在小菲利普的脸上。当晚他也住在唐·阿洛措家里。他一直犹豫着没有把这次惨案的全部经过告诉妻子，只是用虚构的情节瞒住她，因为她还在生病，而且他也不知道，她怎么看待他在这次事件中的行为。可是过了不久，有个客人偶尔把发生的事情都告诉了她，这位贤惠的夫人在暗中痛哭不止，以泄其做母亲的悲恸。一天早晨，她不禁热烈拥抱丈夫并吻他，而眼里还噙着晶莹的泪花，于是，唐·费尔南多和唐娜·埃尔菲蕾就把小菲利普收为养子。当唐·费尔南多将菲利普与胡安进行比较时，想起自己是怎样得到这两个孩子的，他似乎应该感到高兴。

海　涅　（1797—1856）

德国诗人、散文家，在世界文学史中占有重要地位。他的散文优美潇洒，清新隽永，思想深刻，著名的有《哈尔茨山游记》《英国片段》等。诗作《德国，一个冬天的童话》是其思想和艺术上最重要、最成熟的作品。

舞　女

早年，我去伦敦学习英语和了解当地的民俗风情。让当地人连同它的语言见鬼去吧！在那里他们把一大堆单音节的词放进嘴里，咀嚼着，嘟哝着，又把它们吐出来，它们称之为说话。幸好他们的天性沉默寡言，虽然他们总是惊讶地注视着我们，但不会用长时间的交谈来打扰我们。不过，如果我们落到一个做过长途旅行又在大陆学过法语的阿尔比恩儿子的手里，那我们就倒霉了。然后这个人就会利用这个机会，练习学到的语言知识，向我们提出各种可能的问题。你刚回答完一个问题，他又抛出一个新的，要么问年龄，要么问家乡或者问你逗留多久。他相信用这种不断询问的方式是同我们进行的最好的交谈。我有个在巴黎的朋友也许说得对。他断言，英国人的法语会话是在办护照的办公室里学会的。在吃饭时他们的谈话最有用，他们把大块的烤牛肉切开，然后用十分严肃的神情问我们要哪一块：要烤得老的还是烤得嫩的？要中间的还是要表层烤成褐色的牛肉？要肥的还是要瘦的？不过，这种烤牛肉和他们的烤羊肉也就是他们的好东西了。上帝保佑不让基督教徒享用调味酱。这种调味酱是用三分之一面粉和三分之二黄油制成的，或者视混合变换的情况而定，用三分之一黄油和三分之二面粉。上帝也不让他们吃那种简单的蔬菜，他们把蔬菜放在水里煮熟，端上桌子，完全像上帝创造它们的样子。英国人的祝酒和必要的祝酒词比起他们的烹调技术更为可怕。当宴会结束，女士们离开餐桌后，取代她们的是端上许多瓶波尔多红葡萄酒……因为他们相信用红葡萄酒替代美女的缺席是最适当的。我说美女，是因为英国女人配得上这个称呼。她们美丽、白皙、苗条。只是鼻子和嘴巴之间的距离太长，这种情况英国男人也常有，这使我在英国常常对最漂亮的面孔也感到索然无味。当我在意大利看到英国人时，对这种偏离典型美的现象感到更加不愉快。英国人不够适中的鼻子和鼻子下面延伸到嘴巴的宽度过大，这与意大利人的脸型形成鲜明的对照。意大利人的相貌更具有古典的匀称，他们的鼻子或者是罗马弯曲型的，或者是希腊垂直型的。一个德国旅行者的话很对，如果英国人走在意大利人中间，那么英国人就像削去鼻尖的雕像。

是的，如果在外国遇到英国人，通过对比就可以看到他们的缺陷更加显眼。那些无聊的先生坐着闪亮的特快邮车驰过所有的国家，处处留下悲哀的灰色的尘雾。此外，他们对毫无益处的东西感到好奇，他们掩饰自己的笨拙，他们羞涩中带有轻佻，他们既自私又笨拙，他们对所有令人忧愁的事情感到无聊的高兴。三周以来在这里的格兰杜卡广场上，人们每天都可以看到一个英国人，他坐在马上，张大嘴巴几个小时地观看那个江湖医生给人拔牙。这一场面也许弥补了阿尔比恩高贵的儿子在他可爱的祖国错过观看执行死刑的情景……因为对于英国人来说，除了拳击和斗鸡之外，没有比观看一个穷鬼临死挣扎状态更壮丽的景象了。这个穷鬼偷了一只羊或者仿造别人的笔迹，他的脖子就会被套上一根绳子，在法庭门前示众一个小时，然后被处死。我说在那个丑恶残酷的国家把偷羊和伪造等同于最卑劣的罪行，等同于杀父和乱伦而受到惩罚，这绝不是夸张。我有一个可怕的偶然机会，在伦敦目睹一个人因为偷了一只羊而被吊死。从此我对烤羊肉完全失去了兴趣。肥肉常常使我想起那个贫穷的罪人的白色帽子。在他旁边还有一个爱尔兰人被绞死，他仿造了一个富有的银行家的笔迹。我还总是看见那个可怜的爱尔兰人对死亡的天真的恐惧，他在刑事陪审法庭上无法理解，由于模仿笔迹法庭对他实行如此严厉的惩罚，可他是允许任何人模仿他自己的笔迹啊！而这个民族却持续地谈论基督教信仰，每个礼拜天不耽误上教堂，用《圣经》充斥全世界。

如果在英国不管是人还是菜肴都不合我的口味，那么有部分原因也许出在我自己身上。我把积压在心里的忧郁的情绪从家乡带到那边去，我在一个民族寻找快乐，而这个民族本身只懂得在政治和重商主义的活动漩涡中扼杀自己的烦恼。在这里处处使用机器，机器承担许多人的工作，机器的完善程度使我感到十分恐惧。轮子、杆棒和汽缸的人造传动机构，多种多样的几乎狂热转动的小钩、小销钉和小齿轮，这些都使我感到害怕。英国人生活中的明确、精密、精确和准时同样使我惊恐，因为在英国我们觉得机器像人，同样我们也觉得那里的人像机器。是的，在那里木材、铁和黄铜似乎掠夺了人的精神,几乎变得很荒谬,而精神被剥夺的人作为空心的幽灵,完全像机器一样做他按照习惯做的事情,在规定的时间吃牛排,在议会发表演说,刷指甲,上马车或上吊自杀。

在这个国家,我的忧郁的心情每日都在增加。有一天傍晚我站在滑铁卢桥上,望着泰晤士河的流水,这时我的悲伤达到从未有过的程度。我觉得,我的灵魂好像倒映在水中,它好像带着伤痕从水中仰望着我……这时我想起了一些十分忧伤的往事……想起了经常被浇醋的玫瑰花,因此它失去了浓郁的芳香,便提早枯萎了……想起了迷路的蝴蝶,一个自然研究者登上了勃朗峰,看见它十分孤独地在冰墙之间飞舞……想起了那只温驯的母猴,它对人很信任,同他们一起玩耍,一起吃饭,但是有一次在吃饭时在碗里放着烤肉,它认出那是它自己的小猴……它急忙地抓起烤肉,急速跑进树林里,不再在它的人类朋友中出现……啊,我感到十分伤心,热泪禁不住夺眶而出……泪珠掉进了泰晤士河,汇流到大海,而大海已经毫无觉察地吞没了许多人的眼泪。

这时一阵奇妙的乐声把我从模糊的梦中唤醒。我环视周围,发现岸边有一群人,他们围成一个圆圈,圆圈里面好像有轻松愉快的演出。我走到近处,看到了一个艺人家庭,这个家庭由以下成员组成:

第一位是个妇女。矮个,粗壮,头小,穿一身黑衣服,肥大的肚子突出来,一面大鼓挂在肚子上,她无情地在鼓上敲打着。

第二位是个侏儒,他穿着刺绣的衣服,像一位法兰西的侯爵,他的大头上扑了粉,但是四肢十分瘦小,他蹦蹦跳跳地敲打着三角铁。

第三位是个姑娘,约莫十五岁,她穿一件紧身的蓝条子丝绸短上衣和一条宽大的也是蓝条子的裤子。她身材轻盈,妩媚。面孔具有古希腊的美。高贵的直鼻子,迷人的翘嘴唇,柔软的圆下巴,金黄的肤色,黑色而闪亮的头发缠绕在太阳穴上。她身段纤柔,神情严肃,闷闷不乐,她这样站着,看着这个团队的第四位成员,它正在表演特技。

这第四位是一条受过训练的狗,一条充满希望的长卷毛狗。它正在用给它的木制字母拼成威灵顿[①]勋爵的名字,另外还加上一个奉承的修饰语"英雄",这使得英国观众十分高兴。从这条狗机智的外表可以看出,它不是英国狗,而是和其他三个人一样都是从法国来的。对此英国人感到高兴,因为他们伟大的统帅至少得到法国狗的承认,而法国的其他生物却不会这样卑鄙地赞赏他。

事实上,这个团队是由法国人组成的。这个侏儒声称自己是蒂尔吕蒂先生,开始用法语手舞足蹈地夸夸其谈,以至于可怜的英国人比平时更加张大了嘴巴和鼻孔。这个侏儒说了一通废话后,有时像公鸡一样啼叫。这种公鸡喔喔啼鸣以及混杂在他说话中的许多皇帝、国王和诸侯的名字也许是可怜的观众唯一能听懂的东西。他颂扬那些皇帝、国王和诸侯是他的恩人和朋友。他信誓旦旦地说,当他还是八龄童时,就与已进入极乐世界的路易十六陛下进行过一次长谈。后来陛下在重要的时刻也总是征求他

---

① 威灵顿(1769—1852),英国统帅,首相。1815年在滑铁卢会战中打败法军。——译者注

的意见。他和许多人一样由于逃跑躲过了革命的风浪。恢复帝制后他才回到可爱的祖国，以便分享伟大民族的荣誉。他说，拿破仑从来没有爱过他，他却受到教皇陛下庇护七世的宠爱。亚历山大皇帝给他糖果，威廉·封·基莉茨公主常常把他抱在怀里。他说，是的，他从童年起就完全和君主生活在一起，现在的君主似乎是跟他一起长大的。他把他们看作自己的亲属，如果他们之中有人逝世，他每次也服丧。他说了这番架子十足的话之后，又像公鸡一般啼叫。

实际上蒂尔吕蒂先生是我所见到的最为奇特的侏儒。他的皱巴巴的老脸与他小孩般的瘦小的身体形成滑稽的对比，而他整个人又这样让人好笑，这与他表演的特技形成对照。他做出一种满不在乎的样子，拿出一把长剑向空中乱舞，同时以他的声誉发誓，没有人能挡开他击剑时的这种第四架势或那种第三架势，相反，他的挡开架势任何人也无法刺穿。他要求观众中的任何一个人，与他较量一下高尚的剑术。当这个侏儒开了一通玩笑，发现没有人想与他公开决斗之后，就用古法语时期的优雅姿势对给他鼓掌的观众表示谢意。接着他从容不迫地向非常尊敬的观众预告一个曾经在英国大地上收到赞赏的最优秀的节目。"你们看，这位是，"他戴上肮脏的羔羊皮手套，十分恭维地把属于团队的那位姑娘领到圈子中间，然后大声喊道，"这位是洛朗丝小姐，她是那位令人尊敬的、信基督教的夫人的独生女。这位夫人正在那边敲大鼓，她因失去了最亲爱的丈夫——欧洲最伟大的腹语表演者，目前还在服丧。现在洛朗丝小姐跳舞！请大家欣赏洛朗丝小姐的舞蹈！"说完这番话他又像公鸡那样啼鸣。

这姑娘好像对这番话满不在乎，也不在意观众的目光。她郁郁寡欢，陷入深思，一直到侏儒把一条大地毯铺到她的脚前，又在大鼓的伴奏下开始敲打他的三角铁。这是一种奇妙的音乐，一种笨重阴郁和欢乐兴奋的混合物，我听出一种尽情欢快的、忧伤狂妄的旋律，这种旋律特别简单。但是，当那个年轻的姑娘开始跳舞时，我很快把这音乐忘记了。

舞蹈和舞女几乎强烈地吸引了我的全部注意力。这不是我们在大芭蕾舞剧中还见到的古典舞，如同在古典悲剧中一样。在大芭蕾舞剧中见到的只是矫揉造作的统一和做作。这不是改编成舞蹈的亚历山大体诗，不是慷慨激昂的跳跃，不是对照的赤脚跳，不是高尚的激情，而是用一只脚回旋飞舞，使得观众只看到天空和针织紧身衣，只看到观念和谎言！真的，没有什么比巴黎大歌剧中的芭蕾舞更使我讨厌的了。在大歌剧中完全保留了古典舞蹈的传统，而法国人在其他艺术中，在诗歌、音乐和绘画中已经推翻了古典的体系。但是他们很难在舞蹈艺术中完成类似的革命，除非他们如同在政治革命中那样，在这里再用恐怖行为砍断对旧制度不思改悔的舞蹈者的腿。洛朗丝小姐不是伟大的舞蹈家，她的脚尖不很弯曲，她的腿没有练成各种可能的扭曲，她没有掌握维斯特里①传授的舞蹈艺术。但是，她跳舞就像大自然要求人那样跳，她的整个风格和她的舞步是协调的，不单她的脚在跳，而且全身都在跳，她的脸也在跳……有时她变得苍白，几乎像死人般苍白，她的眼睛睁得很大，如同鬼怪一般。欲望和痛苦

---

① 维斯特里：意大利裔的著名舞蹈家。——译者注

在她的嘴边颤动,她的黑发呈光泽的椭圆形,缠绕在两边的太阳穴上,如同两个扑打着的乌鸦翅膀在振动。事实上,这不是古典舞,也不是像欧仁·朗迪尔学校的一个年轻的法国人所说的浪漫主义的舞蹈。这种舞蹈既没有中世纪的东西,也没有威尼斯的东西,也没有死神舞的东西,其中没有月光也没有乱伦……这种舞蹈不追求通过外部动作形式使人觉得有趣,而是外部动作形式似乎是要表达某种特别东西的特殊语言。但是,这种舞蹈表达了什么?我无法理解,虽然肢体语言所表达的感情是那样强烈。我只是有时猜想,肢体语言表达的是一种令人恐惧的痛苦。平时我很容易明白各种现象的标志,但是对这种舞蹈的谜,我无法解开。我在探索这个谜的含义,但总是徒劳。对此也许音乐也有问题,它肯定把我引向错误的途径,狡猾地试图把我弄糊涂,总是打扰我。蒂尔吕蒂先生的三角铁有时幸灾乐祸地咯咯地笑。姑娘的母亲怒气冲冲地敲着大鼓,她的面孔好像一道血红的北极光从黑色便帽的乌云中射出来。

当这个团队离开后,我还在原地停留了很长时间,思考这种舞蹈要表达什么。它是法国南部的舞蹈还是西班牙的民族舞?使我想到这一点大概是那位姑娘来回摆动身体的狂热,和她有时以女神巴克斯的女信徒的放肆而大胆的方式向后仰头的粗野。我们惊讶地在古典花瓶的浮雕上见过这些女信徒。那姑娘的舞蹈有点儿醉态的随意,有点儿忧郁的必然,有点儿宿命的东西,然后她跳舞就像命中决定的那样。或者是一种古老的、失踪的哑剧的残篇吧?或者是编成舞蹈的个人故事吧?姑娘有时对着大地弯腰俯着,好像在倾听似乎从地里传来的对她说话的声音……然后她颤抖得像杨树叶子,快速朝另一侧弯身,在那里爆发出最疯狂的、最放纵的跳跃,然后又面对大地俯身侧耳,比刚才更加恐惧地倾听,点头,脸变红,又苍白,全身颤抖,就像发呆一样,笔直地站了一会儿,最后做了一个像洗手的动作。她那么长久,那么恐惧地洗掉手上的东西是血吗?同时她向旁边瞥了一眼,这是一种祈求的、急切的、融化灵魂的目光……这目光刚好落在我的身上。

当天我整夜想着这种目光、这个舞蹈和这个奇妙的伴奏。当我第二天像平时那样在伦敦大街上闲逛时,我感觉到有一种强烈的愿望想再遇见那个漂亮的舞女。我总是竖起耳朵听,能否听到大鼓和三角铁的声音。我终于在伦敦找到一点儿我感兴趣的东西,我不再毫无意义地在空荡荡的大街上漫步。

我刚从古堡出来,在那里我详细观看了用来将安娜·博林斩首的斧子,还观看了英国王冠上的宝石和狮子。这时在古堡广场上,在一大群人围成的圆圈中心,我又见到了敲大鼓的夫人,听到了蒂尔吕蒂先生像公鸡般的啼叫。受过训练的狗又在拼接威灵顿勋爵的英名。侏儒又在展示他那不可挡开的第三架势和第四架势。洛朗丝小姐又开始跳她那奇妙的舞蹈,又是同样谜团般的动作,同样的语言,这种舞蹈表达什么我无法理解,同样激烈地把漂亮的脑袋向后仰,同样细听大地的声音,想通过越来越狂热的跳跃来缓和恐惧,又是对着大地侧耳倾听,发抖,面色发白,发呆,然后还有可怕的神秘的洗手,最后是祈求的、急切的侧视,这次目光在我身上停留的时间更长久。

是的,女人,不管是年轻的姑娘还是妇女,一旦引起一个男人的关注，她们就会马上觉察到。洛朗丝小姐不跳舞时总是一动不动地闷闷不乐地看着眼前，跳舞时有时只向观众瞥视一下。但是从现在起，这种目光不是偶尔而是总是落在我的身上。我愈是经常去看她跳舞，这种目光就愈是意味深长，就愈是难以理解，我就像被这种目光迷住了。有三个星期我从早到晚在伦敦街头四处奔波，洛朗丝小姐在哪里跳舞，我就停留在那里观看。虽然噪音很大，但是我在很远的地方也能听见大鼓和三角铁的声音。蒂尔吕蒂先生一看到我匆匆赶来，就发出他那令人愉快的鸡啼声。我同蒂尔吕蒂先生，同洛朗丝小姐，同她的母亲，还有同那条受过训练的狗，在任何情况下都没有说过一句话。但我觉得我最终完全是这个团队的一员。蒂尔吕蒂先生收钱时，举止十分得体，当我走近他，往他的三角形小帽里扔进一小块钱币时，他总是把目光投向相反的一边。他真的具有高尚的礼节，使人回想起往日良好的风度。你可以从这个矮人身上觉察出来，他是同君主们一起长大的。更令人惊讶的是，他有时完全忘记自己的尊严，像公鸡那样啼叫。

我无法描述，当我三天之久在伦敦的所有街道都找不到这个小团队时，我变得多么郁闷。我最终察觉，他们已经离开这座城市了。无聊就像沉重的双臂夹住我，又把我的心压得紧紧的。我终于无法再忍受下去了，于是我对英国的四个等级说再见：流氓、恶棍、绅士、时髦人。我回到了文明的大陆，在这里我遇到了第一个厨师，我在他的白围裙前面叩拜。在这里我又可以像有理性的人那样吃午饭，从无私的亲切的面孔上我感到了舒心。但是我永远无法忘怀洛朗丝小姐，她的舞姿长时间停留在我的记忆中。我在寂寞的时刻必然经常思考这位美丽女孩的谜一般的哑剧，特别思考她面对大地侧耳的倾听。三角铁和大鼓奇妙的旋律也过了好长时间之后在我的记忆中渐渐地消失了。

离开伦敦后五年，我第一次来到巴黎，并且是在一个独特的时期。法国刚刚进行了七月革命，全世界为之欢呼。这次革命不像以前的共和国和帝国的悲剧那么可怕，战场上只留下几千具死尸。甚至政治上的浪漫主义者也不很满意，他们宣布进行一场新的革命，让更多的人流血，刽子手有更多的事情可做。

巴黎使我感到轻松愉快，那里每个人都显得很快乐，就连心情郁闷的人也受到了影响。令人惊奇！巴黎是演出世界历史上最大悲剧的舞台，甚至最遥远的国家在回忆这些悲剧时，心也会颤抖，眼睛也会含泪。但是在巴黎观看这些伟大悲剧的观众情况，与我以前在圣马丁门旁看《奈斯勒塔》的演出的情形一样。我坐在一位妇人后面，她戴着一顶玫瑰色纱罗的帽子，这顶帽子很宽大，它挡住了我看舞台的全部视线。我只有通过这顶帽子玫瑰色的纱罗来看舞台上的演出，因此我觉得《奈斯勒塔》的一切可怕现象都在最快乐的玫瑰光中出现。是的，在巴黎有这种玫瑰光，它使附近的观众把一切悲剧化为欢乐，以免他们对生活享受感到厌倦。甚至人们把痛苦的心情带到巴黎后，在巴黎也会失去它的惊恐，痛苦奇特地减轻了。在巴黎的这种氛围中，一切创伤都比其他任何地方痊愈得快。在这种氛围中就像在民众中一样，具有某些宽宏的和善的亲切的东西。

我最喜欢巴黎人文雅的态度和高尚的仪表。文雅的甜蜜的菠萝芳香！你多么友好地使我受到伤害的心灵恢复了健康，我的心灵在德国吞下了多少烟雾、酸菜味和粗野!

在我到达那天,在街上一个法国人只是轻微地碰了我一下,他彬彬有礼的道歉声就像罗西尼①的旋律在我耳旁响起。我对这种高雅的礼貌感到吃惊,在德国我已习惯于撞到别人的肋骨不道歉的粗野行为。我逗留巴黎的第一周,仅仅对这种音乐般的道歉声感兴趣,就故意让人碰撞了几次。但是对于我来说,不仅仅因为这种礼貌,也由于他的语言,还有法国人民具有某种高尚的风格。因为如您所知,在我们北方,法语属于高级贵族的象征,我从童年开始就把说法语与高尚的思想联系在一起。巴黎中央菜场的一个卖菜妇说的法语要好过一个六十四代是贵族的德国妇女。

因为这种给予法国人高尚外表的语言,在我眼中法国人具有某种可爱的寓言般的色彩。这源于我童年时代的另一段回忆。我学习法语的第一本书就是拉·封丹的寓言。寓言中质朴的理智的俗语在我的记忆中留下了不可磨灭的印象。当我现在来到巴黎,听到处处说法语的声音,我就会经常想起拉·封丹的寓言,我相信经常听到了熟悉的动物的声音:现在狮子说话,然后狼又说话,后来是绵羊或仙鹤或鸽子说话,我猜想有几次还听到了狐狸的声音。

有时这样的句子还会在我的记忆中苏醒:

喂,你好!乌鸦先生!

---

① 罗西尼(1792—1868)意大利作曲家。——译者注

> 你多么漂亮，我觉得你很美！

但是当我在巴黎陷入被称为世界的高级地区时，这种寓言的记忆更是经常在我的心灵里醒来。正是这个世界给已故的拉·封丹提供了动物特性的类型。我到达巴黎后不久，冬季开始了，我参加了沙龙生活，在那里那个世界多多少少都在快乐地闲逛。这个世界最有趣的东西使我感到惊讶的是，不仅是那里美好的风俗相同，而更多是它的成分的不同。当我在一个大沙龙里看到人们在那里和睦相处时，有时我以为自己是在一个古董店里，在店里杂乱地摆放着各个时期的遗物：希腊的阿波罗和中国的宝塔，墨西哥的神像和哥特人的耶稣受难像，埃及的狗头神像，还有木头、象牙和金属制成的神圣的面具等。在那里我看到了老穆斯科戴尔，他曾经与玛丽·安托内特①跳过舞，看到了在国民议会中受到景仰的温和的共和主义者和没有仁慈、没有污点的山岳派，看到了在卢森堡就职的前行政领导人、让全欧洲发抖的帝国权贵和居统治地位的复辟的耶稣会士。总而言之，没有人再相信这些来自各个时期的褪色的残破的神灵。当他们相互接触时，就得相通姓名，但是人们看到这些人平和而友好地并排站着，就像上面提到的古董店的古董一样。在激情洋溢的日耳曼国家，异种人要过共同的社会生活是完全不可能的。在我们寒冷的北方，说话的时候不需要像温暖的法国那样强烈。在法国，如果仇敌在一个沙龙里相遇，也不会长时间黑着脸默默无语。在法国，人们

---

① 法国王后（1755—1793），法王路易十六之妻，后来上了断头台。——译者注

热衷于得到别人的好感，他们强烈追求让朋友满意，也让敌人满意。这是一种经常的掩饰和炫耀，这里的妇女费尽力气在卖俏方面超过男子，这一点她们成功了。

我这种意见没有丝毫恶意，对法国妇女，特别对巴黎妇女绝对没有丝毫恶意。我非常尊敬她们，我尊敬她们是由于她们的美德，而更多的是由于她们的缺点。我认为没有什么比这个传说更恰当的了，巴黎女子带着各种各样的缺点来到世间。有个可爱的仙女同情她们，给她们的缺点施了魔法，使缺点产生了新的魅力。这个可爱的仙女就是希腊神话中的三女神。巴黎女子美吗？谁能知道呢！谁能看清化妆的诡计，谁能识别薄纱泄露的东西是否真实，或者鼓起的绸衣所显露的东西是否假象！眼睛能够穿过外表，我们正要去探索内心，然后一层新的外表很快掩盖住内心，后来另一层新的外表又掩盖住内心。通过这样不断地更换式样，她们嘲弄男人的目光。她们的面孔漂亮吗？这也很难判断。因为她们所有人的面部表情都经常变动，每个巴黎女子都有千百种面孔，一张比一张更欢乐，更机智，更迷人，这使那些想在其中挑出最漂亮的面孔或者猜出真实的面孔的人感到难堪。她们的眼睛大吗？我怎么知道！如果炮弹夺走了我们的脑袋，我们就不用再研究大炮的口径了。虽然这双眼睛没有击中谁，但是至少通过媚眼放电，使他神魂颠倒，愉快地停留在安全的射程之内。她们的鼻子和嘴巴之间的空间是宽还是窄？如果她们撅起鼻子，空间就宽；如果她们的上嘴唇傲慢地翘起，空间就窄。她们的嘴巴是大还是小？谁能知道，什么时候嘴巴停止微笑或者开始微笑？为了做出正确的判断，判断者和被判断者的身体部位必须处于静止状态。不过，在一个巴黎女子在场的情况下，谁能静止不动？并且哪个巴黎女子什么时候安静过？有些人认为，如果他们用针把蝴蝶插在纸上，然后就可以仔细地观察它。这种做法既愚蠢又残忍。插在纸上的、静止的蝴蝶就不再是蝴蝶了。人们必须当蝴蝶在花间飞来飞去时观察它……观察巴黎妇女不要在她们的家里，在家里她们的胸口被一根针钉住了，而要在沙龙里，在社交晚会上，在舞厅里，这时她们张开刺绣的薄纱和丝绸的翅膀，戴着欢乐的闪光的水晶头饰翩翩起舞！然后她们就会流露出一种追求生活的急切的欲望，一种追求甜蜜的陶醉的热望，一种追求醉态的渴望，由此她们几乎被严重地美化了，并赢得诱惑力，同时使我们心醉神迷，激动不已。巴黎女子对享受生活的这种渴望——似乎死神很快就会将她们从快乐的喷泉里叫走，似乎这口喷泉很快就会枯竭——这种迫切，这种狂热，特别在舞会上表现出来的这种疯狂，经常使我想起女鬼跳舞的传说，在我们那里称之为"维利斯"。她们就是在举办婚礼前死去的新娘，但是她们跳舞的欲望没有得到满足，仍然强烈地保存在心里，于是夜里从她们的坟墓里走出来，三五成群地聚集在公路旁，午夜纵情地跳起最疯狂的舞蹈。她们身穿婚礼服装，头戴花冠，苍白的手上戒指在闪光，凄凉地笑着，她们在月光下跳舞，很美，令人倾倒。她们愈是感到允许跳舞的时间快要结束，又要回到冰冷的墓中，就愈发疯狂和快速地跳舞。

在安亭大道举办的一次社交晚会上，这种观察深深地感动了我。那是一次卓越的晚会，社会娱乐的传统项目齐全：充足的灯光可供照明，足够的镜子可供打扮，足够的人可挤出热气腾腾,足够的糖水和冰块可供降温。人们开始演奏音乐,弗兰茨·李斯特被挤到钢琴旁边,他把头发掠到天才的额头上,打了一场最杰出的会战。琴键似乎在流血。如果我没有搞错,他演奏的是巴拉什的《再生》的片断。他把巴拉什的思想转变为音乐,这对于那些无法读到这位著名作家原著的人是有益的。然后他弹奏了柏辽兹的《行刑曲》,如果我没记错的话,这个杰出的乐曲是这位著名的音乐家在他举办婚礼那天早上谱写的。在整个大厅里听众脸色苍白,胸脯起伏,呼吸轻微,最后爆发出雷鸣般的掌声。李斯特弹奏时,妇女们总是听得入迷。现在沙龙里的妇女十分兴奋地纵情跳舞。我尽力避开这种喧哗,就躲到隔壁房间去。房间里的人在赌博,几个女士坐在大沙发上看别人赌钱,或者至少装作对赌博感兴趣的样子。我很快从一位女士身旁走过,她的礼服碰到我的手臂,我感觉到从手到肩微微震动了一下,就像受到轻微的电击一样。当我仔细观察这位女士的面孔时,这种电击强烈地通过我的心脏。是她吗?或者不是?同样的面貌,从体形和棕色的皮肤来看,像个古典美人,只是这张面孔不再像从前那样纯洁和光滑。敏锐的目光可以发现,她的额头和面颊上有几处小小的痕迹,也许是痘痕,很容易使人想起细微的风化斑点。雕像长时间屹立在风雨中,在它的脸上就会有这种斑点。还是那样乌黑而光滑的头发,像乌鸦翅膀或椭圆形遮盖着太阳穴。但是当她的目光——是用那种熟悉的斜视,这种斜视闪电般神秘地射进我的心灵——同我的目光相遇时,我就不再怀疑,她是洛朗丝小姐。

洛朗丝小姐靠在沙发上,显得高贵的样子,一只手拿着一束花，另一只手撑在扶手上。她坐在离一张赌台不远的地方，似乎聚精会神地看着人家出牌。她穿的西装高贵、优雅，不过是简单地用白色缎子制成的。除了手镯和珍珠胸针外，她没有戴其他的装饰品。青春的胸脯前遮着一块精巧的手工网织品，几乎像清教徒般一直盖到颈部。她衣着朴素、单调，与坐在她旁边的几位年纪较大的女士形成明显的对比。她们穿着五颜六色的衣服，戴着金光闪闪的首饰，忧伤而不加掩饰地显示出昔日风采的痕迹。洛朗丝小姐依然显得十分漂亮，流露出一种令人陶醉的郁闷的心情，使我情不自禁地向她移步。我终于站在她坐的沙发后面，很想同她说话，但由于胆怯和谨慎克制住了。

我默默地在她背后站了一会儿，她突然从她的花束中抽出一支从背后递给我，但没有回头望我。这花的香味很奇特，它似乎对我施加了一种奇怪的魔力。我感觉自己脱离了一切社交礼节，就像在梦中一样，我做的和说的各种事情，自己都觉得很惊奇，我们说的话幼稚可笑，很亲切，很朴实。我像对待老朋友那样，平心静气地，无关紧要地，漫不经心地俯身在沙发后面对这位年轻的女郎低语：

"洛朗丝小姐，敲大鼓的母亲在哪儿？"

"她死了。"她用同样的语调回答，平心静气地，无关紧要地，漫不经心地。

过了一会儿，我又俯身在沙发后面，对这位年轻的女郎低声地说："洛朗丝小姐，那条受过训练的狗在哪里？"

"它跑到遥远的地方去了！"她又用同样平心静气的、无关紧要的、漫不经心的语调回答。

又过了一会儿，我俯身在沙发后面对这位年轻的女郎低语："洛朗丝小姐，那位侏儒蒂尔吕蒂先生在哪里？"

"他在圣殿林荫大道，和巨人们在一起。"她答道。她用同样平心静气的、无关紧要的、漫不经心的语调说。她刚说完话，一个严肃的老年高级军官向她走来，并且告诉她，她的车子已经开到门前。她慢慢地从座位上站起来，挽着那个人的手臂，也没有回顾我一眼，就和那个人一起离开赌场。

这幢房子大厅门口站着一个女人，她整个晚上微笑着向来往的客人打招呼。当我向她打听刚才同那个老人一起离开的年轻女子的姓名时，她开心地对我笑道：

"啊呀！谁会认识所有的人！我也不认识她……"

说到这里她停住了，也许她想说，她同样不认识我，那天晚上她是第一次见到我。

"也许，"我对她说，"您的丈夫会告诉我一些情况，我在哪里能找到他？"

"他在圣格儿曼打猎，"女人答道，笑得更大声了，"今天一早他就出去了，要到明天晚上才回来……不过您等一下，我认识一个人，他同您打听的那个女人说过多次话，我不知道他的姓名。但是，如果您打听曾经被佩里埃先生踢过一脚的那个年轻人，就很容易找到他。我不知道他在哪里。"

光凭被部长踩了一脚这件事，也很难认出一个人。过不久，我还是找到了这个年轻人。我请他详细介绍一下那个特别人物，我对这个特别人物很感兴趣，也想多知道一些她的情况。

"好，"年轻人说，"我跟她很熟，我有几次在社交晚会上和她说过话。"

他重复了他们交谈过的一些空洞无物的话。特别使他感到惊奇的是,每次他恭维她时,她的目光总是变得很严肃。同样使他惊讶的是,他邀请她跳舞时,总是被她拒绝,而且肯定地说她不会跳舞。他不知道她的姓名,也不了解她的情况。

关于洛朗丝小姐的事,我几经打听,但没有人告诉我更详细的情况。我去过所有的社交晚会,但一无所得,我没有再见过她。

后来我又见到了他们三个人,甚至还见到那条受过训练的狗。当我在巴黎见到它时,这可怜的流浪狗处境很糟糕。那是在拉丁区。我当时从索邦神学院经过,一条狗从学院大门里跑出来,在它后面有十几个大学生拿棍棒在追,过一会儿又有二十多个老太婆加入追赶。他们大声叫喊:"这条狗疯了!"这倒霉的动物看来像人一样怕死,如同眼泪一般的水从它的眼睛里流出来。当它气急败坏地从我旁边跑过时,它那湿润的眼睛瞥了我一下。我认出了我的老朋友,那条受过训练的狗,它赞美过威灵顿勋爵——他曾经受到英国人民的尊敬。也许它真的疯了?也许它在拉丁区学习时,由于所学的东西太深奥造成精神错乱了?或者,也许它在索邦神学院时用爪轻轻地抓地,发出猎猎声,以示反对满脸红光的某个教授的欺诈行为,因此教授宣布它发疯,以便开除这个坏学生?哎!年轻人不经好好调查,是否学者的自负受到伤害,或者处于忌妒别人的成就,就首先喊出:"这条狗疯了!"并且不加思考地挥动棍棒追打,老太婆们也大叫大喊,声嘶力竭地叫喊,其喊声压倒了无辜和理智的声音。我那可怜的朋友走投无路,在我面前活活地被打死,并遭到冷嘲热讽,最终被扔到垃圾堆里去了!可怜的博学多能的殉道者!

我在圣殿林荫大道找到了侏儒蒂尔吕蒂先生,他的境况很不好。洛朗丝小姐对我说过,他到那里去了。可能我没有想过真的要去那里找他,或者那个地方人群拥挤使我无法前往。总之,直到后来我才找到巨人们住的小酒店。我走进去,看到两个巨人懒散地躺在木板床上。他们见到我后,从床上一跃而起,在我面前摆出巨人的姿势。实际上他们不像他们在广告牌上吹嘘的那么高大。两个巨人穿着粉红色的紧身衣,蓄着很黑的络腮胡子,也许是假的,他们在头上方挥动着空心木棒。我向他们打听那个侏儒——广告牌上也有介绍他,他们说,他四个星期以来由于身体日益感到不舒服,就不再参加演出了。不过,如果我愿意付两倍的入场费,我还是可以见到他的。为了再见到老朋友,我乐意付出两倍的入场费。我看到了这位朋友在病榻上。这张病榻本来是儿童的摇篮,可怜的侏儒躺在里面,一张老脸干瘪,发黄,布满皱纹。一个约莫四岁的女孩坐在他旁边,用脚摆动着摇篮。她笑着,俏皮地唱道:

"睡吧,小蒂尔吕蒂,睡吧!"

侏儒看到了我,尽力睁大他那呆滞而苍白的眼睛,他悲伤地微笑了一下,白色的嘴唇嗫嚅着。看来他很快认出了我,并向我伸出干枯的小手,喉咙里发出轻微的咕噜声:"老朋友!"

事实上,我找到他时,他正处在一种忧郁的状态中。他八岁时就同路易十六长谈过,沙皇亚历山大曾经给他糖果吃,基利茨公主抱过他,教皇也宠爱他,只有拿破仑从来没有喜欢过他!

这最后一种情况使这个不幸的人——现在正躺在病床上，或者说躺在垂死者的摇篮里——感到忧虑，他为这位伟大皇帝的悲惨命运哭泣。皇帝从来没有爱过他，但是皇帝却在圣赫勒拿岛上在悲惨的境况下结束了一生——"就像我现在这样结束，"他补充说，"孤独，被人低估，远离所有的国王和侯爵，成了昔日显赫的讽刺形象。"

虽然我不很理解，在巨人中垂死的侏儒怎样能同在侏儒中死去的巨人相比。不过，可怜的蒂尔吕蒂的话和他垂死时的孤单状况还是打动了我，我不得不表示佩服。洛朗丝小姐现在这么高贵却不关心他一下。但是我一提到这个名字，摇篮里的侏儒就剧烈地抽搐起来，用苍白的嘴唇啜泣道：

"这个忘恩负义的小孩！我抚养她长大，我想培养她成为我的妻子，我教导她怎样跟这个世界的大人物打交道，怎样微笑，在宫廷里怎样鞠躬致意，怎样应酬……她充分地利用了我的教导，现在成了一个贵妇人，拥有马车和奴仆，拥有许多金钱，许多荣誉，但没有良心。她让我死在这里，孤单而贫困地死去，像拿破仑在圣赫勒拿岛上那样！啊，拿破仑，你从来没有爱过我……"

他还说了什么，我听不懂。他抬起头，打了几个手势，似乎跟某人做斗争，也许是反抗死神。但是没有人能战胜这个死神，拿破仑不能，蒂尔吕蒂也不能，在这里击剑中的挡开架势也无能为力。侏儒疲惫不堪，好像被击败，又低下头来，用一种惊恐万状的目光长久地注视着我，突然如同公鸡啼叫一声，然后去世。

侏儒的死亡使我更加忧郁，因为关于洛朗丝小姐的情况，死者没有给我详细的答复。现在我要到哪里才能找到她呢？虽然我没有爱上她，对她也没有特别好感，但是一种神秘的欲望激励我到处去寻找她。每逢我走进一个沙龙，仔细地察看聚会的人，没有发现那张熟悉的面孔，很快我心里就感到不安，并离开那里。有一天午夜，我郁闷地站在大剧院一个冷僻的门口等车，并思考着这种感情。这时雨下得很大。但是一辆车也没有来，或者来的都是私家车，他们高兴地上了车，我周围的人渐渐稀少了。

"那您只好同我一起搭车走了。"终于有一位女士说。她披着黑色的披肩，在我旁边同样也等了一些时间，现在正要上一辆车。

这声音使我的心颤动了一下，熟悉的斜视又产生了它的魅力，我坐在一辆柔软而温暖的车子里，坐在洛朗丝小姐的身旁，我又像在梦中一样。我们都没有说话，就是说了，彼此也听不清，因为车子驶过巴黎大街发出隆隆的响声。过了很久，车子终于在一个大门前停了下来。

穿着闪光制服的服务员给我们照路上楼，我们经过一排房间。一个面带倦意的侍女向我们走来，她多次表示歉意，结巴地说，只有红色的房间里生了火。洛朗丝小姐示意侍女离开，然后笑着说：

"今天偶然的机会带您走了这么远的路，只有我的卧室生了火……"

我们俩单独坐在这间卧室里，壁炉里的火熊熊燃烧，炉火越烧越旺，因为房间很大，又很高。这间卧室很大，显得特别空旷,确切地说应称为卧厅。摆在那里的家具和装饰品等都带有时代的印记,这个时代的光辉我们现在觉得是如此黯淡,它的伟大我们现在觉得是如此平凡,它的遗物给我们带来某种程度上的不快,根本引不起内心的微笑。

我们坐在壁炉旁边,亲切地聊天。她叹息着对我说,她嫁给一个波拿巴主义的英雄,他每天晚上睡觉前都要描述一番他参加战斗的情况为她消除疲劳。他出发前几天,给她讲述了耶拿战役。他身体很虚弱,在对俄战役中很难活下来。我问她,她的父亲死了多久,她笑着承认,她从来不认识父亲,她所谓的母亲也从来没有结过婚。

"没结过婚?"我喊道,"我在伦敦亲眼看到她因丈夫去世而感到十分悲痛啊!"

"哦,"洛朗丝回答,"她有十二年时间总是穿着丧服,目的是引起别人同情她是不幸的寡妇,同时也是为了引诱一个渴望结婚的蠢人。她希望,打着黑旗,能够迅速地抵达婚姻的港口。但是只有死神可怜她,她死于大咳血。我从来没有爱过她,因为她总是打我,不给我吃饱。如果不是蒂尔吕蒂先生有时暗中塞给我一小块面包,也许我已经饿死了。但是侏儒为此要求我跟他结婚。当他的希望破灭时,他就和我的母亲——我习惯叫她母亲——一起折磨我。他们总是说我是个多余的人,说那条受过训练的狗要比我这个只会跳蹩脚舞蹈的人贵重一千倍。他们做有损于我的事,而赞扬那条狗,把它捧上天,抚摸它,给它吃糕点,却把面包屑扔给我。他们说,那条狗是他们最好的依靠,它能吸引观众,而观众对我却毫无兴趣。狗用它的劳动养活了我,我吃的面包是狗施舍的。这该死的狗！"

"哦，您不要诅咒它了，"我打断了这发怒人的话，"它已经死了，我亲眼看到它死的。"

"这畜生死了？"洛朗丝喊道，并跳了起来，脸上泛出喜悦的红光。

"侏儒也死了。"我补充说。

"蒂尔吕蒂先生？"洛朗丝喊道，同样喜形于色，但是这种喜悦逐渐在她脸上消失，而用一种比较温柔的、几乎悲伤的语调说："可怜的蒂尔吕蒂！"

我没有隐瞒她，侏儒临死时愤恨地抱怨过她。她听后非常激动，并且竭力向我保证，说她是打算好好地照顾侏儒的，如果他愿意在小地方过安静而简朴的生活，她会给他提供年薪。

"但是他虚荣心很重，"洛朗丝接着说，"他要求留在巴黎，甚至要住在我的旅馆里。他认为，他可以通过我的介绍重新获得在圣格尔曼区从前的关系，重新占有他从前荣耀的社会地位。我完全拒绝了他的要求，他就让人对我说，我是个可诅咒的魔鬼，一个吸血鬼，一个该死的孩子……"

洛朗丝突然停止了说话，剧烈地打了个寒战，最终深深地叹气说："唉，我本想他们把我埋在我母亲的墓旁！"当我催她给我说明一下这句费解的话时，她的眼泪从眼里涌出来，全身发抖，哽咽着向我承认，冒充她母亲的穿黑衣服的打鼓夫人曾经对她说过，人们散布的有关她出生问题的谣言，并不完全是谎话。

"在我们住过的那个城市，"洛朗丝接着说，"人们总是叫我死孩子！老年的纺纱女工断言，我本来是当地一位伯爵的女儿，伯爵不断地虐待他的妻子。她死后，伯爵隆重地为她举办了葬礼。她本来即将分娩，只是假死。几个盗墓贼掘开她的坟墓，想窃取死者身上的珠宝，发现伯爵夫人还活着，并且正发生阵痛，她分娩后很快就死了。盗贼又把她放进墓中，带走小孩，将她交给他们的女窝主——腹语表演者的情妇抚养。这个出生前就被埋葬过的可怜的小孩，人们都叫她死孩子……唉！您不理解，我还是小姑娘时，人们叫我这个名字，我心里是多么难受。腹语表演者活着的时候，经常对我不满意，总是大声地叫喊：可诅咒的死孩子，我当时要是没有把你从墓中带回来就好了！像他那样熟练的腹语表演者能够改变声音，使人听了以为这声音是从地狱里发出来的。然后他还骗我说，这是我已去世的母亲的声音，她对我讲述她的遭遇。他也许知道我母亲悲惨的命运，因为他曾经是伯爵的仆人。我这个可怜的小姑娘对似乎从地狱里发出来的话感到惊恐万状时，就是他残酷的娱乐。这些似乎从地狱里发出来的话讲述的是一个可怕的故事，我不理解它的内在联系，后来我也渐渐地忘记了。但是当我跳舞时，这些故事又浮现在我的脑海里。是的，我跳舞时，总是有一种奇异的回忆抓住我，使我忘却自己，使我觉得自己仿佛变成另外一个人，好像这个人的全部痛苦和秘密都在折磨着我……只要我一停止跳舞，这一切就会在我的记忆中消失。"

洛朗丝站在我面前的壁炉旁边，用缓慢而带询问的语气讲完这番话。壁炉里的火越烧越旺，我坐在安乐椅上，这张椅子也许就是她丈夫每晚睡觉前给她讲战斗故事时所坐的吧。洛朗丝睁大眼睛看着我，似乎是征求我的意见。她摇摇头，忧郁地沉思着。她的表情引起我崇高而甜蜜的同情。她这样苗条,这样青春,这样漂亮,这朵百合花是从坟墓里长出来的,这个死神的女儿是个幽灵,有着天使般的面容和印度舞伎的身躯!我不知道怎么回事,也许是我所坐的椅子的感应吧,我突然想起我似乎是昨日坐在这张椅子上讲述耶拿战役的老将军,我似乎必须继续讲述我的故事。我说:

"耶拿战役后,所有普鲁士要塞在短短几周内几乎不经战斗就投降了。马格德堡首先投降,它是最坚固的要塞,有三百门大炮,这不是很可耻吗?"

但是洛朗丝小姐不让我继续说下去,她漂亮的面貌上流露出忧伤的神情,她像小孩似的笑着,大声地说:

"是的,这很可耻,比可耻更可耻!如果我是一个要塞,有三百门大炮,我决不会投降!"

壁炉的火光非常强烈,火红的亮光照射在我和洛朗丝的身上。我觉得,我仿佛是普路托神,地狱的烈火在四周熊熊燃烧,地狱之女王正在他怀里酣睡。洛朗丝睡了,这时我注视着她妩媚的面孔,我从她的容貌中去寻找我内心为什么同情她。这个女人意味着什么?这美丽外貌的象征性意义是什么?

我们甚至无法解开自己心灵之谜,却想探究一个陌生现象的内在意义,这岂不是很愚蠢!我们甚至不知道,这种陌生现象是否确实存在!我们有时真的无法分清现实与梦幻!我在那天夜里听到的和看到的,是我幻想的形象,还是可怕的现实呢?我不知道,我只记得,最狂热的想法涌进我的内心,一种奇特的声响侵入我的耳朵。那是一种疯狂的旋律,声音特别轻微。我觉得这种旋律很熟悉，我终于分清了这是一个三角铁和一面鼓的声音。这音乐呼呼地、嗡嗡地作响，仿佛来自远方。当我抬头看时，看到在离我很近的房子中间正进行一场熟悉的演出：侏儒蒂尔吕蒂先生在敲打三角铁，夫人在打鼓，受过训练的狗在地上到处翻寻，似乎又在找木制字母拼字。它费劲地寻找，皮毛上沾满了鲜血。鼓女还一直穿着黑色的丧服，她的肚子已经不再隆起，引人发笑，而是下垂着，令人作呕，她的脸色不再红润，而是苍白。侏儒还是穿着古法兰西侯爵的刺绣礼服，戴着打过粉的假发，他好像长高了一点儿，也许是因为他明显消瘦了吧。他又表演了剑术，似乎又自我吹嘘了一番。他说话声音很轻微，我一个字也听不懂，有时只能从他的嘴唇动作上感觉到他又像公鸡那样鸣叫。

　　当这些可笑而又恐怖的场面如同皮影戏似的在我面前匆匆晃动时，我发觉洛朗丝小姐呼吸越来越急促。她浑身颤抖，优美的四肢似乎由于难以忍受的痛苦而抽搐。最终她柔软如鳗的手从我的双臂中滑落，突然站到房子中间，并开始跳舞。这时夫人在打鼓，侏儒在敲三角铁，他们奏起了低沉的音乐。她跳的舞就像当年在伦敦的滑铁卢桥和寺院街跳的一样。同样是神秘的哑剧，同样是爆发热情的跳跃，同样是疯狂地向后甩头，有时也同样地朝着大地俯身，好像想倾听，地下的人在说什么，然后也是全身颤动，脸色苍白，表情发呆，再次朝着地面侧耳倾听。她也是又搓手，好像在洗手。最后她仿佛也是又把深沉的痛苦的和请求的目光投向我……不过我只是从她惨白的面容上，而不是从她的眼睛里看出这种目光，因为她的眼睛是紧闭的。音乐越来越轻微，最后消失。鼓女和侏儒的形象渐渐变得模糊，如同雪一样，最后完全消散。但是洛朗丝小姐还一直站着，并且闭着眼睛跳舞。这种闭目舞在深夜寂静的房间里使这个妩媚的女子看上去像幽灵似的，我感到一种不可名状的恐惧，有时让我颤抖。当她跳完舞，我才心情愉快。

真的，这种场面使我很不舒服，但是人对一切都会习惯的。这种恐惧甚至可能让这个女子具有更加独特的魅力，我感觉到增添了一种可怕的温柔……好了，过了几周我对这种场面一点儿也不感到惊讶：夜里大鼓和三角铁发出轻微的响声，我亲爱的洛朗丝突然站起来，闭着眼睛跳独舞。她的丈夫，老波拿巴主义者，在巴黎近郊当指挥官，他的职责不允许他白天待在城里。显而易见，他成了我最亲密的朋友。后来当他要跟我长期告别时，他流泪了。他和他的妻子到西西里岛去旅行，从此以后我没有再见到他们两个。

施托姆 （1817—1888）

德国小说家，诗人。他的作品侧重于情感的描写，善于用自然景物烘托气氛，用花木禽鸟作为思想情感的象征，使作品充满浓郁的诗意。代表作有《茵梦湖》《木偶戏子波勒》和《骑白马的人》等。

茵梦湖

老人

在一个深秋的下午,一位衣冠楚楚的老人沿着大道漫步走来。看样子他是散完步回家去的,因为他那老式的扣鞋上已沾满了尘土;他的腋下夹着一根长长的金头藤杖。他时而安详地环视四周,时而眺望他面前那座静卧在落日余晖中的城市。他那乌黑的眼睛里仿佛隐藏着逝去的青春年华,他那雪白的头发与这双眼睛形成奇特的对比——他看上去像个外乡人,因为行人中只有少数几个跟他打招呼,虽然好些人往往是不由自主地想看看老人那双严肃的眼睛。最后他在一幢带有三角墙的高大房子前停下,又望了望城市,然后步入门厅。门铃一响,房里朝着门厅的一扇窥视窗上的绿色帘子拉开了,露出了一张老妇人的脸。老人举起手杖向她打招呼。"还没点灯!"他说话略带南方口音;女管家又把窗帘放下来。老人走过宽敞的过道，然后经过起居室，室内靠墙摆着几个放着各种瓷器花瓶的橡木大柜。他又穿过对面那道门，进入一条小走廊，这里有一道窄小的楼梯通到后屋的楼上房间。他慢慢地登上楼梯，打开楼上的一道门，走进一间中等大小的房间。这里既舒适又清静，墙的一边几乎摆满了书架和书柜，另一边墙上挂着一幅幅人物画和风景画：一张铺着绿色台布的桌上放着几本打开着的书，桌子前面摆着一张笨重的靠背椅，椅上铺着红天鹅绒坐垫。老人把帽子和手杖放到角落去，然后坐到椅子上，双手交叠，好像是散步之后想要休息一下。他这样坐着，天逐渐地暗下来。终于，一缕月光透过玻璃窗，照在墙壁的油画上，明亮的月光缓缓地向前移动，老人的眼睛也情不自禁地随之转动。这时月光正落在一张嵌于朴素黑色镜框里的小画像上。"伊莉莎白！"老人轻轻地唤了一声；他刚说出口，时代就发生了变迁——他又回到自己的青年时代。

小孩

顷刻间一个模样可爱的小姑娘向他走来。她叫伊莉莎白，约莫五岁光景；他自己的年龄比她大一倍。她脖子上围着一条红绸巾，把她那双棕色的眼睛衬托得更加美丽。

"莱因哈德！"她叫道，"我们放假了，放假了！今天整天不上学，明天也不上。"

莱因哈德敏捷地把夹在腋下的演算板搁到门后，然后两个小孩穿过屋子，跑进花园，又穿过园门，跑到外面的草地上。这意料之外的假日对他们来说真是太妙了。莱因哈德在伊莉莎白的帮助下,在这里用草皮搭起了一间小屋,他们打算夏天的晚上就住在里面。不过还缺少长凳,于是他马上动手干活。钉子、锤子和必需的木板都已备齐。这期间伊莉莎白沿着土堤捡野锦葵的环形种子,把它们放进自己的围裙里,她想用它们给自己做项链和项圈。莱因哈德虽然打弯了几只钉子,但总算把凳子做好了。当他从小屋里出来又走到阳光底下时,她已经走到草地的另一头,离他老远的。

"伊莉莎白!"他喊道,"伊莉莎白!"她马上回来了,头上的鬈发在迎风飘动。"来吧,"他说,"现在我们的房子搞好了。看你热得多厉害,进屋去吧,我们坐在新凳子上,我给你讲个故事。"

然后他们走进屋里,坐在新凳子上。伊莉莎白从围裙里拿出环形锦葵子,把它们穿在长线上。莱因哈德开始讲故事:"从前有三个纺纱女……"

"啊,"伊莉莎白说,"这个我都背熟了,你不要总是讲同一个故事。"

莱因哈德只好放下三个纺纱女的故事,换成一个被人扔进狮子洞的可怜人的故事。

"那时已是夜里,"他说,"你知道吗?洞里阴森森的,狮子已经睡了。可是它们在睡眠中不时地打呵欠,还吐出红舌头。那个人怕得直打寒噤,以为天快亮了。这时他的周围突然光亮起来,他抬头一看,一位天使站在他面前。天使朝他挥挥手,然后直接走进岩石里去。"

伊莉莎白聚精会神地听着。"一个天使？"她问，"他有翅膀吗？"

"这只是个故事，"莱因哈德答道，"根本就没有天使。"

"哦，呸，莱因哈德!"她说，同时凝视着他的脸。当他不高兴地看她一眼时，她怀疑地问："干吗他们都这么说呢？妈妈和姑妈，还有学校里也这样讲。"

"这个我不知道。"他答道。

"可你说，"伊莉莎白问，"狮子也是没有的吗？"

"狮子？有没有狮子？印度就有。在那里虔奉偶像的教士把它们套在车前，赶车穿过沙漠。等我长大后，我要亲自到那儿去。那儿要比我们这里美丽几千倍，那儿根本就没有冬天。你也得跟我一起去。你愿意吗？"

"愿意，"伊莉莎白答道，"不过，妈妈也得一起去，还有你妈妈。"

"不，"莱因哈德说，"到那时她们年纪太大了，不能跟我们一块去。"

"可我总不能一个人去呀。"

"你尽可以去。到那时你事实上成了我的妻子，别人是管不着你的。"

"可我的妈妈会哭的。"

"我们还会回来的，"莱因哈德急躁地说，"你直爽地说，想不想跟我去？你不去我就一个人去，以后就不再回来。"

小姑娘差点儿哭起来。"你不要生这么大的气嘛，"她说，"我愿意跟你一起去印度。"

莱因哈德欣喜若狂，抓住她的双手，把她拉到草地上去。"到印度去，到印度去！"他唱着，同时拉着她转圈子，使得她那红绸巾从脖子上飘扬出去。可是他突然放开她的手，严肃地说："这事情是不会成的，你没有这种勇气。"

"伊莉莎白！莱因哈德！"这时有人在花园门口叫喊。"在这里！在这里！"两个小孩回答着，就手拉手地跑回家去。

林中

两个小孩就这样生活在一起。他总觉得她太文静，她也时常感到他太急躁，可是他们并不因此而分手。空闲的时间他们几乎都在一起玩，冬天在他们母亲的小屋里，夏天在树林里和田野上。有一次伊莉莎白挨老师的责骂，莱因哈德也在场，他气得拿起石板往桌子上碰，想把老师的怒气引到自己身上来。老师没注意到他的动作。但是莱因哈德从此就不认真听地理课了，同时他写了一首长诗。在诗中他把自己比作一只小鹰，把老师比作一只灰鸦，把伊莉莎白比作一只白鸽。小鹰发誓，一旦他的羽翼长成，就要向灰鸦报仇。这位年轻的诗人眼含泪花，感到十分自豪。当他回到家里，就设法弄来一本羊皮纸做的小本子，里面还有许多空白页。他在头几页上认认真真地抄下自己写的第一首诗。此后不久，他进入另一间学校，在那里他和一些年龄与他相仿的男孩交上了朋友，不过这并不影响他与伊莉莎白的来往。现在他从过去再三对她讲过的许多故事中，将她最喜欢的那些写下来。在他写的时候，他经常想把自己的一些想法加进去，可是他不知道为什么总是写不好。于是他只好把自己听到的东西详尽地记下来,然后把写好的故事交给伊莉莎白,她则小心地将它们保存在她放首饰盒的抽屉里。有时在晚上,当莱因哈德在场时,她将他写在本子里的故事念给她母亲听,他听了感到十分满意。

七年过去了,莱因哈德为了继续深造就要离开这座城市。伊莉莎白无法想象,今后有一段时间完全不能和莱因哈德在一起。有一天他对她说,他将和以前一样为她把故事记下来,他要把那些故事附在给他母亲的信里寄给她,然后她也得给他回信,说明她是否喜欢这些故事。她听到这些话感到高兴。启程的日子快到了。可是在动身之前,羊皮本里又增添了几首诗。几乎有一半的空白页渐渐地填满了他的诗歌,虽然这个本子和大部分的诗歌都是因为伊莉莎白才产生的,但是这对她还是个秘密。

六月里,莱因哈德第二天就要启程了。这时大家想再聚一次,快活地玩一天,于是就到附近的一个林子中去,举行一次大型的野餐会。大家乘了一个小时的车,便来到了森林边上,然后从车上把装食物的篮子搬下来,继续步行向前。首先得穿过一片松林,那里面清凉而幽暗,地上撒满了细细的松针。行走半个小时后,他们走出了阴暗的松林,进入一个清新的山毛榉林中。这儿一切都是明亮而青翠的,一道道阳光时而从那浓密的枝叶间投射下来,一只松鼠在他们头上的树枝间跳来跳去。他们在一块地方停下来,那上面古老的山毛榉树冠织成一个透明的绿叶华盖。伊莉莎白的母亲揭开一只篮子,一位老先生自荐担任司食长。

"你们这些年轻人,都围过来吧!"他喊道,"详细记住我要对你们说的话。现在你们每个人拿两块干面包作早餐,黄油丢在家里了，夹面包的东西必须自己去找。树林里有许多草莓，就是说，能找到它们的人才有。谁不机灵，就只好啃干面包。生活中处处都是这样。我说的话你们明白吗？"

"明白了！"年轻人喊道。

"好的，请注意，"老人说，"我的话还没有说完。我们老年人这一生够奔波的了，所以我们现在留在家里，就是说，留在这里的大树下，削马铃薯，生火，摆桌子，到了十二点还要煮鸡蛋。因此你们要把采到的草莓分一半给我们，也好让我们享用一下饭后果。现在你们走吧，往东往西都可以，可要老实些！"

年轻人扮出各种各样的鬼脸。"等一等！"老人再次喊道，"我也许不用对你们说，谁要是找不到，也不必拿出什么，不过你们要记住，这些人也不可能从我们老人这儿得到什么。今天你们已经得到足够的教诲；假如你们还能找到草莓，今天你们就算幸运的了。"

年轻人赞成这番意见，于是便成双地出发去寻找。

"来吧，伊莉莎白，"莱因哈德说，"我知道一个地方长草莓；你总不会啃干面包的。"

伊莉莎白把她草帽上的绿带子打好结，挂在手腕上。"行了，走吧，"她说，"篮子已准备好了。"

然后他们走进树林里，愈走愈深；他们走过潮湿而幽暗的树荫，这儿一片清静，只有他们头顶上看不见的高空中传来老鹰的鸣叫。然后又走过茂密的灌木丛，树枝藤蔓密密麻麻，莱因哈德只好走在前面开路，这儿折断一根树枝，那儿牵开一条藤蔓。可是不久他听见伊莉莎白在他后面叫他的名字，便转过身来。

"莱因哈德！"她喊道，"等等我呀，莱因哈德！"他看不见她，后来终于看见她还在后面稍远的矮丛林中挣扎，她那清秀的小脑袋刚刚高出凤尾草丛一点点。于是他又往回走，把她从杂乱的荆棘里带出来，走到一块空地上，那儿一只只蓝色的蝴蝶正在寂寞的林间野花中飞舞。莱因哈德从她冒汗的小脸上掠开湿润的头发，然后他要给她戴上草帽，她却不肯，可是经他请求，她最后还是答应他给她戴上。

"可是你的草莓到底在哪里呢？"后来她停下步，深深地吸一口气，问道。

"它们本来长在这里，"他说，"可是癞蛤蟆先我们一步，或许是貂鼠，要不就是妖精。"

"是呀，"伊莉莎白说，"叶子还在这里呢；不过在这儿你可千万别提妖精。走吧，我现在一点儿也不累，我们再往前找找吧。"

一条小溪横在他们面前，小溪对岸又是森林。莱因哈德抱起伊莉莎白，涉水而过。过了一会儿，他们从阴暗的密林中走出来，来到宽阔的林中空地上。"这儿肯定有草莓了，"姑娘说，"这里有一股香甜的气味。"

他们在阳光灿烂的草地上，一边行走一边寻找，可是一个也没有找到。"不对，"莱因哈德说，"这不过是石南的香味。"

遍地长满了覆盆子和荆棘，石南和浅草夹杂在一起，覆盖着林中的空地，空气中充满着浓郁的石南香气。"这儿很寂静，"伊莉莎白说，"其他人都在哪里？"

莱因哈德没想到往回走。"等等，风是从哪儿吹来的？"他说着把手高高举起。但是并没有风。

"静一静，"伊莉莎白说，"我好像听见他们在说话，朝那边喊一声吧。"

莱因哈德把手圈成筒状，套在嘴上喊道："到这里来！"——"这里来！"那边有人回答。

"他们答复了！"伊莉莎白拍着手喊道。

"不，什么也没有，这只是回音。"

伊莉莎白抓住莱因哈德的手。"我害怕！"她说。

"别怕，"莱因哈德说，"你不用害怕。这个地方很好。你坐到树荫下的草地上吧。让我们休息一下，我们肯定能找到别人。"

伊莉莎白坐在一棵枝叶外伸的山毛榉树下，留神静听四周，莱因哈德离她数步之远，坐在一个树桩上，默默地注视着她。太阳正照在他们的头顶上，恰是中午炎热的时候，一群金光闪闪的钢青色的小苍蝇在空中振翅飞翔，小蝇四周有一种轻微的嗡嗡声，树林深处时而传来啄木鸟的啄击声和其他林鸟的鸣声。

"听！"伊莉莎白说，"打钟了。"

"在哪里？"莱因哈德问。

"在我们背后。你听见了？现在是中午。"

"那么城市就在我们后面。要是我们朝这个方向直走，肯定会遇上其他人。"

于是他们便往回走，草莓也不找了，因为伊莉莎白感到疲倦。终于从树林中传来了同伴们的笑声，不一会儿，他们也看到一块闪光的白布铺在地上当餐桌，那上面堆着大量的草莓。老先生把餐巾塞在钮扣洞里,一边继续向年轻人发表道德演说,一边使劲地在切一块烤肉。

"掉队的人回来了。"那些年轻人看见莱因哈德和伊莉莎白从树林里走过来,便大声喊道。

"到这里来!" 老人喊道,"打开毛巾,把帽子倒过来!让我们瞧瞧,你们找到了什么东西。"

"只有饥饿和口渴!" 莱因哈德说。

"要是只有这些,"老人一边回答,一边把装满东西的碗给他们看看,"你们就只好忍着吧。你们知道原先的约定,这里是没有东西给游手好闲的人吃的。"但是他最终经不住大家的请求,还是分给他们一些。野餐开始了,从杜松丛中传来画眉的歌唱。

这一天就这样过去了。但是莱因哈德毕竟还是找到了一点儿东西。那虽然不是草莓,却也是生长在树林里。当他回到家里,便在旧羊皮纸装订的本子上写道:

> 此处山坡之旁,
> 风儿一声不响,
> 树枝低垂地面,
> 树下坐着女郎。
>
> 她坐在香草里,
> 她坐在芬芳中,
> 青蝇营营飞舞,

空中闪闪发光。

树林如此寂静,
女孩何等聪明,
她那棕发四周,
阳光熠熠流淌。

远方杜鹃欢唱,
我念闪过心上,
她有金色秀目,
森林女神模样。

这样,她不但是一个受他保护的人,而且还是他青春时期一切可爱的和神秘事物的象征。

姑娘站在路旁

圣诞夜来到了。还在下午,莱因哈德和几个大学生坐在市政厅地下室的一张旧橡木桌旁。墙上的灯已经点着,因为这地下室里已变得昏暗,但是客人寥寥无几,侍者闲散无事地靠在墙柱上。在这拱顶屋的一角,坐着一个提琴师和一个弹八弦琴的美貌吉卜赛女郎,他们把乐器抱在膝上,似乎漠不关心地望着前方。

在大学生们坐的那张桌上,一个香槟酒的瓶塞啪的一声开了。"喝吧,我的波希米亚宝贝!"一个外表阔气的年轻人举起满满的一杯酒对那个姑娘说。

"我不想喝。"她说,仍然坐着不动。

"那就唱一支歌吧!"阔少喊道,并把一枚银币掷到她的怀里。姑娘慢慢地用手梳理着自己的黑发,提琴师对她耳语了几句;只见她把头一仰,将下巴搁在八弦琴上。"我是不会为他弹唱的。"她说。

莱因哈德手拿酒杯,突然跳起来,走到她面前。

"你要干什么?"姑娘倔强地问。

"看看你的眼睛。"

"我的眼睛与你有何相干?"

莱因哈德目光炯炯地注视着她。"我知道,你这双眼睛是诡诈的。"她用手托腮,仔细地打量着他。莱因哈德举起酒杯到嘴边。"为了你这双美丽的、邪恶的眼睛!"他说着把酒喝下。

她笑了,把头转过来。"给我!"她说,她的黑眼珠盯着他的一双眼睛,慢慢地把杯中的残酒喝下。然后她拨动琴弦,以深沉和富有激情的声音唱道:

今朝,只有今朝,
我是如此美丽;
明天,唉,明天,
一切必将消逝!

只有这一时刻,
你还归我所有;

> 死亡，唉，死亡，
> 我将孤独无傍。

提琴师弹着快速的终曲时，一个新来的人又加入了大学生团体。

"莱因哈德，我刚才去找过你，"他说，"你已经走了，但是圣诞礼物已经送到你那里了。"

"圣诞礼物？"莱因哈德说，"不会送到我那里去了。"

"哎呀，是真的！你满屋子都充满着圣诞树和棕色饼的香味。"

莱因哈德把手中的酒杯放下，拿起他的帽子。

"你想干什么？"姑娘问。

"我去一会儿就来。"

姑娘皱起眉头。"别走吧！"她轻声地说，且亲切地望着他。

莱因哈德犹豫了一下。"我不能不去。"他说。

她笑着用脚尖踢了他一下。"去吧！"她说，"你真不中用；你们一个个都不中用。"当她转过身时，莱因哈德已慢慢地登上地下室的石阶。

外面的街上已是暮色茫茫，他感觉到冬天的清凉空气向他灼热的前额吹来。点燃着蜡烛的圣诞树的光辉，从这儿和那儿的窗户里射出来，间或可听到屋内传来的小笛声和喇叭声，其间还夹杂着孩子们的欢呼声。成群的乞儿挨家挨户行讨，或者爬到台阶的栏杆上去，想透过窗户瞥一眼屋内那些他们享受不到的美好的东西。有时一扇门突然打开,一阵呵斥声把这群小客人从明亮的屋前驱赶到黑暗的巷子里去;在另外一家的门廊里,大家唱着一支古老的圣诞夜之歌,歌声中夹杂着少女清朗的声音。莱因哈德对此听而不闻,他无心留恋周围的一切,匆匆地从一条街走到另一条街。当他走近他的寓所时,天几乎全黑了。他急忙跑上楼梯,走进他的房间。一股甜蜜的香味向他袭来。这使他感到亲切,在家里过圣诞节时,母亲的房间里也有这股香气。他用颤抖的手点亮了灯。只见桌上放着一个大包裹,他打开包裹,那熟悉的棕色饼滚了出来。在几块饼上,还用糖写着他名字的缩写字母。除了伊莉莎白,没有人会这样做的。接着露出一个小包,里面装着精致的绣花衬衣、手巾和袖口,最后是母亲和伊莉莎白的信。莱因哈德先打开后一封,伊莉莎白写道:

  这些精美的糖字也许会告诉你,这饼子是谁帮忙做的,替你绣袖口的也是同一个人。今年圣诞夜我们这儿一定过得很冷清,我的母亲总是在九点半钟就把她的纺车移到屋角里去,今年冬天你不在这儿,真让人感到寂寞。你送给我的红雀,上个星期天也死了。我伤心地哭了,其实我对它的照料一直都很好。每天下午,当阳光照到鸟笼上时,它就唱起歌来;你知道,每当鸟儿高唱时,我的母亲常常把一块布遮在鸟笼上,使它安静下来。这一下我们家里更清静了,现在只有你的老朋友埃里希有时来看望我们。你曾经说过,他就像他身上穿的那件棕色大衣一样。每次他走进门来,我就禁不住想起你说的那句话,这真是太可笑了。不过你可不要对我母亲说,她可能会生气的。你猜猜,圣诞节我送什么礼物给你母亲!你猜不着了吧?就是我自己!埃里希用黑炭给我画像,我只好在他面前坐了三次,每次整整一个小时。一个陌生人这样仔细地看着我的脸,我觉得厌烦。我本不想这样做,可是母亲劝说我,她说这样会使维尔纳太太感到十分高兴。

可是你没有信守诺言,莱因哈德。你没有给我寄童话来。我常在你母亲面前埋怨你,可她总是说,你现在有很多事情要做,顾不上这些小孩子的事了。但是我不相信,或者还有别的原因吧。

接着莱因哈德也读了他母亲的来信。他读完两封信后,慢慢地重新把它们折好,放在一边,这时一股强烈的思乡之情侵袭着他。他在房间里来回走了好一会儿,他低声地自言自语,然后含糊不清地哼道:

> 他几乎误入歧途,
> 茫然不知所措,
> 女孩站在道边,
> 唤他踏上归途。

然后他走到他的书桌旁,取出一点儿钱来,又上街去了。这时街上已经清静了,圣诞树上的烛光已熄灭,孩子们的活动也结束了。夜风吹过寂静的街头,不论老少都坐在家中团聚,圣诞夜的第二阶段已经开始了。

莱因哈德走到市政厅地下室附近时，听见下面传来提琴声和弹八弦琴姑娘的歌声。这时地下室的门响了，一个黑影摇晃着从宽大的、灯光暗淡的石阶上走上来。莱因哈德退到房屋的阴暗处，然后匆匆地走过去。过了一会儿他走进一家灯光辉煌的珠宝商店，他在这里买了一个小小的红珊瑚十字架，然后又顺着原路走回去。

离他寓所不远的地方，他看见一个衣衫褴褛的小女孩站在一道南门前，正用力推门而推不开。"要我帮你的忙吗？"他说。小女孩不出声，却放下了沉重的门把手。莱因哈德已经把门打开。"不行，"他说，"他们会把你赶出来的。你跟我去！我会给你圣诞饼。"然后他又把门关上，拉起小女孩的手，她也默默地跟着他来到他的寓所。

他刚才出门时没有熄灯。"给你这些饼。"他说，并把他全部饼的一半倒到她的围裙里，只是有糖字的饼一个也没给。"你现在回家吧，也给你妈妈一点儿。"小女孩羞怯地仰望着他，看来她对这种亲切的态度似乎不习惯，因此一句话也回答不出来。莱因哈德打开门，拿灯给她照路，这小女孩带着饼像小鸟一样奔下楼梯，飞出门外。

莱因哈德拨旺炉子里的火，把满是灰尘的墨水瓶放在桌上，然后他坐下来写信，写给母亲和伊莉莎白，写了整整一夜。剩下的圣诞饼放在他旁边没动过，可是伊莉莎白做的袖头已经扣上，这跟他那件白色的粗绒上衣显得不太相配。当冬天的太阳射到那结了冰花的玻璃窗上时，他还坐在那里，在他对面的镜子里映出了一张苍白而严肃的面孔。

回家

　　复活节到了,莱因哈德起程回家。到家后的第二天早上,他就去看伊莉莎白。"你长得多高啊!"当这位美丽而苗条的姑娘微笑着向他迎上来时,他说。她红着脸,但是没有回答。致意时他握着她的手,她却想轻轻地抽回去。他疑惑地望着她,以前她从来不会这样,现在他们之间似乎有点儿生疏的样子。他在家里已住了几天,每天都去看她,但是这种感觉仍然还在。他们单独坐在一起时,谈话时常间断,这使他感到难过,于是他就谨慎地找些话题以防冷场。为了在假期间有点儿事消遣,他开始教伊莉莎白植物学,他在进大学的头几个月曾勤奋地学习过这门功课。伊莉莎白惯于什么事都听从他的,加上她十分好学,于是就高兴地答应下来。现在他们每周有几次到田野或荒郊去漫游,如果中午他们带回装满花草的绿色采集箱,那么几个小时后莱因哈德会再来,和伊莉莎白一起将他们共同采集到的标本进行分类。

　　一天下午,他为了这个目的走进房间。伊莉莎白正站在窗口,把新鲜的繁缕草插在一只镀金的鸟笼上,他以前在那儿从未见过这只鸟笼。笼里有只金丝雀,它拍动着翅膀,叽叽喳喳地啄着伊莉莎白的手指。以前,莱因哈德的那只鸟也挂在这个地方。"是不是我那可怜的红雀死后变成一只金丝雀了呢?"他笑嘻嘻地问。

　　"红雀是不会变的,"坐在靠背椅上纺纱的母亲回答说,"红雀是您的朋友埃里希今天上午从他的田庄送来给伊莉莎白的。"

"从哪个田庄?"

"您不知道吗?"

"知道什么?"

"一个月前埃里希继承了他父亲在茵梦湖畔的第二个田庄。"

"这事您可没有对我说过。"

"唉,"伊莉莎白的母亲说,"您对自己朋友的事一句也不问。他是个很可爱、很懂事的年轻人。"

母亲离开房间煮咖啡去了,伊莉莎白背朝着莱因哈德,还在为鸟儿造小凉亭。"请稍等片刻,"她说,"我很快搞好了。"莱因哈德一反常态没有回答,因此她便转过身来。他的眼睛里突然流露出一种烦恼,这是她以前从未见过的。

"你有什么不舒服吗,莱因哈德?"她问,并且走近他。

"我?"他心不在焉地问,双眼梦幻似的望着她的眼睛。

"你的样子很忧愁。"

"伊莉莎白,"他说,"我不能忍受这只黄鸟。"

伊莉莎白惊讶地望着他;她不明白他的意思。"你真是奇怪。"她说。

他握住她的双手,她静静地让他握着。不久母亲又进来了。

喝完咖啡后,母亲又坐在纺车前。莱因哈德和伊莉莎白走到隔壁房间去整理他们的植物。他们数了花蕊,小心地把叶子和花朵展平,然后从每种花草中挑出两份夹在大开本的书里压干。这是个晴朗而清静的下午,只有隔壁房里母亲纺纱时发出的嗡嗡声,以及莱因哈德压低了的说话声,他时而说明那些植物的门类,时而纠正伊莉莎白读拉丁文名称时不正确的发音。

"我还是缺了铃兰。"伊莉莎白说,这时他们已经把全部采集到的标本分类整理好了。

莱因哈德从口袋里取出一本白羊皮纸的小册子。"这儿有一枝铃兰,给你。"他说,并拿出一枝半干的花来。

伊莉莎白看见那一页页都写满了字,便问道:"你又在编童话吗?"

"这不是童话。"他回答,并把本子递给她。

本子里都是诗,大多数诗每首至多占一页。伊莉莎白一页页地翻看,她好像只读标题,《当她被老师责骂时》《他们在树林中迷了路》《复活节的故事》《当她第一次给我写信时》,几乎都是这类标题。莱因哈德以审视的目光看着她,她继续一页一页地翻着,他看到,她那纯洁的脸上泛起一片红晕,慢慢地满脸都变得通红。他想看她的眼睛,但是伊莉莎白没有抬头,最后她默不作声地把本子放在他的面前。

"不要这样交还我!"他说。

她从铁皮匣子里取出一枝棕色的花。"我把你喜爱的花放在里面。"她说,并把本子交到他手里。

终于假期的最后一天到了,那是莱因哈德动身的早晨。伊莉莎白征得母亲的许可,送她的朋友上驿车,驿站离她的住地只隔几条街。当他们走到门口时,莱因哈德便让她挽着他的手臂,就这样,他默默地和这位苗条的姑娘并肩行走。他们离目的地愈来愈近,他便愈感到在与她长期分离之前有一件要事必须对她说,这件事关系到他未来生活的全部价值和全部幸福,可是他却找不到合适的话。这使他感到害怕，因此脚步愈来愈慢。

"你会迟到的，"她说，"圣玛丽教堂的钟已经敲过十点了。"

但是他并不因此加快步伐。终于他结结巴巴地说："伊莉莎白，你将有两年时间见不到我了——当我以后回家时，你还会像现在这样喜爱我吗？"

她点点头，亲切地望着他的脸。

"我还为你辩护过呢。"停了一会儿，她说。

"为我？对谁你有必要为我辩护呢？"

"对我母亲。昨天晚上你走后，我们还谈论了你很久。她认为你不如以前好了。"

莱因哈德沉默了片刻，然后他握住她的手，严肃地望着她那双天真的眼睛，说："我还跟以前一样好。请你坚信这点！伊莉莎白，你相信吗？"

"相信的。"她说。他放开她的手，和她一起快步走过最后一条街。分别的时刻愈来愈近，他脸上的神情也愈来愈高兴。他走得太快，她几乎赶不上。

"莱因哈德，你这是怎么回事啦？"她问。

"我有个秘密，一个美妙的秘密！"他说，眼睛发光地望着她，"我两年后回来时，你就知道了。"

在这期间他们已到了驿车旁边，刚好还赶上时间。莱因哈德再次跟她握手。"再见！"他说，"再见，伊莉莎白。别忘了我说的话呀。"

她摇摇头。"再见！"她说，莱因哈德上了车，马儿就走了。

当驿车隆隆地转到街角时,他再次望着她可爱的身影,她正慢慢地往回走。

一封信

大约两年过后,莱因哈德坐在灯前,桌上放着许多书和纸。他正等候一位和他一起研究功课的朋友。有人上楼来了。"请进!"——原来是房东太太。"您有一封信,维尔纳先生!"然后她就走了。

自从上次回家后,莱因哈德没有给伊莉莎白写过信,也没有收到她的信。这封信也不是她写的,这是他母亲的笔迹。莱因哈德拆开信来读,很快就读到下面这一段:

在你这样的年龄,我亲爱的孩子,几乎每年都在变化,因为青年人总不想过得单调乏味。我们这里有些事也发生了变化,要是我对你的了解没有错,那么这些事起初会使你感到痛苦。在最近三个月中,埃里希两次向伊莉莎白求婚,都没有如愿,昨天终于得到了她的允诺。她对此一直下不了决心,可她现在终于这么决定了。她到底还是太年轻了,不久就要举行婚礼,然后她母亲就跟他们一道走。

茵梦湖

又过了几年。一个温暖的春天下午,有个青年人在一条通往下面的阴凉的林间小道上行走。他的面庞晒得黝黑,显得健康强壮。他那双严肃的灰眼睛急切地望着远处,好像在盼望这条单调的道路最终会发生变化,可是这种变化却一直没有出现。终于,有一辆大车从下面慢慢地往上驶来。

"喂!好朋友,"这位行人向走在车旁的农民喊道,"这条路通到茵梦湖吗?"

"一直向前走。"农民回答,并伸手推一下头上的帽子。

"到那儿还远吗?"

"先生,您已经到了跟前了。不用半袋烟工夫,您就可以走到湖边,庄园紧挨在湖滨上。"

农民过去了,那行人加紧步伐,沿着树下的路匆匆行走。一刻钟后,他左边的树荫突然没有了。这条路通向一个山坡,坡下长着许多百年的老橡树,树梢几乎跟坡顶一样高。从树梢望过去,展现出一片宽阔的、深蓝的湖,四周差不多全被阳光普照的翠绿树林环绕着,只有一个地方,树木分开了,展示出一片远处的景色,一直延伸到遥远的青山。正对面望过去,在那青翠的树林中,呈现出一片似雪花般的白色,那是正在开花的果树,再过去,在那湖岸的高处,耸立着一座白墙红瓦的庄园。一只鹳鸟从烟囱上飞起,徐徐地在水面上盘旋。"茵梦湖!"那行人喊道。这时他好像到达了这次旅程的终点,因为他站着不动,目光掠过脚下的树梢远望对岸，庄园的倒影浮在湖面上，轻轻地荡漾着。然后他突然又向前走。

这时道路几乎是陡直地通往山下，刚才在他脚下的树木现在却投下树荫，但是同时也遮住了湖景，只是偶尔通过树枝的空隙可见湖水闪烁发光。不一会儿，道路又缓缓地向上，左右两边的树木消失了，沿路尽是爬满葡萄藤的小山，两边长着开花的果树，蜜蜂正忙个不停，发出嗡嗡的叫声。一个身穿棕色外衣、外貌魁伟的男子迎着这行人走过来。当他快到行人跟前时，便挥动帽子，用爽朗的声音喊道："欢迎，欢迎，莱因哈德兄！欢迎你到茵梦湖庄园来！"

"你好，埃里希，谢谢你的盛情！"对方答道。

然后他们走在一起，互相握手。"果真是你呀！"埃里希走近老同学身旁，看到他那严肃的面庞后说道。

"当然是我，埃里希，你也没变，只是看上去你比以前更加轻松愉快。"

埃里希听了这话，高兴得微笑起来，这使得他那纯朴的面孔显得更加开朗。"是的，莱因哈德兄！"他说，同时再次跟莱因哈德握手，"自从那时候起我走了好运，这你肯定知道。"然后他搓搓手，高兴地喊道："这将是一件意外的事！她没想到是你，怎么也想不到！"

"意外的事？"莱因哈德问道，"究竟指谁？"

"伊莉莎白。"

"伊莉莎白！你没有告诉她我要来吗？"

"没说，莱因哈德兄。她想不到你会来，她母亲也想不到。我完全是悄悄地写信请你来的,好让她们特别高兴一下。你知道,我经常有一些秘密的打算。"

莱因哈德在沉思。他们愈走近庄园,他的呼吸就愈加急促。路左边的葡萄园到头了,接着是一大片宽阔的菜园,一直通到湖边。这时那只鹳鸟已飞到地上,在菜地里大摇大摆地走着。"喂!"埃里希拍着手喊道,"这长腿埃及佬又来偷我的短豆荚子!"鹳鸟慢慢地飞起来,飞到菜园尽头一座新屋的顶上,新屋的墙上布满了盘上去的桃杏枝条。"这是酿酒厂,"埃里希说,"是我两年前刚建的。庄上的房子是先父扩建的,住宅是我祖父修建的。我们就这样一点一点地继续前进。"

他们边走边说,便来到一块宽阔的空地上,这里两边是农庄的房屋,后面是庄主的住宅,住宅两边连着一道高高的花园围墙,围墙后面可见到一排排深色的紫杉,随处还有丁香树把盛开花儿的枝丫伸进庭院里来。在太阳下劳动而汗流满面的汉子们走过空地,向这两个朋友问好,埃里希一会儿向这个交代任务,一会儿向那个问起工作情况。然后他们来到了住宅。他们走进一条高而凉快的过道,在过道的尽头再向左拐入一条有些阴暗的侧道。在这里,埃里希打开一扇门,然后他们走进一间宽敞的花园大厅,茂盛的绿叶遮盖着相对的窗户,使得大厅的两边充满着绿色的微光,但是窗户之间两扇高大而敞开的折门却让春日的阳光照射进来,从这儿也可以看见花园的景色,园中布置着圆形的花坛,耸立着挺拔的树木,中间延伸着一条笔直而宽敞的通路,顺着这条路可以看到湖上,再远还可以望到湖对岸的树林。当两个朋友走进大厅时,微风向他们送来阵阵芳香。

花园门前的阳台上坐着一位身穿白衣、体态如少女般的夫人。她站起来,向进来的人迎上去。可走到半路她站住了,脚底像生了根似的,两眼呆呆地凝视着这位客人。他微笑着把手伸给她。"莱因哈德!"她叫道,"莱因哈德!我的上帝,是你呀!我们很久不见了。"

"很久不见了。"他说,但再也说不下去了。因为当他听到她的声音时,他的内心感到隐隐作痛。他抬头看她时,她站在他的面前,体态依然那样纤秀柔美,就跟几年前在故乡向她道别时一样。

埃里希满脸笑容地站在门口。"你看,伊莉莎白,"他说,"是吧,你想不到是他吧,绝对想不到吧!"

伊莉莎白用姐妹般的眼神注视着他。"你真好,埃里希!"她说。

他爱抚地握着她纤细的手。"现在他来到我们这里了,"他说,"我们不会马上放他走。他在外地太久了,我们要让他再熟悉一下家乡。你看,他多像外乡人,样子多高雅。"

伊莉莎白以害羞的目光瞥了莱因哈德一眼。"这是因为我们很久不在一块儿。"莱因哈德说。

这时伊莉莎白的母亲走进门来,手臂上挂了个装钥匙的小篮。"维尔纳先生!"当她看到莱因哈德时,说道,"哎呀,真是预料不到的客人。"接着他们就这样一问一答地畅谈开来。两位妇女坐下来干她们手中的活,莱因哈德吃着为他预备的点心,埃里希点起他那坚实的海泡石烟斗,坐在客人旁边,一边抽烟一边说话。

第二天莱因哈德跟他出去，看了田地、葡萄园、忽布园和酿酒厂。一切都安排得很好。在田地里和锅炉旁干活的人脸色健康，神情惬意。午饭时一家人都聚在花园大厅里，其余聚在一起的时间有多有少，这要以主人的忙闲情况而定。只有晚饭前和清早的时间，莱因哈德才待在自己的房里工作。几年以来，他只要有机会就把流传在民间的歌谣搜集起来，现在他着手整理他的珍藏，可能的话还要在附近搜集些新的材料补充进去。伊莉莎白每时每刻都是那样温柔、亲切，她以一种近乎恭顺的感激来接受埃里希对她始终如一的关怀，莱因哈德有时在想，以前那么活泼的女孩，怎么竟成了这样一个静默的妻子。

莱因哈德自来到这里的第二天起，便习惯于在傍晚时沿着湖岸散步。那条路靠近花园下边。花园尽头，在一个凸出的墙堵上，一条长凳放在高高的桦树下，伊莉莎白的母亲称它为"黄昏凳"，因为这地方朝西，傍晚时他们常在那里观看日落的景象。有一天傍晚，莱因哈德沿着这条路散步回来，突然遇到了大雨。他跑到湖边的一株菩提树下避雨，可是不久，雨点大滴大滴地从树叶间落下来。他浑身淋得湿透，于是干脆冒雨慢慢地往回家的路上走去。天差不多黑了，雨越下越密。他走近"黄昏凳"的时候，好像觉得在闪光的桦树干之间有个穿白衣服的女子的身影。她站着不动，当他走近时，可辨认出她的脸是向着他的，好像在等待谁似的。他相信，这是伊莉莎白。可是当他加紧步伐，想要赶上她，然后和她一起穿过花园回屋去时，她却慢慢地转过身，在漆黑的岔路上消失了。他不明白这是怎么回事；他几乎要生伊莉莎白的气了，但是他又怀疑那女子究竟是不是她；他又不好意思问她这件事；于是他回来时不进花园大厅，免得看见伊莉莎白从花园门进来。

母亲自作主张

几天后将近傍晚时，一家人像往常这个时候一样，聚在花园大厅里。门都敞开着，太阳已落到湖对岸的树林后面。

那天下午莱因哈德收到一个住在乡下的朋友寄来的几首民歌，大家请他读来听听。他便回到他的房间里去，不一会儿拿了一卷纸回来，这些纸看来都是抄得很整洁的散页。

大家坐到桌旁，伊莉莎白坐在莱因哈德的旁边。"我们随便拿几首读吧，"他说，"我自己还没有看过呢。"

伊莉莎白打开手稿。"这里有乐谱，"她说，"你得唱出来，莱因哈德。"

他开始读了几首蒂罗尔地方的小曲，在读的时候不时低声哼出那欢快的调子。于是大家都兴高采烈起来。"这些优美的歌是谁作的？"伊莉莎白问。

"哎，"埃里希说，"听听这些东西就知道了，还不是那些裁缝匠、理发匠和这类不三不四的人。"

莱因哈德说；"这些歌不是作出来的；它们是生出来的，从天上掉下来的，它们像游丝一样飘在大地上，飘到这里，飘到那里，成千个地方的人同时在唱着它们。我们在这些歌里可以找到我们自己的经历和痛苦，就好像是我们都参与编写似的。"

他拿出另一页："我站在高山上……"

"这首歌我知道！"伊莉莎白喊道，"唱吧，莱因哈德，我来为你伴唱。"于是他们便唱起这个曲调，它是那样神，让人无法相信，这是人们想出来的。伊莉莎白以略带模糊的女低音和着莱因哈德的男高音。

在这期间，母亲坐在那儿忙着她的针线活。埃里希双手交叉，聚精会神地听着。歌唱完了，莱因哈德默默无言地把这页歌词放到一旁。这时从湖岸传来一阵牧群的铃声，打破了傍晚的寂静，他们情不自禁地倾听着，他们听到一个男童用清脆的嗓音唱道：

我站在高高的山上，
俯视着深深的山谷……

莱因哈德微笑着说："你们听到了吧？这些歌曲就是这样广泛流传的。"

"在这一带时常有人唱这支歌。"伊莉莎白说。

"是的，"埃里希说，"这是牧童卡斯佩尔，他赶牛回家来了。"

他们又听了一会儿，直到铃声消失在高处的农庄后边。"这些都是古老的音调，"莱因哈德说，"它们沉默在树林深处。上帝知道，是谁发现了它们。"

他又抽出另外一页。

这时天色愈加昏暗了，一片红色的晚霞像泡沫般浮现在湖对岸的树林上。莱因哈德展开歌纸，伊莉莎白用手按住纸的一

端,一起看上面的歌词。然后莱因哈德读道:

> 妈妈自作主张,
> 叫我另选夫婿。
> 以前所爱之人,
> 应该将他忘记,
> 我真不愿意。
>
> 我抱怨我的亲娘,
> 做事太不妥当。
> 原本正当光彩,
> 如今铸成大错,
> 叫我怎么做。
>
> 失去了骄傲欢乐,
> 得到了痛苦烦恼。
> 唉,没出这事有多好,
> 唉,我宁愿外出乞讨,
> 走过褐色荒郊。

莱因哈德朗读时感觉到纸张在微微颤动。他一读完,伊莉莎白就把她的椅子往后轻轻地推开,然后默不作声地走到花园里去了。母亲的目光追随着她。埃里希正想跟出去,但是母亲说:"伊莉莎白到外面有点儿事。"这样他就没有出去。

可是外面花园里和湖面上的暮色愈来愈浓，夜蛾嗡嗡地从开着的门前飞过，一阵阵浓郁的花草香气从门外飘进来；湖面上传来一片蛙声，窗下有一只夜莺在鸣啭，花园深处另有一只与它附和；月亮从树后升起了。伊莉莎白的倩影已消失在林荫小径中，莱因哈德还朝那个方向望了一会儿，然后他卷起稿纸，向在座的人告辞，就穿过房子来到湖滨。

树林默默地耸立着，把它们的黑影远远地投到湖面上，沉闷的暗淡的月光笼罩着湖心。时而从树林中传来一阵轻微的飒飒的颤动声。但这不是风，而是夏夜的气息。莱因哈德沿着湖岸走去。离岸不远的地方，他看见一朵白色的睡莲。他突然产生了一种欲望，想到近处去仔细看看。于是他脱去衣服，走到湖中。水很浅，锋利的水草和石子扎痛了他的脚，他总是走不到可以游泳的深水处。后来，他突然踩到深处，水在他头上快速旋转，过一会儿，他才又浮出水面。这时他划动手脚，绕着圆圈游起来，直到认清刚才入水的地方。不一会儿，他又见到那朵睡莲，它孤单地浮在那些闪光的大叶子中间。他慢慢地游过去，时而从水中举起手臂，从臂上滴落下来的水珠在月光中闪烁发光，然而，他与那朵睡莲之间的距离好像依然不变。他回头一望，夜雾中的湖岸愈来愈模糊了。但是他并不放弃，而是提起精神朝同一方向继续游去。终于他游到了睡莲的近处，在月光下，他可辨清银白色的花瓣。但是，他同时却觉得自己好像卷入一张网里。那些光滑的草埂从湖底浮上来缠住了他赤裸的肢体。他的四周是一片茫茫的湖水，黑沉沉的，这时他听见背后一条鱼儿在跳动。在这陌生的湖水中，他突然感到一阵恐惧，于是他用力扯断缠绕在身上的水草,屏住气急忙游到岸边。他从岸上回头望到湖面,看见那朵睡莲依然像先前那样远远地、孤单地静卧在黑沉沉的水面上。他穿上衣服,慢慢地往回走。当他从花园进入大厅时,看见埃里希和伊莉莎白的母亲正忙着准备明天的旅行,因为有点儿业务上的事要办。

"这么晚您到哪里去了?"母亲大声地问。

"我?"他回答,"我想去看看睡莲,但是没能办到。"

"这真是无法理解!"埃里希说,"你与睡莲究竟有什么关系呢?"

"我曾经认识它,"莱因哈德说,"不过那是很久以前的事了。"

伊莉莎白

第二天下午,莱因哈德和伊莉莎白到湖对岸去散步,时而穿过树林,时而漫步在高高的凸出到湖中的堤岸上。埃里希嘱咐伊莉莎白,在他和她的母亲外出期间,要带莱因哈德去看看附近最美丽的风景,特别是从湖的对岸望到庄园这边的景色。现在他们正到处游览。后来伊莉莎白走累了,就在几根向外伸展的树枝的阴影里坐下休息,莱因哈德站在她的对面,背靠一棵树干。这时他听见杜鹃在树林深处啼叫,他忽然想起,这些情景以前似乎都经历过。他以一种奇异的微笑看看她。"我们要去找草莓吗?"他问。

"现在不是采草莓的季节。"她说。

"不过这个季节快到了。"

伊莉莎白默默地摇了摇头,随后站了起来,两人又继续漫步向前。她在他的身旁这么走着,他的目光总是望着她,因为她的步态是那么优雅,仿佛是衣裙托着她往前走似的。他常常不由自主地落后一步,以便能看清她的全部倩影。然后他们来到一处杂草丛生的空地上,从这儿可以眺望到远处的田园风光。莱因哈德弯下腰去,从长满杂草的地上采摘了一朵花。当他重又抬头的时候,脸上流露出十分痛楚的表情。"你认识这种花吗?"他问。

她疑惑地望着他。"这是石南花。我常常在树林里采到这种花。"

"我在家里有一个旧本子,"他说,"我曾在里面写下各种各样的诗歌,不过,我已很久不写了。本子中间也夹着一朵石南花,但是,那朵花已经枯萎了。你知道,那花是谁送我的吗?"

她默不作声地点一点头;可是她垂下眼睛,注视着他手里拿着的那朵花。他们就这样站了许久。当她抬起眼睛望他时,他看见她泪水盈眶。

"伊莉莎白,"他说,"我们的青春留在那边的青山后面。现在它在哪儿呢?"

他们不再说话,他们肩并肩默默地向湖滨走去。空气闷热,西边涌起一片乌云。"雷雨快来了。"伊莉莎白说,同时加快了脚步。莱因哈德默不作声地点点头,两人沿着湖岸快步赶到停泊小船的地方。

渡湖时，伊莉莎白把手搁在船舷上。莱因哈德一边划桨，一边朝她望去；但是她的眼光却掠过他往远处看。于是他的目光落下来，停在她的手上；这苍白的手却向他泄露了她脸上所没有表示出来的情感。在这手上他看到隐痛带来的细微的痕迹。伊莉莎白感觉到他的目光盯在她的手上，于是就慢慢地让手从船舷上滑到水里。

他们回到庄上时，看见一辆磨剪刀的小车停在宅第前面，一个长着黑色鬈发的男子勤快地踏着磨轮，嘴里哼着一支吉卜赛人的调子，同时一只拴在车上的狗躺在旁边喘气。过道上站着一个衣衫褴褛的姑娘，她美丽的脸上露出惶恐的神色，伸出手向伊丽莎白讨钱。

莱因哈德将手伸进口袋，但是伊莉莎白抢先一步，急忙把她钱袋里的钱全都倒在姑娘张开的手中。然后她匆匆地转身走了，莱因哈德听见她抽泣着走上楼去。

他想拦住她，但是想一想，便在楼梯口停住了。那个姑娘还站在过道上发呆，手里拿着讨来的钱。"你还要什么？"莱因哈德问。

她吓了一跳。"我什么都不要了。"她说；然后她转过头来，以惶惑的目光凝视着他，慢慢地向门口走去。他喊出一个名字，但她已听不见。她垂着头，双臂交叉在胸前，穿过院子出去了。

死亡，啊，死亡，
我将孤身离世间！

一首古老的歌在他耳中鸣响，他的呼吸都要停止了。过了一会儿，他才转身向他的房间走去。

他坐下来工作，但是思想无法集中。他尝试了一个钟头，还是不能抑制自己，于是就来到起居室。那里空无一人，只有阴凉的绿色的暮光。在伊莉莎白的缝纫桌上放着一条红缎带，那是她下午还戴过的。他拿起红缎带，心里感到一阵难受，于是又把它放下。他心神不定，便又走到湖滨，解开船缆。他划船到了对岸，沿着刚才与伊莉莎白一起走过的那些路再走一遍。当他回来时，天已经黑了。在院子里，他遇见正要把拉车的马牵去放牧的车夫，出门的人刚刚回来。他走进过道时，听到埃里希在花园大厅里来回踱步。他没有进去见他。他静心地站了片刻，然后轻轻地上楼去，回到自己的房间里。他在近窗的一张靠背椅上坐下。他极力想象自己是在那儿倾听下面紫杉篱间夜莺的鸣叫，但是他听到的只是自己的心跳。楼下屋子里大家都已就寝，静夜渐渐逝去，但他却毫无感觉。他就这样坐了好几个钟头。最后他站了起来，把身子探出打开着的窗户。露水在树叶间滴着，夜莺已停止了歌唱。夜空中的深蓝色渐渐被东方升起的淡黄色的微光所驱散。一阵清风吹来，轻拂着莱因哈德发热的前额。第一只云雀欢叫着飞向空中。莱因哈德忽然转过身，走到桌子前。他在摸索一支铅笔，摸到后就坐下来，在一张白纸上写下几行字。他写完之后，拿起帽子和手杖，留下这张纸，轻轻地开了门，下楼走到过道上。屋子里还笼罩着一片朦胧。那只大猫在草席上伸着腰，他不在意地向它伸出手去，而猫便耸起背脊。但是，在外面花园里，麻雀已在树枝间啁啾，告诉大家，夜晚已经过去。这时他听见楼上有开门的声音，接着有人下楼来，他抬头一看，伊莉莎白已站在他的面前了。她把一只手放在他的手臂上，嘴唇动了几下，但是他什么也没听到。"你不会再来了。"她终于说，"我知道的，不要骗我。你不会再来了。"

"永远不会。"他说。他的手垂了下来，什么也没说。他穿过门廊走向门口，然后他再次转过身来。她站在原处不动，以失神的目光凝视着他。他向前跨了一步，朝她张开双臂。突然他猛地一转身，向门外走去。外面的世界，万物都沐浴在明朗的晨光里，飘浮在蜘蛛网上的露珠在初升的阳光中闪烁。他再也没有回头看。他快步向前走去。寂静的庄园渐渐地在他的后面消失了，在他的面前展现了一个广阔的世界。

老人

月光不再从玻璃窗上照射进来，屋里已变得黑咕隆咚，但是老人仍然交叠着双手坐在靠背椅上，两眼凝视着室内的空间。在他的四周弥漫着一片朦胧的昏暗，渐渐地，这片昏暗在他眼前变成了一个幽黑的大湖，黑黝黝的湖水后浪推前浪，滚滚向前，愈来愈低，愈来愈远。在老人的目光几乎不及的、最远的水波上，一朵白色的睡莲孤单地漂浮在大叶子之间。

房门开了，一道明亮的灯光照进屋里。"您来得太好了，布里吉特，"老人说，"把灯放在桌上吧。"

然后他把靠背椅也挪到桌旁，拿起一本打开了的书，专心地埋头于他青年时已努力钻研过的专业上。

海　泽　（1830—1914）

第一个获诺贝尔文学奖的德国作家。一生共创作长篇小说、中篇小说、剧本和诗作约一百六十余部，作品避免描述社会矛盾和生活阴暗面，而追求异国情调和形式美。

倔强的姑娘

一

太阳还没有出来，维苏威山上雾霭蒙蒙。雾气向着那不勒斯方向飘忽，因此海滨上的小城变得昏暗起来。大海静静地躺着。索伦特岩岸屹立在一道狭窄的海湾之滨。海边建有一个码头。码头上渔民们开始干活，有的用绳索把夜间放在海里的渔网拉到岸上，有的在装备小船，整理风帆，有的把船桨和桅杆从圆洞里拖出来。圆洞隐藏在岩壁里，可以存放船上的用具。周围没有一个闲人，连那些已不再出海的老渔民也帮忙拉网。有些老妇人站在平顶屋上纺线，或者照料她的外孙，好让女儿去帮丈夫干活。

"你看见了吗？拉克拉，那是我们的神父先生。"老妇人对一个约莫10岁的男孩说，他在她旁边玩弄小纺锤。"船夫安东尼诺刚刚上船,他送神父去卡普里。圣母玛利亚,这位尊贵的先生好像还没有睡醒呢!"说着,她向这位和蔼的矮个子神父挥挥手。神父上了船,小心翼翼地把他的黑袍子提起来,垫在木凳上,然后端端正正地坐下。海滩上的人停下手上的活,望着他们的神父乘船外出。神父时而往左,时而往右,和蔼地对他们点头致意。

"外婆,他为什么要去卡普里呢?"那男孩问,"那里没有神父,要向我们借吗?"

"傻瓜,"老妇人说,"那里有足够的神父,有壮观的教堂,甚至还有一个隐修士,而我们这里就没有。那里有一位高贵的夫人,她在我们这里住了很久。她生了重病,家里人以为她活不过当天夜里。我们的神父必须常到她家里去听她忏悔,举办圣餐仪式。现在她恢复了健康,每天还能到海里去洗澡。她离开我们这里回卡普里时,给教堂和穷人捐了一大笔钱。听说,如果神父不答应到卡普里去看望她,听她忏悔,她就不肯离开我们这里。她十分尊敬我们的神父,实在令人惊叹。我们这里有这样的神父,真是我们的福气呀!他有大主教的才干,很多有权力的大人物都向他请教。愿圣母与他同在!"她说完,就向即将离岸的小船挥挥手。

"天会变晴吗?我的孩子。"神父问船夫,同时忧虑地遥望着那不勒斯方向。

"太阳还没有出来呢!"小伙子回答,"这么一点儿雾气,太阳一出来就会把它驱散。"

"那么就开船吧,趁着天热之前赶到卡普里。"船夫安东尼诺正准备抓起船桨把船驶向海面。这时他突然停了下来，抬头望见从索伦特镇通往码头的路上，出现了一个姑娘的身影。

她急匆匆地从石阶上走下来，手里挥舞着一块手帕，腋下夹着一个小包。她衣着简朴，却有一种几乎是高贵的、有点儿粗犷的神态。她的脑袋向后仰着，黑油油的发辫像环状的头饰盘绕在额前。

"我们还要等什么？"神父问。

"那里还有人朝着小船奔来。她大概也想去卡普里。如果您许可的话，神父。船是不会因此慢下来的，她不过是个还不到十八岁的小姑娘。"

这时姑娘已经从弯路的墙角后面走出来了。

"劳蕾拉？"神父说，"她去卡普里干什么？"

安东尼诺耸耸肩膀。姑娘疾步走来，眼睛只看着自己面前。

"你好啊，犟丫头！"渔民中有几个年轻人喊道。假如不是因为神父在船上，他们不得无礼，恐怕还要多说几句，因为他们在问候姑娘时，她那默默而倔强的神态似乎激怒了这些放肆的年轻人。

"你好，劳蕾拉！"神父也喊道，"近来还好吗？你也想和我们一起去卡普里吗？"

"如果允许的话，神父！"

"你问问安东尼诺，他是船主，每个人都是自己财产的主人，上帝是我们大家的主人。"

"这是半个卡尔林①"劳蕾拉说,她不看年轻船夫一眼,"要是我能用这钱乘船的话。"

"这钱你用比我用更好。"小伙子一边咕哝着,一边把几筐橙子挪了一下,以便腾出地方来。这橙子是他运到卡普里去卖的,因为那石头岛上长的橙子不多,满足不了游客的需求。

"我不想免费坐船。"姑娘不动声色地答道。

"上船吧,孩子!"神父说,"他是个老实人,不想靠你这点儿可怜的钱发财。来吧,上船!"说着把手伸向劳蕾拉。"坐到我旁边来吧!瞧,他已经为你把他的上衣垫到座位上了,好让你坐得舒服些。对我,他就没有做得这么好。年轻人总是这样做的,为一个姑娘费的心要比为十个神父还要多。好了,小伙子,你也不用为自己辩解了,人人平等,这是我主上帝的安排。"

这时劳蕾拉已经上船了。她一声不吭地把安东尼诺的上衣推到一边,然后坐了下来。年轻的船夫也没有去拿自己的上衣,只是嘴里嘀咕了几句,用力对着海堤一推,小船飞快地驶进了海湾。

"你那小包里是什么东西?"神父问。这时他们正行驶在大海上,海面被朝阳的光辉照得闪闪发光。

"丝、线和一个面包,神父。丝是卖给卡普里一个织带子的太太,线是卖给另一个妇女。"

"这些都是你自己纺的吗?"

---

① 意大利硬币。——译者注

"是的，神父。"

"如果我没有记错，你也学会了织带子。"

"是的，神父。可是妈妈病得越来越严重了，所以我不能离开家，我们自己又买不起织机。"

"越来越严重了！复活节那会儿我到你们家，她还能起床呀！"

"春天对于她来说总是最糟糕的季节。自从我们遇到大风暴和地震以来，她每天都疼得不能起床。"

"要坚持祈求，我的孩子！恳求圣母为你祷告。要正直，要勤劳，让主接受你的祈祷。"

过了一会儿，神父接着说："刚才你走下海滩时，几个年轻渔民叫你'犟丫头'，为什么呢？这个称呼对一个女基督徒来说可不好听呀，她应当是温柔的、谦恭的。"

姑娘棕色的面孔上泛起了红晕，她的眼睛闪闪发光。

"他们嘲笑我，因为我不跳舞，不唱歌，不像别人那样喜欢说话。他们不应该管我，我又不碍他们什么事。"

"不过，你对每一个人可以和蔼一些。让那些生活比较宽裕的人去跳舞和唱歌好了，但是对一个贫苦的人来说，说句好话也是合适的呀。"

劳蕾拉低着头，两道眉毛皱得更紧了，好像想把一对黑眼睛藏起来似的。他们默默地航行了一段。这时火红的太阳已挂在高高的维苏威山顶上，但山脚仍然雾气茫茫。索伦特平原上的房屋透过绿色的橙园发出白光。

"劳蕾拉，没有再听到那个画家的消息了吗？那个想要你做妻子的那不勒斯人。"神父问。

她摇摇头。

"当时他来给你画像，你为什么拒绝他呢？"

"他干吗要给我画像？许多姑娘都比我漂亮。再说，谁知道他拿我的画像干什么。妈妈说，他可以用画像对我施魔法，伤害我的灵魂，甚至把我弄死。"

"别信那些罪恶的话。"神父严肃地说，"你不是永远受上帝保佑吗？没有上帝的旨意，你连一根头发也不会从头上掉下来。难道一个人手里有这样一张画像，就会比上帝更强大吗？而且你也看到，他对你怀有好感，不然的话他怎么愿意娶你呢？"

劳蕾拉沉默不语。

"你为什么要拒绝他呢？听说他是个正派的人，而且身材魁梧。他可以养活你和你的母亲，比你现在这样靠纺线过日子要好得多。"

"我们是穷人。"劳蕾拉激动地说，"而且我妈妈长时间以来就有病。我们只能给他带来麻烦。再说，我也不配做一个太太。假如他有客来，他会因为我而感到难堪的。"

"你不要这样说！我告诉你，他是个正人君子，而且他还想搬到索伦特来住。他真正像是上帝派来帮助你们的。这样的人不要错过。"

"我根本就不想要男人，绝对不要！"她倔强地说，好像是自言自语。

"你发过誓？或者，你想进修道院？"

她摇摇头。

"有些人说你倔强是有道理的,虽然那个称呼并不好听。你想过没有,你不是单独生活在这世界上,你的固执只会使你生病的母亲生活更加艰难,病情更加严重。也许你有什么特殊的理由,使你拒绝那个正直的人想帮助你们吧?你说呀,劳蕾拉!"

"我有一个理由,"她低声地说,显得犹豫不决,"可是我不能说。"

"不能说?对我也不能说?对你平时信赖的、听你忏悔的神父也不能说?我对你是一片好意吧,是不是?"

她点点头。

"放心吧,孩子!如果你有理,我会第一个支持你的想法。但是你年轻,对世界了解不多,假如你因为幼稚的想法而失去自己的幸福,以后会后悔的。"

劳蕾拉快速而羞怯地向小伙子投去一瞥。船夫坐在小船后面,使劲地划桨。他把羊毛便帽拉下来盖住额头,从侧面呆呆地望着海面,似乎陷入沉思之中。神父留意到姑娘的目光,就把耳朵侧过来靠近她。

"你的父亲,我记得你还不到十岁时他就去世了。你的倔强,同已在天堂的父亲,有什么关系呢?"

"您不了解他,神父。您不知道,妈妈的病就是由他引起的。"

"到底怎么回事?"

"他虐待她,打她,踢她。我记得,有几次夜里,他怒气冲冲地回到家里,妈妈没有跟他说一句话,他叫干啥,就干啥,可是他还是打她。我看了,心都要碎了,我赶紧拉被子蒙上头,假装睡着的样子，其实我哭了一整夜。他看到妈妈躺在地上，突然又改变了态度。他把她抱起来，拼命地吻她，弄得妈妈大喊大叫，说要把她憋死了。对于这件事，妈妈不许我张扬出去。但是这对她伤害很大，以致父亲去世多年后，她还没有恢复健康。要是她死得早，我知道是谁害的，愿上帝保佑她健康！"

神父晃晃脑袋，似乎拿不定主意，不知道他的忏悔者哪些说法是正确的。他终于说："宽恕你的父亲吧，就像你的母亲宽恕他那样。对那些悲惨的情景不要耿耿于怀。劳蕾拉，你的好日子会来到的，它将使你忘掉这一切。"

"我决不会忘记的。"她说着哆嗦了一下，"您知道，神父，为此我是不会嫁人的。我不会屈服于任何虐待我，然后又亲吻我的人。如果现在有人想打我或吻我，我知道自卫。可是我妈妈就不会自卫，不会抵抗打骂和亲吻，因为她爱他。爱一个人爱到可以为他生病，为他受罪，我不要这样的爱。"

"现在你不就像个孩子，说话同一个不懂世事的人一样吗？难道世间的男人都像你可怜的父亲那样，心情烦闷时就无法自制，而去虐待自己的妻子吗？你没有看到左邻右舍有多少正人君子，没有看到许多妇女与她们的丈夫相敬如宾过着美满的生活吗？"

"但是谁也不知道我父亲是怎样对待我母亲的呀！她宁可死也不会把这事对任何人诉说。这一切就是因为她爱他。当妻子要呼救时，爱情使她闭嘴；当妻子遭到恶行时，爱情使她无力抵抗。如果爱情是这样，那么我绝不会把我的心放在一个男人身上。"

"我对你说,你还是个孩子,不知道自己说些什么。到时候你的心就会不断地问自己:爱还是不爱。那时你脑子里装的一切都于事无补。"神父停了一会儿接着说,"说到那个画家,你也相信他会虐待你吗?"

"他那种眼神,在我父亲眼里见过。那是他向母亲苦苦哀求,想拥抱她,又对她说好话的时候。我熟悉这种眼神。还有那种忍心打妻子的人也会流露出这种眼神,而他的妻子却从来没有做过伤害他的事。我一看到这种眼神就会感到恐惧。"

她说完固执地沉默着。神父也不再出声。也许他想起许多美好的警句,可以用来告诫这姑娘吧。可是年轻的船夫在劳蕾拉忏悔快结束时,变得不耐烦起来,出于这种情况,神父就不再说话。

航行两小时后,他们到达卡普里的码头。安东尼诺把神父从船上背下来,涉过几道浅水,毕恭毕敬地把他放下。劳蕾拉却不愿意等船夫回来接她,就撩起裙子,右手拿着木拖鞋,左手拿着小包袱,劈劈啪啪地踩水,快步走到岸边。

"我今天在卡普里也许要待很长时间,"神父说,"你不要等我,说不定我要到明天才回去。那么,劳蕾拉,你回家后代我问候你母亲。这个礼拜我还会去看望你们。天黑之前你还回去吗?"

"有机会就回去。"姑娘说,并理了理她的裙子。

"你知道,我也得回去。"安东尼诺自以为是地若无其事地说,"我等你到教堂敲钟的时候。假如你不来,我也无所谓。"

"你一定要来，劳蕾拉！"神父说，"你不能让你母亲单独在家里过夜。你今天要去的地方很远吗？"

"去阿那卡普里，到一个葡萄园里去。"

"我要去卡普里了。上帝保佑你，孩子，还有你，我的孩子。"

劳蕾拉吻了神父的手，说了声再见，这也许是对神父和船夫两个人说的吧。安东尼诺没有搭理。他向神父摘帽致意，却不理睬劳蕾拉。

他们两个人都向神父转过身去。神父在卵石滩上吃力地向前走去。安东尼诺的目光只在神父身上停留片刻，然后就转向劳蕾拉。她正向着右边的高坡走去，手放在眼睛上方，遮挡刺眼的阳光。她还没有走到上面围墙之间的路，就停了下来，好像是要喘一口气，同时向周围眺望。码头就在她脚下，四周耸立着悬崖峭壁，蓝色的大海呈现出少有的壮丽景色，确是值得停下脚步欣赏一下的。这时劳蕾拉的目光掠过安东尼诺的小船，刚好与安东尼诺投来的目光相遇。两个人都耸了耸肩，好像是为自己辩解：这不过是不经意的一瞥。然后姑娘噘着嘴继续走她的路。

二

午后才一个小时，安东尼诺已经在渔民酒店前面的板凳上坐了两个小时。他一定有什么心思，每隔五分钟就站起来，走到太阳照射的地方，眺望两个小镇通向岛上的两条道路。他对酒店的老板娘说，他担心天气不好，天空看似晴朗，但是他熟悉天空和大海的种种颜色。上次大风暴来临之前,天空也是这样。那次他费了九牛二虎之力,才把一家英国人送到岸上,老板娘大概还记得吧。

"我记不得了。"老板娘说。

安东尼诺又说,要是天黑之前天变了,她就会想起他说的话了。

"你们那边客人多吗?"停了片刻老板娘问。

"开始来了。前段时间我们很艰难,洗海水浴的人还没有来。"

"今年春天来得晚。你们比我们卡普里人赚的钱多吧?"

"如果我只靠划船,一周吃两顿通心粉都不够。有时送封信到那不勒斯,有时把一位想钓鱼的人送到海边去,就这么多杂活。可是您知道,我的伯父有几个大橙园,他是个大富翁。他对我说,只要他还活着,我就不会受苦,日后他会照应我。靠上帝保佑,这样我就度过了这个冬天。"

"他有孩子吗?您的伯父。"

"没有,他没有结过婚。他在国外待了很长时间,赚了不少钱。现在他计划办一个大渔场,想让我管理这个企业,进行检查监督工作。"

"这下您发达了,安东尼诺。"

年轻的船夫耸耸肩膀。"每个人都有自己的忧虑。"说完他又站起来,忽左忽右看看天色,尽管他知道,最初下雨的方向只有一边。

"我再给您拿瓶酒来,您的伯父付得起酒钱。"老板娘说。

"只要一杯,你们这里卖的都是烈性酒。我的脑袋已经发烫了。"

"这酒不上头,您想喝多少,就喝多少。正好我男人也回来了,您得再坐一会儿,同他聊聊天。"

果然酒店老板从高坡上走下来了。他身材高大,肩上挂着渔网,红色便帽罩在卷发上。他到城里送鱼去了,那位贵妇人为了招待索伦特来的神父,向他订购了鲜鱼。老板一看到年轻的船夫,就热情地向他打招呼,然后挨着他坐下叙谈。老板娘拿来第二瓶卡普里酒,这是没有掺假的地道好酒。这时,左边沙地里响起了沙沙的脚步声。劳蕾拉从阿那卡普里向这边走来。她跟大家微微点头致意,就犹豫地站在那儿。

安东尼诺马上站起来。"我要走了,"他说,"这是索伦特来的姑娘。今天早晨她同神父先生一起来的,天黑之前还要赶回去,她的母亲生病了。"

"好了,好了,没那么快天黑,"渔夫说,"喝杯酒的时间还是有的。喂,老婆,再拿一个酒杯来!"

"谢谢,我不会喝。"劳蕾拉说,仍然远远地站着。

"你就斟吧,老婆,斟吧,喝一杯吧,别客气!"

"随她去吧!"小伙子说,"她犟得很,她不想做的事,哪个圣人也说不动她。"说完他就匆忙告别,向小船跑去。他解开船缆,站着等候姑娘。劳蕾拉向酒店老板夫妇挥挥手,犹豫不决地向小船走去。她向四周望了望,好像在期待还有乘客和她做伴。但是码头上空无一人。渔民们有的在睡觉,有的在海边钓鱼或下网。几个妇女和孩子坐在门前打盹或者纺线。早晨从索伦特来的外地人想等到稍微凉快时再回去。她也没能张望很久，还来不及阻止，安东尼诺就像抱孩子似的把她抱到船上。然后他就跳上船，用力划了几桨，小船就到了外海上。

劳蕾拉坐在船头，半个背部对着安东尼诺，使他只能看到她的侧面。这时她的表情比平时更为严肃。头发低垂到狭窄的前额上，漂亮的鼻翼周围流露出倔强的神情，丰满的嘴唇紧闭着。他们就这样默默无言地在海上行驶着。后来劳蕾拉觉得太阳火辣辣的，就把面包从毛巾中拿出来，把毛巾裹在头上。然后她开始吃面包当午餐，在卡普里时她什么也没吃。

安东尼诺看在眼里，过一会儿他就从早晨装橙子的筐里拿出两个橙子，说："给你就面包吃吧，劳蕾拉，别以为我是留给你的。这是从筐里滚到船上的，后来我把空筐放到船上时才发现的。"

"你吃吧，我有面包就够了。"

"天热，吃了橙子会凉快些，你走了很多的路啊！"

"在卡普里人家给了我一杯水，我喝了凉快多了。"

"随你吧。"安东尼诺说，又把橙子扔进筐里。

又是沉默。海面像镜子一样光滑，行船几乎没有发出水声，就连在海岸空洞里做窝的海鸟也无声地飞翔着，伺机猎取食物。

"你可以把这两个橙子带给你妈妈。"过了一会儿，安东尼诺又说。

"我们家里还有，吃完了，我会去买。"

"拿去吧，这只是我的一点儿小意思。"

"我妈妈又不认识你。"

"那么，你可以告诉她，我是谁嘛。"

"我也不认识你。"

劳蕾拉这样回绝安东尼诺已经不是头一次了。一年前，画家刚到索伦特时，刚好那是个礼拜天，安东尼诺同当地几个小伙子在大街旁的空地上玩球。画家在那里第一次遇见劳蕾拉。她头上顶着一个水罐走过来，没有注意到他。画家见到劳蕾拉就惊呆了。这时他刚好站在球道上，本来挪两步就可以离开球道。但他却站着不动，凝视着劳蕾拉。这时一个球有力地对准他的脚跟打过来。这使他想起这里不是发呆的地方。他向周围望了望，似乎在等待有人向他道歉。扔球的人是船夫安东尼诺，他默默而倔强地站在他的朋友中间。外乡人觉得最好还是避免交涉，三十六计走为上计。这件事当时有人议论过。当画家公开追求劳蕾拉时，人们又重提旧事。画家问劳蕾拉，是不是因为那个粗野的小伙子才拒绝他。劳蕾拉生气地说："我不认识他。"但是那种流言蜚语也传到劳蕾拉的耳朵里。从那以后，安东尼诺遇到她时，恐怕她已经认识他了。

现在两个人坐在船上，就像是仇敌似的。两个人的心都在激烈地跳动着。安东尼诺平时和蔼的面孔这时却涨得通红。他拼命地划桨，激起的浪花都飞溅到他身上。他的嘴唇不时在颤动，好像在说什么气话。劳蕾拉装着什么也没看见，摆出一副若无其事的样子。她向船旁弯下身来，把手伸到水里，让水从手指间流过。然后她把毛巾从头上解下来，理了理头发，仿佛船上就她一个人似的。只是她的两道眉毛还在颤动。她把湿手放在发热的脸颊上，使它凉快些，但毫无帮助。

这时船到了大海中央，远近都看不到一条帆船。岛已被远远地抛在后面，海岸上空薄雾迷漫，四周一片沉寂，甚至没有一只海鸥飞过。安东尼诺向周围张望了一下，脑子里似乎冒出一个念头，面颊上的红晕突然消散了。这时他把桨放下。劳蕾拉不禁望了他一眼，有点儿紧张，但不害怕。

"这件事该了结了，"小伙子突然冒出这句话来，"我觉得时间拖得太长了。我简直感到惊讶，我还没有因此断送性命。你说，你不认识我，这么长时间你难道没有看到我像个傻瓜似的在你身旁走过，有很多心里话要对你说吗？可你总是板着脸，不理睬我。"

"我同你有什么话说？"劳蕾拉冷淡地说，"我大概也看出来了，你是想跟我好，但是我不愿意无缘无故地让人家说闲话。因为我不愿意嫁给你，也不愿意嫁给任何人。"

"不嫁给任何人？你不会永远这么说吧，是因为你拒绝了画家吗？呸！你当时还是个孩子，有一天你会感到寂寞的，到时像你这样的怪人，就会随便找个男人嫁了。"

"谁也不知道自己的将来会怎样。我也可能会改变主意。不过这与你有什么关系？"

"这与我有什么关系？"安东尼诺愤怒地从舵位上跳起来，小船剧烈地摇晃着，"与我有什么关系？你已经知道了我的情况，还这样问我？将来你对别人比对我友好，他不会有好下场的！"

"难道我答应过你吗？你胡思乱想能怪我吗？你对我有什么权利？"

"哦，"安东尼诺喊道，"当然，这权利没有写出来，也没有律师用拉丁文把它记载下来，加以密封。但是我想，假如我是一个勇敢的男子汉，我对你就有权利，如同有权利上天堂一样。你以为我愿意看着，你同别人一起走进教堂，姑娘们从我身边走过，对我耸耸肩膀吗？难道我要让人家讥笑我吗？"

"你想干什么，就干什么吧！不管你怎样威胁我，我都不怕！我也想干啥，就干啥！"

"这种话你不可能再说下去了！"安东尼诺说，他浑身在颤抖，"我有足够的勇气，不再让一个脑袋顽固的人毁掉我的生命。你知道吗，你现在掌握在我的手心里！我要你怎样，你就得怎样！"

她稍微有点儿惊讶，对他怒目而视。

"你有本事，就把我弄死！"劳蕾拉不慌不忙地说。

"干什么事都不能半途而废。"安东尼诺说，声音有点儿嘶哑。"这大海就是我俩葬身之地。我不会帮你的，孩子。"他好像在说梦话，几乎带着怜悯的语气。"但是我们两个人都得下去，马上，就是现在！"他大声地喊着，双手突然抓住劳蕾拉，可是瞬间他就把右手抽回去，手上鲜血直流，劳蕾拉狠狠地咬了他一口。

"你要我干什么，我就得干什么吗？"劳蕾拉大声地说，同时迅速转身，用力把安东尼诺推开，"让你看看。我是不是在你手心里！"说着一个纵身跃过船帮，顿时消失在滚滚的波涛里。

不久她又浮出水面，裙子紧贴着她的身子，头发被波浪冲散，沉甸甸地从脖子上垂下来。她用双臂使劲地划着，默默地远离小船向岸边游去。这突然发生的事吓得安东尼诺呆若木鸡，他站在船上，身子向前倾，目光呆呆地盯着劳蕾拉，仿佛在他的眼前发生了一件惊人的事似的。然后他浑身颤抖，急忙拿起船桨，竭尽全力向劳蕾拉划去。这时，不断冒出的鲜血染红了船的底板。

尽管劳蕾拉游得很快，但安东尼诺很快就划到她的身旁。"看在圣母份上！"他大声地喊道，"上船吧！刚才是我发疯了，天知道，什么东西使我失去理智，就像闪电似的侵入我的头脑，使我怒火中烧，不知道自己说了什么，干了什么，你不必原谅我，劳蕾拉，只是应该救你的命，上船吧！"

劳蕾拉仿佛什么也没听见，继续向前游去。

"你游不到岸边的，到那儿还有二海里呢。想想你的母亲吧，如果你出了什么事，她会被吓死的。"

劳蕾拉打量了一下到岸边的距离，就默默地游到船边，然后双手抓住船帮。安东尼诺站起来帮她。这时船由于姑娘的重量向一侧倾斜，安东尼诺放在凳子上的上衣滑落到海里去了。劳蕾拉敏捷地跨上船，坐在她原来的座位上。他看到她坐好了，又继续划桨。她把湿淋淋的裙子拧干，把头发上的水挤出来。这时她的目光掠过船的底板，发现了血。她快捷地向那只手瞥了一眼，这只手好像没有受伤似的还在划桨。"给你。"说着她把手帕递给安东尼诺。他摇摇头，继续向前划。劳蕾拉终于站起来，走到他的跟前，用手帕替他包扎好很深的伤口。然后她不顾他的拒绝，从他手中夺过了桨，坐到他的对面，用力向前划船。她没有看他，却注视着被血染红的船桨，他们两个人都默默无言。当他们靠近海岸时，碰到要在天黑之前出海撒网的渔民。他们向安东尼诺打招呼，跟劳蕾拉开玩笑。两个人都低着头，也没有去回应他们。

他们到达码头时，太阳还高挂在上空，劳蕾拉抖了抖在海上几乎全干的裙子，跳到岸上。早晨看到他们出海的纺线老妇人又站在屋顶上。"你的手怎么啦？安东尼诺！"老妇人朝下面喊道。"天哪，船上好多血。"

"没关系，教母，"小伙子回答，"船上有一根露在外面的钉子，我不小心划了一个口子。明天就没事了。那些血就是手上流下来的。看起来可怕，其实没什么。"

"一会儿我到你那儿去，给你敷点儿草药，小伙子。你等等，我就来。"

"不麻烦您了，教母，我已经包扎过了，明天就没事了，把它忘了吧。我的皮肤很健康，这点儿伤很快就会长好的。"

"再见！"劳蕾拉说着转过身，向着通往山上的小路走去。

"再见！"小伙子跟着喊了一句，没有看她一眼。然后他把工具和几只筐从船上拿下来，登上小石阶，向自己的小屋走去。

三

两间屋里只有他一个人，他在屋里来回走着。屋里的小窗只是用木板钉成的，山风从敞开的窗户吹进来，要比海风凉快一些。在寂静的环境里，他觉得比较舒适。他在圣母小像前站了很久，虔诚地注视着那片用银纸剪成的、贴在小像上方的星光。但他没有想到祈祷。他已经毫无希望，还祈祷什么呢！

今天的白昼似乎是静止的。他渴望天黑,因为他已精疲力竭,失血造成的损伤比他自己所说的要严重得多。他觉得手剧痛,就坐到一张凳子上,把缠在伤口上的手帕解开。本来已止住的血又冒了出来。伤口周围肿得厉害。他仔细地把手洗了一遍,并用冷水使它清凉一会儿。然后他把手放到眼前看,清楚地辨认出劳蕾拉的牙印。"她做得对。"他说,"我是野兽,活该如此。明天我托吉泽普把手帕还给她。她是不会再见我了。"于是他用左手加上牙齿又把伤口包好。接着他把手帕洗干净,放在太阳底下晒。然后他倒在床上,闭上眼睛。

皎洁的月光,伤口的疼痛,把他从蒙眬中唤醒。他跳下床来,伤口在扑扑地跳动,正想把手放到水里缓解一下疼痛。这时他听见门上发出响声。"谁呀?"他喊着,并把门拉开。劳蕾拉站在他面前。

她没有多问,就走进屋里,解下裹在头上的毛巾,把一只小篮子放在桌上,然后深深地呼了一口气。

"你是来拿手帕的吧?"安东尼诺说,"本来你是不用跑这趟的。我打算明早托吉泽普带给你。"

"不关手帕的事。"劳蕾拉急忙说,"我上山给你采止血的草药去了,这儿!"说着她把小篮子的盖打开。

"太麻烦了。"安东尼诺说,并没有丝毫讥讽的口吻,"太麻烦了。已经好多了!就是恶化了,那也是活该!这个时候你来这里干什么呢?要是有人来遇见你,你知道,他们又会胡说些什么,虽然他们不知道,自己说了些什么。"

"谁来我也无所谓。"劳蕾拉激动地说,"我要看看你的手,给你敷上草药,你用左手不好使。"

"我跟你说,没有这个必要。"

"那就让我看看,好让我相信。"她迅速抓住那只无法反抗的手,把缠在伤口上的布解开。她看到伤口肿得这么厉害,吓了一大跳,喊道:"天哪!"

"有点儿肿,"安东尼诺说,"明天就会消退。"

劳蕾拉摇摇头,说:"这个样子你一个星期也不能出海了。"

"我想后天就可以了,这没什么大不了的!"

这时劳蕾拉端来一个盆了,重新把伤口洗过。安东尼诺像个孩子似的忍受着。她把草药敷到伤口上,安东尼诺顿时觉得火辣辣的疼痛缓解了一些。接着,劳蕾拉用自己带来的麻布条把伤口包扎好。

安东尼诺说:"谢谢你,劳蕾拉。如果你还愿意为我做件好事,那就请你原谅我今天脑子里冒出的疯狂的念头,忘掉我对你所说的一切和所做的一切!我自己也不知道,怎么会这样呢。这件事绝对不是你引起的,确实不是。今后你再也听不到我说什么伤害你的话了。"

"我要请你原谅,"劳蕾拉说,"我应该用其他方式更好地向你说明一切,不应老是一声不吭,惹得你生气,可现在这伤……"

"这是正当防卫,更何况是在紧急关头。它使我恢复了理智。我已经说过,这不是什么大不了的事,谈不上原谅。你做得对,谢谢你。现在你回去休息吧。这儿……这是你的手帕,你带回去吧。"

他把手帕递给劳蕾拉。可是她仍然站着不走,好像内心在斗争,终于说:"都是因为我,你的上衣掉到海里去了。我知道卖橙子的钱就放在上衣的口袋里。这些都是我在路上才想起来的。这钱我无法赔给你,因为我们家没有钱,即使有一点儿,也是我母亲的。但是我有个银十字架,这是画家最后一次来我家时,把它放在桌上给我的。从那时起我没有再看它,再也不想把它放在箱子里了。我母亲说,这东西值两三个比索,你拿去卖掉它吧,就当赔偿你的损失,要是不够,我打算在夜间等妈妈睡觉后纺线赚点儿钱。"

"我什么都不要。"安东尼诺坚定地说,同时把劳蕾拉从口袋里拿出来的闪光的小十字架推回去。

"你一定要拿去!"劳蕾拉说,"你因为手受伤,谁知道要多久才能赚到钱啊!我把它放在桌上,我永远不想再见到它。"

"那就把它扔到海里去吧!"安东尼诺说。

"这不是我送给你的礼物,只不过是你应有的权利,这东西应归于你。"

"权利?对你的任何东西我都没有权利。以后你要是遇见我,请不要理睬我,免得使我想起我做过对不起你的事。好吧,晚安,这就算最后一次吧!"

安东尼诺把手帕和十字架放到劳蕾拉的篮子里,并把盖子盖上。正当他抬起头看着劳蕾拉的脸庞时,不禁吃了一惊。大颗的泪珠从她的脸颊上滚下来,她任凭眼泪往下流。"圣母玛利亚!"安东尼诺喊道,"你生病啦?你全身都在发抖!"

"没什么，"劳蕾拉说，"我要回去了。"说完摇晃着向门口走去。她哭得很厉害，把额头抵在门柱上，大声而激烈地抽噎着。安东尼诺想抚慰她，刚走到她身旁，她突然转过身，热烈地拥抱他。

"我忍受不了了！"她喊道，紧紧地抱住他，就像一个垂死的人抓住一个救星似的，"我不能听见你对我说好言好语，让我带着内疚的心情离开你。打我吧，用脚踢我吧，咒骂我吧！或者，在我对你做了这些坏事之后，如果你还真的爱我，那么你就娶我吧，把我留下来，同我一起做你想做的事。但是不要叫我离开你！"又一阵激烈的啜泣使她说不下去。

安东尼诺默默地把她搂在怀里一会儿。"我是不是还爱你？"他终于大声地说，"圣母啊！难道你以为，我的全部心血因为这点儿小伤就会从我身上消失了吗？你不觉得这股热血已在我胸中涌动，仿佛要向着你奔流而出吗？如果你说这番话是为了试探我，或者同情我，那你就走吧。这件事我也要把它忘掉。你知道，我为你吃了不少苦头，你也不要因此觉得对不起我。"

"不！"劳蕾拉坚定地说，并从安东尼诺的肩上抬起头来，用含泪的眼睛注视着他，"我爱你，我承认，很长时间我害怕这件事，心里斗争过。现在我不想再这样了，因为在路上，当你从我面前走过时，我会忍不住看着你。现在我还要吻你。"她说，"如果你还怀疑的话，就对自己说：劳蕾拉吻过我，她只吻自己的丈夫，不吻任何人。"

说着她就吻了吻安东尼诺，然后离开他的怀抱说："晚安，我最亲爱的！休息吧，养好你的伤。不要送我，任何人我也不怕,除了你。"

然后劳蕾拉轻松地走出大门,一会儿就消失在围墙的阴影中。安东尼诺还凭窗向大海眺望了很久,远处所有的星星仿佛都在海上摇晃。

四

神父离开劳蕾拉曾经跪了很久的忏悔室时,内心暗暗发笑。他自言自语地说:"谁能想到上帝这么快就怜悯这颗奇特的心呢。我还责备自己没有更加严格地要求这个倔强的孩子改变性格。但是我们目光短浅,看不清天上的路。好吧,愿上帝保佑她,并且让我亲眼看到,劳蕾拉的大儿子代替他的父亲把我送到大海的彼岸!唉,这个倔强的丫头!"

施尼茨勒　（1862—1931）

奥地利著名剧作家、小说家。在德语文学史中,他是第一个采用运用了"内心独白"表现手法的作家。不少作品以爱情与死亡为主题,比如《儿戏恋爱》《轮舞》等。

出　轨[①]

他再也受不了这样静静地坐在车里了。他下了车,在那里徘徊着。天已黑。在这条寂静而偏僻的街上,只有几盏路灯在风中闪烁着。雨已经停了,人行道基本上干了,但是泥土路面还是湿湿的,有些地方还有积水。

真是奇怪,弗兰茨想,这里离普拉特街不过几百步远,就好像到了匈牙利某个小城一样,不过,无论如何,这里至少是安全的,她在这里不会遇到她害怕的熟人。

他看看表,已经七点了。天已完全黑了。今年秋天来得早。这讨厌的暴风雨。

他翻起领子,快速地来回走着。路灯上的小窗发出格格声。"再过半个小时,"他自言自语地说,"我就可以走了。啊,我真想现在就……"他在角落停下来,在这里他能看到两条

[①] 又译名《死人不会说话》。——译者注

街,她会从这两条街走来。

是的,今天她会来,他这样想,同时把帽子拉紧,免得被风吹走。星期五,教授评议会开会,她敢于出来,还可以在外面待久一些。他听到马车的铃声。附近尼波莫克教堂的钟声开始敲响。街上热闹起来了。许多人从他身边走过,他觉得大多数都是商店的服务员,商店是七点钟关门。大家都急匆匆地赶路,都在跟暴风雨搏斗,暴风雨使他们行走艰难。路上的行人谁也没有注意到他,只有几个女店员略带好奇地望了望他。突然他看到一个熟悉的身影快速走过来。他赶紧迎上去。怎么没坐车?他想。是她吗?

是她。她也看到了他,于是加快了步伐。

"你走路来?"他问。

"在卡尔剧院附近我已经把车夫打发走了。我觉得我曾经坐过他的车。"

一个男人从他们身旁走过,匆匆地望了一眼这位女人。弗兰茨怒气冲冲地瞪了他一眼。那个男人急忙继续赶路。女人望着他的背影。"他是谁?"她担心地问。

"我不认识他。这里没有熟人,你尽管放心。不过你现在快一点儿,我们上车。"

"这是你的车?"

"是的。"

"坐敞篷车?"

"一个小时前天气还很好。"

他们急忙走过去。那女人上了车。

"车夫！"年轻的男人在喊。

"他在哪里？"年轻的女人问。

弗兰茨望了望周围。"岂有此理，"他喊道，"这家伙连人影都见不到。"

"天呀！"她轻轻地喊道。

"等一等吧，亲爱的。他肯定在周围。"

弗兰茨打开一家小酒店的门。车夫和几个人坐在一张桌旁，这时他很快站起来。

"马上来，尊敬的先生。"他说，并站着把杯里的酒喝完。

"您怎么搞的？"

"对不起，尊敬的先生，我就去。"

他摇晃了一下，急忙向马车走去。"先生，现在去哪里？"

"普拉特别墅。"

弗兰茨上了车。那位年轻的女人靠在角落里，身体几乎蜷缩着，车篷已经拉好了。

弗兰茨紧紧地抓住她的双手。她一动也不动地待着。"你连晚安也不想对我说？"

"我只是让你稍等片刻，我心里还紧张着呢。"

弗兰茨靠在另外一个角落里。两个人都沉默着。马车拐进普拉特大街，驶过特格德豪夫纪念碑，几秒钟后就沿着宽阔的、阴暗的普拉特林荫道奔跑而去。这时，埃玛突然伸开双臂紧紧地抱住情人。弗兰茨轻轻地掀开她的面纱，吻她。

"终于又待在你的身边了！"她说。

"你知道，我们有多久没见面了？"他喊道。

"从星期天以来没见过面。"

"是呀,那天也只是远远地见一面。"

"怎么?你那天不是待在我们那里吗?"

"是的……是在你们那里。啊,不能这样下去了。我再也不到你们那里去了。你怎么了?"

"有一辆车从我们旁边经过。"

"亲爱的,这些人是到普拉特公园去散步的,他们谁也不会理睬我们的。"

"这我相信。不过偶尔会有人往车子里看一看。"

"不可能认出什么人来。"

"我请求你,我们还是到其他地方去吧。"

"按你的意思办吧。"

他喊了一声车夫,但车夫似乎没有听到。他向前弯下身子,用手碰了碰车夫。车夫转过身来。

"请您掉头。您为什么这样猛抽马?您听着,我们没什么急事,我们要去……您知道去帝国大桥的林荫道吧。"

"去帝国大街?"

"是的,您不用跑那么快,我们并不赶路。"

"对不起,尊敬的先生,风暴使马发起野劲儿。"

"当然,是风暴作怪。"弗兰茨说着又坐了下来。

车夫掉转了马儿,往回赶。

"为什么我昨天没有看到你?"她问。

"我昨天怎么能来呢?"

"我以为,我姐姐也邀请了你。"

"原来说的是这件事。"

"你为什么不来?"

"我无法忍受在别人面前和你待在一起。以后再也不干这种事了。"

她耸了耸肩膀。

"现在我们在哪儿?"她问。

车子经过铁路桥下面,向帝国大道驶去。

"车子驶向多瑙河,"弗兰茨说,"我们在通往帝国大桥的路上。这里不会遇到熟人!"他的话带有嘲弄的语气。

"车子颠簸得厉害。"

"是呀,现在车子又回到石子路上了。"

"他驾车为什么这样左右摇摆呢?"

"这只是你的感觉吧。"

但是,他自己也感觉到,车子摇晃得更厉害了。他只是不想说出来,免得她担惊受怕。

"埃玛,我今天有很多话要严肃地同你谈谈。"

"那你就说吧,不过我九点钟得回家。"

"用两个字就可以决定一切。"

"我的天,到底怎么回事?"她突然惊叫起来。车子陷进了马车轨道里,车夫想把马掉过头来,车子来个急转弯,差点儿翻车了。弗兰茨抓住车夫的外衣,朝他喊道:"停车!您喝醉了。"

车夫好不容易才把车停下来。"不过,尊敬的先生……"

"埃玛,来,我们在这儿下车。"

"我们在什么地方?"

"已经到桥边了。现在风也不大了。我们走一段路吧,坐在车里也无法好好说话。"

埃玛拉下面纱,跟着他下了车。

"你还说风不大?"她喊道,刚下车,一阵风便向她猛吹过来。

他挽着她的胳膊。"在后面跟着。"他对车夫喊道。

他们慢慢地向前走去,缓缓地登上拱桥,一路上默默无言。他们听见河水在桥下哗哗地流过,于是停下脚步来,待了一会儿。四周一片昏暗。宽阔的河流灰蒙蒙的,无边无际,向远处延伸。在远处,他们看见红色的灯,那些灯仿佛挂在河上,在水面映出一缕缕微光。在他们刚离开的岸边,晃动的波光沉入水中;对岸,河流仿佛和黑黝黝的草地连成一片。这时好像从远处传来阵阵响声,声音越来越近。他们不禁向红灯闪亮的地方望去。一列火车隆隆驶过,车窗里灯光明亮。火车的灯光划破了黑夜,然后又很快消失了。那隆隆的响声也渐渐远去,夜又变得一片寂静,只有大风不时呼呼地吹来。

他们沉默了很长时间,然后弗兰茨说:"我们该走了。"

"好吧。"埃玛轻声地说。

"我们该走了,"弗兰茨高兴地说,"我是说远走他乡。"

"那可不行。"

"因为我们胆小怕事,埃玛,不是别的原因。"

"我的孩子怎么办?"

"我坚信,他会把孩子给你。"

"怎么？"她轻轻地问，"在黑夜里跑掉？"

"不，绝对不是。你只要直接告诉他就行了，说你不能再和他生活下去了，你属于别人的。"

"弗兰茨，你是不是发疯了？"

"如果你愿意，我可以替你说，我可以直接对他本人说。"

"弗兰茨，你不能这样做。"

他想仔细地看看她的表情，但是，周围漆黑一片，什么也看不清，只看到她抬起头来，转向他。

他沉默了片刻。然后他平静地说："你不要害怕，我不会这样做的。"

他们慢慢地向彼岸走去。

"你没有听见什么吗？"她问，"那是什么声音？"

"声音从那边来。"他说。

从黑暗中传来一阵嘎嘎的声响，声音愈来愈近，一盏小红灯摇摇晃晃地朝他们飘过来。不久他们就看到了，那是一盏小马灯，挂在一辆马车的前轴上。但是他们无法看清，车上是装着货物还是载着人。过了一阵，又有两辆相同的车驶过来。在后面那辆车上，那人刚好点火抽烟斗，他们才看到那人穿着农民服。两辆马车很快驶过去了。然后他们又听不见任何别的声响，只有在身后二十步远的地方，还传来渐渐远去的马车发出的低沉响声。走到这里，桥面开始微微地向彼岸倾斜。他们面前是一条街道，两旁的树木林立，街道黑洞洞的，望不到尽头。左右两边都是草地，他们向草地深处望去，那里仿佛是万丈深渊。

弗兰茨沉默了很长时间，然后突然说："那好吧，这是最后一次……"

"什么？"埃玛问，声音中带着忧虑。

"这是最后一次在一起。你留在他那里。我对你说再见。"

"你说这话是认真的？"

"是认真的。"

"你看，你就是这样，每次我们在一起时，你总是让我们扫兴，我可没有这样做过。"

"是的，是的，你说得对，"弗兰茨说，"来，我们回去吧。"

她紧紧地拉住他的胳膊。"不，"她温柔地说，"现在我不想回去。我不能这样被打发走。"

她把他拉到身旁，久久地吻他。"我们从这里一直走下去，会走到哪里呢？"她问道。

"会走到布拉格，亲爱的。"

"不走那么远，"她微笑着说，"要是你愿意的话，我们向外面再走一段。"她指了指幽暗的地方。

"喂，车夫！"弗兰茨喊道。车夫没有听见。

弗兰茨大声喊道："你停下！"

马车还继续往前跑。弗兰茨在后面追。现在他看到了，原来车夫睡着了。弗兰茨大声叫喊，才把车夫叫醒。"我们往前再走一小段，直走，您听清楚了吗？"

"听清了，尊敬的先生。"

埃玛上了车，弗兰茨也跟着上了车。车夫扬起马鞭，抽打了一下。马儿在泥泞的路上奔跑起来。车子颠簸着，他们两个人紧紧地拥抱在一起。

"这不也很好吗？"埃玛靠近他的嘴轻声地说。

就在这一瞬间，她觉得马车突然飞向空中，她被抛了出去，她想抓住一点儿东西，却什么也没抓到。她觉得自己好像在飞快地打转，因此只好紧闭眼睛。突然，她觉得自己躺在地上，周围一片寂静，好像孤身来到一个人烟稀少的地方。过了一阵，她听到各种嘈杂的声响，在附近的地上传来马儿踢蹬的声音，还有人的呻吟声。但是她什么也看不清。这时她感到十分恐惧，就大声地叫喊起来。她越来越害怕了，因为她听不到自己的喊声。她突然明白了什么事：马车撞上什么了，也许撞上了一块里程碑，翻车了，他们从车里被抛了出来。"他在哪里？"她马上闪过这个念头。她喊他的名字。她听见自己的喊声，虽然声音很轻微，但听得见。没有人回答。她试图站起来。她费了好大劲儿才在地上坐起来。她伸手向旁边摸去，碰到一个人的身体。这时她在黑暗中可以隐隐约约地看到一点儿东西。弗兰茨动也不动地躺在她的旁边。她伸手摸摸他的脸，觉得他脸上有点儿又湿又热的东西流下来。她吓得连呼吸都要停止了。血……？究竟出了什么事？弗兰茨受伤了，失去了知觉。车夫在哪里？她喊车夫，没有回答。她还一直坐在地上。她想，虽然我浑身都疼，但没有什么事。我该怎么办，我该怎么办……我一点儿事都没有，这怎么可能呢？"弗兰茨！"她喊道。就在附近有个声音答道："尊敬的小姐，您在哪里？尊敬的先生在哪里？没出什么事吧？小姐，您等等，我点灯看看是怎么回事。我不知道，今天铁扣出了什么问题。哎呀，这不是我的过错！都是这该死的马撞到石头堆上了。"

埃玛虽然浑身疼痛，还是站立起来了。车夫没出事，这使她心里平静了一些。她听到车夫打开马灯的风门，划着了火柴。她十分恐惧地等着灯光。弗兰茨就躺在她跟前的地上，她不敢再去触摸他。她心里想，要是什么都看不到，似乎更可怕。他肯定睁着眼睛……不会有什么事的。

微弱的灯光从旁边射过来。她突然惊讶地发现马车并不是翻倒在地上，而是斜靠在路旁的水沟里，有一个轮子好像断裂了。两匹马静静地站在那里。灯光渐渐地靠近了。她看到灯光渐渐地掠过里程碑，掠过石头堆，照到水沟里。接着，灯光掠过弗兰茨的脚上和身上，然后照亮他的脸，并停住了。车夫把灯放在地上，正好靠近弗兰茨的头。埃玛蹲了下来，当她看到他的脸时，她的心脏仿佛停止了跳动。他脸色苍白，眼睛微微睁开，只能见到眼白。鲜血从右边的太阳穴流到脸颊上，流进衣领里。牙齿咬在嘴唇上。"这是不可能的！"埃玛自言自语地说。

车夫也蹲下来，呆呆地注视着弗兰茨的脸。接着他用双手捧着他的头，并向上抬起。"您干什么？"埃玛气喘吁吁地喊道，她惊恐地看着弗兰茨的头好像是自己抬起来似的。

"尊敬的小姐，我看出大事了。"

"这不是真的，"埃玛说，"这是不可能的。您到底怎么搞的？我也……"

车夫慢慢地把弗兰茨的头放到埃玛的怀里，她浑身在颤抖。"要是有人来该多好……一刻钟后要是有农民来该多好啊！……"

"我们该怎么办?"埃玛问,她的嘴唇在颤动。

"是啊,小姐,如果车子没坏就好了。但是,现在车子损坏成这个样子……我们只好等到有人来。"他还在继续说,埃玛并没有理会他说些什么。正在这时,埃玛似乎清醒过来了,她知道该做什么。

"到最近的房屋有多远?"她问。

"小姐,不远,前面就是弗朗茨·约瑟夫兰特……要是在白天,肯定能看到那里的房屋,五分钟肯定能到。"

"您去吧。我留在这里,您去叫人。"

"是的,小姐。不过我想,我还是和您一起留在这里好一些。再等一会儿就会有人来,这里毕竟是帝国大道,而且……"

"那就太晚了,太晚了。我们要一个大夫。"

车夫看着弗兰茨的脸,然后摇摇头看了埃玛一眼。

"您知道什么!"埃玛喊道,"我也不知道。"

"好吧,小姐,但是在弗朗茨·约瑟夫兰特什么地方能找到医生呢?"

"那就从那里进城里去……"

"小姐,您知道吧,我想,那里也许有电话。我们可以在那里打电话给急救站。"

"是的,这是最好的办法!哎呀,您走吧,您快点儿跑!先把人请来……您走吧,还待在这儿干什么?"

弗兰茨的头还靠在埃玛的怀里,车夫看了看他那张毫无血色的脸。"急救站,医生,不是都有用。"

"您走吧!哎呀,您快走吧!"

"我这就走,小姐,天这么黑,您不要害怕。"他说着急急忙忙地上路去了。"真有这回事,我能负什么责任!"他喃喃自语道,"什么意思,半夜三更的跑到马路上去……"

马路上黑茫茫的,埃玛单独和弗兰茨待在那里,他一动不动地躺着。"现在怎么办?"她想。这是不可能的……她脑子里一再闪过这个念头,这是不可能的。突然,她好像听到旁边有呼吸的声音。她低头看着他那苍白的嘴唇。一点儿气息也没有。太阳穴和脸上的血好像已经干了。她注视着他的眼睛,那眼睛已经翻白,她不禁打了个寒战。我为什么不相信呢,这是肯定的……他已经死了!她感到不寒而栗。啊,死人,我和死人在一起,死人就靠在我的怀里。她用颤抖的手把弗兰茨的头移开,让他又躺到地上。现在一种可怕的孤独感向她袭来。她为什么赶走车夫呢?真是愚蠢!她一个人在郊外公路上该怎么处置这个死人呢?如果有人来了……是啊,如果有人来了,她该怎么办呢?她要在这里等多久呢?她又看了一眼这个死人。她突然想起,她不是单独和死者待在一起,旁边还有一盏灯。这时她觉得这盏灯很可爱,很亲切,她得感谢这盏灯。这微小的灯光要比她周围茫茫的黑夜更有活力。她甚至觉得,这灯光在保护着她,使她不怕躺在身旁地上的苍白而令人恐惧的死人。她久久地注视着这灯光,直到眼里冒金星。突然,她感到自己觉醒过来了。她一下子从地上跳起来。这不行,这可不行,不能让人发现我和他在这里……她好像看到自己站在公路上,看到躺在脚旁的死人,看到马灯,她看见自己耸立在黑暗之中显得特别醒目。我在等什么?她想,她的脑子里冒出各种各样的想法……我在等什么?我在等人?他们要我做什么？过一会儿他们就要来了，他们就会问我……我……我在这里做什么？所有人都会问我，我是谁。我该怎样回答他们？什么都不说，一句都不说。他们来了，我保持沉默。我一个字也不说，他们不能强迫我说。

从远处传来说话声。

他们已经来了？她想。她提心吊胆地在倾听。声音从桥那边传过来。这不可能是车夫请来的人。但是，不管他们是谁，他们肯定会看到灯光，这是不行的，他们会发现她。

她用脚把灯踢翻。灯熄灭了。现在她站在黑暗之中。她什么也看不清。她也不再看他了。只有那堆石头还发出微光。说话声越来越近。她浑身开始颤抖起来。可别在这里被人发现，天啊，这可是唯一重要的事情，这关系到她的命运。要是人家知道，她是死者的情人，她就完了。她抽搐着把双手合起来，向上帝祈祷，但愿那边的人走过时看不见她。她在细听。声音是从那边传来……他们在说什么？……听声音是两个或三个女人。她们已经发现了马车，因为她们正在谈马车的事，她可以听到个别的词。一辆马车……翻了……她们还说些什么？她就听不清了。她们继续向前走……她们走过去了……谢天谢地！现在，现在怎么办？啊，为什么她不像他那样死去呢？好羡慕他，他什么事也没有了……他没有危险，没有恐惧。但是，还有许多事情使她怕得发抖。她害怕别人在这里发现她，害怕别人问她：您是谁？……害怕别人把她带到警察局去，害怕所有的人都知道这件事，害怕她的丈夫……害怕她的孩子……

她不明白自己为什么这样呆呆地在这里站了这么久。她完全可以跑掉，她在这里对谁也没有用处，她只会给自己惹祸。她迈出了一步……小心……她要跨过路旁的水沟，再向上走一步，噢，水沟并不深。她再走了两步，到了路的中间。她默默地站了片刻，向前面望了一眼，在黑暗中还能隐约地认出灰蒙蒙的路面。那边是城市。她完全看不到城市的轮廓……但方向她是清楚的。她转过身来，天不是那么黑。她可以清楚地看到马车和马……要是她仔细地看看，还能模糊地看到地上躺着一个人。她睁大眼睛，仿佛有什么东西拦住她……原来是那个死人要留住她，不让她走。她害怕他的威力。但是她拼命地挣脱他的影响力。这时她才发现地上湿漉漉的，她站在泥泞的路上，烂泥使她难以迈开脚步。但她还是移动脚步，越走越快，接着便跑起来。她要赶快离开这里，回到灯火辉煌的地方，回到熙熙攘攘的地方，回到人群中去。她沿着大路跑，提着裙子跑，免得摔倒。她觉得风从背后吹来，好像推着她向前跑。她也不知道自己为什么要逃走。她觉得，她似乎害怕那个脸色苍白的男人，他现在远远地躺在她身后水沟旁的地上……接着她突然想起，她现在要逃避的是那些活人，他们马上就要来找她。他们会怎么想？他们会追赶她吗？但是，他们追不上她了，她已经走了一大段路，马上就到了桥头，然后就脱险了。他们不会猜到她是谁。没有人会猜到，和那个男人一起乘车到公路上去的女人是谁。车夫不认识她，就是以后碰上她，他也认不出她。他们也不会去打听她是谁。这关他们什么事呢？她走掉是明智的，这也不是什么卑鄙的事。弗兰茨要是活着也会认为她这样做是对的。她得回家，她有孩子，有丈夫，要是人家发现她和奄奄一息的情人在一起，她就完了。桥到了,公路更加明亮了……她已经听到了哗哗的流水声。她来到了刚才还和他手挽手散步的地方……那是什么时候?……什么时候?在几个小时之前?没多久。没多久?也许没多久!也许她昏迷了很久,也许是半夜了吧,也许天快亮了,而她却不在家里。不,不,这是不可能的。她知道,她当时根本没有昏迷过去。她现在记得很清楚,她当时从车里摔出去,很快就明白出了什么事。她跑过桥,听见自己的脚步发出响声。她不往左右看。这时她发现有个人向她迎面走来。她放慢脚步。走过来的人会是谁呢?那个人穿着制服。她走得很慢。她不想引起别人的注意。她觉得那个人的目光盯着她。如果他问起她怎么办?她离他不远,认出他穿的是制服。他是治安人员。她从他身旁走过。她听到,他在她身后停下脚步。她极力克制自己不跑,一跑就会引起怀疑。她还是慢慢地往前走。她听见马车轨道的铃声。离午夜还有一段时间。这时她又加快了步伐,急忙向城里跑去。她已经看见街口铁路高架桥下面的灯光在闪闪发光,仿佛已听到街上沉闷的噪音。走完这条寂静的街,然后她就解脱了。这时她听见从远处传来尖厉的声音,响声越来越尖,越来越近,一辆汽车从她身边呼啸而过。她不禁停下脚步,望着开过去的车子。这是一辆救护车。她知道,车子开到哪里去。车开得真快,她想……简直像发疯似的。一瞬间,她似乎想喊住车上的那些人,想跟他们一起回到她刚才离开的地方。一瞬间,她感到无比的羞耻,她从来没有这么羞耻过。她知道,她刚才胆小怕事,做了很不道德的事。但是,当她听到汽车的隆隆声和喇叭声渐渐远去时,她感到无比兴奋,就像得救似的匆忙往前赶路。这时许多人朝她迎面走来，她也不再害怕他们了，最严重的时刻已经过去了。这时可清楚地听见城里的喧闹声，她面前也变得越来越明亮了。她已经看得见普拉特街旁一排排的房子，似乎觉得那里有一股人流在涌进，她很快就会消失在人群中了。她向一盏路灯走去，平静地看着手表。现在八点五十分。她把手表拿到耳边听，表并没有停。她在想：我还活着，我还是健康的……我的手表还在走……但是他……他……他却死了……这是命运……她仿佛觉得自己什么都可以原谅了，好像自己一点儿过错也没有。这是命运，真的，这是命运。她听见，她说出这几个字时很大声。如果命运作不同的安排呢？如果她现在躺在那里的水沟旁，而他还活着呢？他是不会逃跑的，不……他是不会的。当然，他是男子汉。她是女人，况且她有孩子和丈夫。她做得对，这是她的责任，是的，这是她的责任。她知道得很清楚，她这样跑掉不是出于责任感……但是她这样做是有理由的。她做这事是身不由己的……所有的好人都是这样。要是她不跑掉，现在就会被发现，医生就会问她：夫人，这是您的先生？我的天！……明天的报纸……她的家庭……她就永远完了，而她又不能使他复活。是的，重要的是无法使他复活，她要是给毁了也是毫无价值的。她现在走到铁路桥下……继续往前走……再往前走……这里是特格德豪夫柱，几条街道在这里交叉。这风雨交加的秋夜，很少人在外面，但是她觉得城里的生活就像大海般汹涌澎湃，因为她毕竟刚从死一般寂静的地方走出来。她有足够的时间。她知道，她丈夫今天要到十点左右才能回家，她甚至还有时间换衣服。这时她想起看看身上穿的衣服。她惊讶地发现，衣服全给弄脏了。她该怎么对女佣说呢？她脑子里闪过一个念头：明天所有的报纸都会刊登这起车祸的消息。报纸也会提到车上还有一个女人，后来一直找不到她。想到这里她又颤抖起来——只要稍不留意，她这样提心吊胆地逃跑就会白费力气。不过，她身上有大门的钥匙，可以自己开门，不弄出一点儿声响。她很快上了一辆马车。她正想告诉车夫她的地址，突然想到这样做也许不明智，于是随便告诉他一条她刚想到的街名。当她坐着马车经过普拉特街的时候，很想领略点儿什么，但她无法做到。她觉得，她现在只有一个愿望：回到家里，待在安全的地方。其他任何事对她来说都是无关紧要的了。当她决定把死者孤单地留在公路上时，她就得压抑住一切为他而悲伤的情感。现在她关心的是自己。她不是铁石心肠……噢，不是的！……她深知，今后的日子她会很绝望的，也许会因此而毁灭。现在她唯一的希望就是不要掉眼泪，能够平静地待在家里，与丈夫和孩子坐在同一张桌子上。她从车窗望出去。车子在市内行驶，街上变得明亮了，许多人从车旁匆匆走过。突然她觉得，刚才几个小时的经历不可能是真实的，就像一场噩梦……如果是真实的、不可更动的事实，那也是无法想象的。马车跑完环城路，她让车夫在一个胡同里停下。她下了车，很快拐了一个弯，又坐上另外一辆马车，并把真实的地址告诉马夫。这时她觉得，她似乎失去了思维的能力。她突然闪过一个念头：他此时在哪里？她闭上眼睛，看见他躺在担架上，躺在救护车里……突然她觉得，她好像就坐在他身旁，和他一起乘车向前。车子开始晃动起来。她害怕又会像当时那样从车里被抛出来……她惊叫一声。这时马车停下了。她吓得跳起来；原来她已经到了家门口。她赶快下了车，匆忙穿过走廊，轻轻地走上楼梯，坐在窗户后面的门房什么也没听见，因此连头也没有抬起。她轻轻地开了门，没有弄出一点儿声响……她穿过前厅，走进卧室——终于到家了！她打开灯，匆忙脱了衣服，把它藏到柜子里。过了一夜衣服就会干，明天她自己来清洗。然后她洗脸，洗手，并穿上睡衣。这时外面的铃声响了。她听见女佣走到大门口开门。她听见她丈夫的声音，她听见他放下手杖。她觉得，她现在必须坚强起来，不然一切都是徒劳的。她急忙走进餐厅，正好和丈夫同时走进去。

"啊，你已经回家了？"他说。

"是的，"她回答，"回来好久了。"

"看来他们没有看见你回来。"她很自然地微笑了一下。她不得不微笑，真是很累人。他吻了一下她的前额。

儿子已经坐在桌旁。他肯定等了很久，睡着了。他的书放在盘上，他的脸靠在打开的书本上。她坐在儿子的旁边，丈夫坐在她对面，他拿起一张报纸，匆匆地扫了一眼，然后把它放到一边，说："其他人还坐在那里继续讨论。"

"讨论什么？"她问。

他开始谈今天的会议，谈了很长，很久。埃玛装作在听，不时还点点头。

但是她什么都没有听到，也不知道他说些什么。她现在的心情如同一个奇妙脱险的人那样……她只有一个感觉：我得救了，我在家里。她的丈夫还一直在谈，她把椅子移近她的儿子，把他揽在怀里。她感到十分疲乏，无法控制自己，一阵睡意袭来，使她闭上了眼睛。

突然，她想起另外一种可能性，这是她从沟里爬出来后都没有想过的：如果他没有死呢？如果他……啊，这是不可能的，他肯定是死了……他的眼睛……他的嘴巴……他已经奄奄一息了——但是也有假死。经过训练的人也会看错。她并没有经过训练。如果他还活着，如果他又苏醒过来，如果他突然发现深夜里一个人躺在公路上……如果他喊她，喊她的名字……如果他担心她受伤了……如果他对医生说，这里还有一个女人，她可能被抛到更远的地方。还有……还有……那该怎么办呢？他们会去找她。车夫会带着人回来……他会说，他离开的时候，那个女人还在这里，弗兰茨也会预感到出了什么事。弗兰茨很快会明白……他很了解她……他很快会明白：她跑了。他会十分愤怒，会报复她，说出她的名字。反正他对她已经绝望了……在他生命垂危时，她竟然丢下他不管，这使他深受震惊，他会不顾一切地说：那个女的名叫埃玛，我的情人……她胆小，愚蠢，医生先生，你们说是不是？如果她不跑，请求你们保密，你们肯定也不会问她的姓名。你们会让她走，我也会。哦，对了——只是她得留在这里，等你们来了才走。但是，她这么坏，所以我要告诉你们，她是谁，她是……啊！

"你怎么啦？"教授站起来，很认真地说。

"什么……怎么啦？……什么事？"

"是啊，你怎么了？"

"没什么。"她说，并紧紧地抱住孩子。

教授久久地注视着她。"你知道，你刚才昏昏欲睡，而且……"

"而且什么?"

"还突然叫喊起来。"

"……是吗?"

"就像在做噩梦那样叫喊。你做梦了?"

"我不知道。我什么都不知道。"

在她对面的墙上挂着一面镜子,她从镜子里看到一张扭曲的脸,脸上露出很不自然的微笑。她知道,那是她自己的脸。她不禁打了个寒噤……她发现,她的脸是呆板的,她的嘴巴不会动。她知道,她活多久,就得装出这种微笑多久。她想叫喊。这时她觉得有一双手放在她的肩膀上。她看到,她丈夫站在她的跟前。他那带着审视和威胁的目光直射她的眼睛。她知道,如果她不能经受住这最后的考验,那她就前功尽弃了。于是她觉得自己又变得坚强起来了,能控制自己的表情和动作。这时她的一双手又能运用自如了。她必须抓住这个时刻,否则就晚了。于是她用自己的两只手抓住丈夫放在她肩上的两只手,把他拉到自己的身边,兴高采烈而含情脉脉地望着他。

当她丈夫的嘴唇吻到她的前额时,她想:的确,这是一场噩梦。他不会把这件事告诉任何人,他永远不会报复,永远不会……他已经死了,他肯定已经死了……死人是不会说话的。

"你为什么说这些?"她突然听到她丈夫的声音。她吓了一跳。"我究竟说了些什么?"她好像觉得自己突然大声地在讲述一切,好像在吃饭时把今晚发生的故事全都说了……当她看到他可怕的目光时,她的神经几乎崩溃了,她不禁又问了一句:

"我到底说了些什么?"

"死人不会说话。"她的丈夫慢慢地重复了一遍。

"是的……"她说,"是的……"

她从他的眼睛里可以看出,她什么也无法瞒住他了。两个人互相望了很久。"送孩子去睡觉,"他对她说,"我想,你还有什么要对我说……"

"是的。"她说。

她知道,过一会儿她就要把全部真相告诉她的丈夫。她已经瞒了他好多年。

当她带着孩子走出门时,总觉得丈夫的目光一直盯着她。此时,她倒觉得十分平静,仿佛许多事情又会变好似的……

豪普特曼　（1862—1946）

德国作家,以喜剧创作驰名于世,1912年获得诺贝尔文学奖,德国自然主义的主要代表。早期作品批判社会不合理现象,同情被压迫的劳动人民,重要作品为剧本《日出之前》;后期作品倾向浪漫主义。

悲剧的诞生[①]

一

除了公务或因卧病在床外,道口工蒂尔每个星期天都在诺伊·齐淘教堂里做礼拜。在过去十年中他病了两次。有一次,一列路过的火车的挂车上掉下一块煤块,刚好砸到了他,使他滑到铁路旁的沟里,摔断了一条腿;还有一次,从一列飞驰而过的快车上扔出一个酒瓶,打中他的胸膛。除了这两次事故之外,星期天只要有空,他就上教堂,风雨无阻。

头五年,他总是单独走在施普雷河畔一个居住区的舍恩·朔恩斯泰的路上,到诺伊·齐淘教堂去。有一天,天气晴朗,蒂尔在一个瘦弱的似乎有病的女子陪伴下来到了教堂。人们

[①] 又译名《铁路道口工蒂尔》。——译者注

觉得，她与蒂尔高大的身材有点儿不相配。又是一个晴朗的星期天下午，蒂尔和这个女子在教堂庄严地举行了婚礼。有两年的时间，这个年轻而温柔的女子靠在蒂尔的身旁，坐在教堂的长凳上做礼拜；有两年时间，这个女人瘦削而清秀的脸挨着蒂尔晒黑的脸，在读古老的赞美诗——突然间，这个道口工又像以前那样孤单地坐在教堂里。

上个星期有一天，丧钟敲响了。这就是事情的结局。

人们都说，在道口工身上几乎看不出有什么变化，他那件干净的星期天制服上的纽扣像以前一样擦得发亮，他的红发像往常一样涂得油光，他那头路像平时一样挑得笔直，颇具军人风度，只是他那粗壮而多毛的脖颈下垂了一些，他比以往更加热心地倾听布道或赞美诗。人们以为，蒂尔对妻子的去世已不再悲伤。一年后，他再婚，妻子是个肥胖而粗壮的人，一个来自阿尔特·格隆佐河的牧女，这样，人们的看法便得到了有力的证明。

当蒂尔去登记结婚时，连牧师也不得不表示一些疑虑：

"那就是说，您又要结婚了？"

"妻子去世后，我无法料理家务，牧师先生！"

"那好吧，但是我觉得——您有点儿匆忙。"

"我无法照顾孩子，牧师先生。"

蒂尔的妻子在分娩时死了，她生下的男孩倒活着，取名托比。

"啊，男孩，"牧师说，并打了个手势，显然表示他现在已想起这个小孩。"这就不同了——您上班时，把他寄托在哪里？"

蒂尔说，他把托比交给一个老太太照料，有一次，她差点儿把他烧伤了；还有一次，他从她的怀里滚下来，还好只是头上撞了个大包。他想，不能再这样下去了，孩子身体虚弱，需要特别细心照料。此外，他已向亡妻发过誓，要随时关心孩子的幸福，所以他才决定走这一步。

这对新婚夫妇每个星期天都上教堂，人们对他们的外貌绝对没有说三道四。昔日的牧女与道口工简直是天生的一对，她比蒂尔矮不了半个头，但四肢都比他发达，她的脸长得和蒂尔一样粗犷，但是有一点不同，她的脸无法表示她的心迹。

如果蒂尔希望，他的第二个妻子是个强壮能干的人，是个模范的家庭主妇，那么他的愿望就圆满地实现了。他娶这个女人时，还不知要忍受三个烦恼：她脾气固执而专横，好争吵，态度粗暴。半年之后，当地人都知道，道口工家里谁说了算。人们都为道口工感到遗憾。

许多打抱不平的男人说，这婆娘算她走运，找到像蒂尔这样的绵羊做丈夫，要是碰到厉害的，就够她受的了。他们认为，要制服这种畜生，就要狠狠地揍它，没有别的办法。但是蒂尔对这种议论只当耳边风。

尽管蒂尔胳臂结实有力，但他还不是打老婆的人。别人对此议论纷纷，看来并没有给他带来多少烦恼。他平时总是默默地忍受妻子喋喋不休的唠叨。如果他要回应，说话也总是慢条斯理，心平气和的，和他妻子那种尖声怪叫形成鲜明的对比。看来外界的议论不会使他受到什么损害，他似乎具有这种特性，能够用善意来化解外界给予他的恶意。

尽管他不易动感情，但偶尔也会发脾气。这主要是同托比的事有关。于是他幼稚而随和的性格也会变得固执起来，连他的妻子莱纳这种粗暴的人也不敢碰他。

但是随着时光的流逝，他发脾气的时间越来越少，最后完全消失。婚后第一年，他对莱纳的专横还有所反抗，到了第二年，这种反抗就销声匿迹了。每次他跟她争吵后，他总要安慰她一番，不然，他就不能以平常那样平静的心情去上班，最后他总是低声下气地请求她重归于好。他寂静的工作岗位在边远的松林间，此处已不再是他最乐意逗留的地方。以往他心里总是默默地怀念已故的妻子，现在却是想念活着的妻子。现在他一到下班时间，就急着回家，不像以前那样不情愿地离开岗位。

他与前妻在内心里相爱，两个人紧密相连。他受后妻粗俗的情欲力量的支配而屈服于她，最后凡事都听从她。有时他对自己感情上的变化感到内疚，他需要找一些特别的办法来宽慰自己。于是，他暗地里把道口房和他管辖的路段专门作为悼念亡妻的神圣地方。实际上，他已利用种种借口使他的后妻无法陪他到道口房去。

他希望今后还能继续这样做。他的后妻大概不知道，要往哪个方向走才能找到他的"陋室"，她甚至连道口房号码也不知道。

蒂尔把由自己支配的时间认真地进行了分配，一部分给亡妻，以此来宽慰自己的良心。

每当他亲切想念亡妻，特别是孤独哀思的时刻，他就会看到自己目前真实的状况，对此就会感到厌恶。

白天工作时，他对亡妻的想念通常在于回忆同她一起度过的美好时光。在深夜，暴风雪怒号着，穿过松林刮过铁路，在昏暗的灯光下，道口房成了小教堂。

在蒂尔面前的桌上，放着他亡妻褪色的相片。打开赞美诗集和《圣经》，在漫漫的长夜里他时而读着时而唱着，只有列车隆隆驶过时才中断片刻，这时他会陷入心醉神迷的状态，眼前出现幻影，好像看到亡妻的幽灵似的。

蒂尔在这个道口连续干了十年，由于此地十分偏僻，使他产生了那种神秘感。

他的道口房在松林中间，紧靠铁路交叉道口，向四周要走一刻钟的路才有人家。蒂尔的任务就是看管道口横木。

在这个路段，除了蒂尔和他的同事外，夏天有时连续几天，冬天有时连续几周都见不到人影。天气的变化，季节的交替以及它们周期的往返几乎是这个荒凉地带的唯一变化。除了两次事故外，能干扰蒂尔正常上班的事情不多。四年前，要送皇帝去布累斯劳的专列驶过这里。在一个冬天之夜，一列快车压死一只小鹿。在一个炎热的夏天，蒂尔在自己巡查的路段上，捡到一只很烫的密封酒瓶，他认为瓶里的酒一定很醇醪，因为一开瓶塞，酒就涌出来，看来酒已发酵了。蒂尔为了把酒瓶冷却一下，就将它放在林中湖边的浅水处，后来不知什么原因，酒瓶丢失了，几年后他还为这一损失感到惋惜。

小屋后面那口井可替蒂尔消闲解闷。在附件干活的铁路工人和电工有时会来打水，蒂尔自然会跟他们聊上几句，林业工人偶尔也会来喝水解渴。

托比发育得晚，直到两岁才咿呀学语，趑趄着学走路。他对父亲的感情特别深。当他稍微懂事时，又唤起父亲对他的爱。父爱渐渐地增强了，后妈对他的爱却减弱了。当莱纳新年后也生下一个男孩后，她对托比明显地感到厌恶。

从那时起，托比的艰难日子开始了。特别是父亲不在家时，托比常常受到折磨，他还要用微弱的力气来照料那个哭闹不休的婴儿，但没有得到任何回报。他的身体变得越来越虚弱了。他的头特别大，他头发焦红，脸色苍白，再加上身材瘦小，显得很难看，令人感到同情。当瘦弱的托比抱着胖乎乎的小弟弟趑趄着向施普雷河边走去时，人们不禁在窗口后面咒骂起来，不过他们从来也不敢挺身而出。这件事与蒂尔的关系最大，但是他似乎对此毫无所知，好心的邻居暗示他，他也似乎不明白。

二

六月的一天，早上七点钟，蒂尔下班回家了。他的妻子还没有说完早安，就习惯地唠叨起来。几个星期以前，一直提供全家需要的土豆租地被解约了，但是莱纳至今无法租到土地。租地的事情本来就是莱纳管的，但蒂尔也得听着，假如今年要花大钱去买几袋土豆，那么除了蒂尔，谁也没有责任。蒂尔并不在意她的话，只是咕哝着，马上走到大儿子床前。他不值夜班时，就和大儿子睡在一起。他躺下来，善良的脸上露出关心的表情，目光注视着熟睡中的孩子，蒂尔把缠人的苍蝇从孩子的身上赶走之后，终于把他弄醒了。孩子深陷的蓝眼睛中流露出动人的欢乐，他急忙抓住父亲的手,嘴角露出令人怜悯的微笑。父亲赶紧帮他穿衣服,当他看到孩子有点儿浮肿的脸上留下红里透白的手指,脸上立即掠过一个阴影。

吃早餐时,莱纳一个劲儿地讲述那些家务事,蒂尔打断了她的话。他说,工务长把道口房附近铁路旁的一块地无偿地转让给他,因为工务长认为这块地太偏僻了。

起初,莱纳对此简直不相信。逐渐她的疑虑消除了,她的心情显得特别舒畅。于是她详细询问了这块地的面积,是否肥沃以及其他一些情况。当她得悉这块地上还长着两棵矮果树时,她简直乐坏了。她把什么都问完了,这时杂货铺门铃不停地响着,小镇上的家家户户都能听到这铃声。于是她赶紧出门,要把这新消息告诉镇上人家。

当莱纳来到杂货商那间黑暗的堆满了货品的小铺时,蒂尔正在家里和托比玩耍。儿子坐在他的膝盖上,拿着几个松果玩着,这是蒂尔从树林里带回来的。

"你长大后想做什么?"父亲问他。他的回答总是固定不变的:"想当工务长。"这不是一句玩笑的话,实际上,这是道口工追求的理想,他希望,在上帝的保佑下,托比将来能成为一个不寻常的人物。当孩子开启没有血色的嘴唇,说出"工务长"这几个字时,蒂尔脸上绽开了笑容,闪耀出内心幸福的光芒。

"去吧,托比,去玩吧!"他说完,用木片在灶中引火,点燃了烟头。小家伙既胆怯又高兴地向门外跑去。蒂尔脱了衣服,上床休息,他一直沉思地望着低矮而多缝的天花板,过了很久才入睡。将近十二点,他的妻子很响地在准备午餐,他醒了,他穿好衣服，走到街上，一把抱住了托比。小家伙正用手指挖墙洞上的灰，并往嘴里塞。蒂尔拉着孩子的手，走过大约八户人家的屋子，朝着施普雷河走去。河的两岸白杨树成荫，深绿色的河水波光粼粼，蒂尔在岸边一块花岗石上坐下来。

只要天气不恶劣，人们就会经常看到蒂尔坐在这个地方。小孩子们特别喜欢靠近他，叫他"蒂尔爸爸"，他想起童年时的许多游戏，然后教他们玩这些游戏。记忆中最精彩的游戏是为托比做纸箭。他给托比做的纸箭比其他小朋友做的纸箭都要飞得高。他还给托比做了一个杨树叶小哨子，甚至用他那粗哑的嗓音哼着歌儿，并用小刀柄轻轻地在树上打拍子。

人们对蒂尔这种幼稚的举止颇有微词。他们无法理解，蒂尔与孩子们怎么会有那么多交往。但是，总的来说，他们对蒂尔还是满意的，因为他很好地照料孩子们。此外，蒂尔也帮小孩子们做一些好事，认真地听大孩子们回答功课，帮助他们学《圣经》和赞美诗，帮助年小的练习a—b—ab，d—u—du拼读，等等。

午饭后，蒂尔又小憩一会儿。午休后，他喝了咖啡，然后马上准备上班用的东西。对此他如同处理日常事务一样，也要花很多时间。几年来，他做事情总是有条不紊的，他把小心放在胡桃木五斗橱里的东西，如刀子、笔记本、梳子、怀表等，又按顺序放进他的衣服口袋里。他特别谨慎地保存一本用红纸包着的小本子，晚上把它放在自己的枕头底下，白天放在工作服胸前的口袋里。蒂尔亲手在本子封面的下端写着歪歪斜斜的花体字："托比·蒂尔的存折。"

蒂尔出门时，那架表盘淡黄的长摆挂钟指在五点三刻。一条小船（他的私有财产）渡他过河。在施普雷河彼岸，他几次顿足倾听小镇上的动静。最后他拐入一条宽阔的林间道路。几分钟后，他已走到松林当中，松林呼呼，针叶丛有如波浪起伏的深绿色海洋。林间路上铺着一层潮湿的苔藓和针叶，蒂尔走在上面，如同走在绒毯上一样，毫无声响。蒂尔头也不抬地在找路，他通过树干显锈褐色的乔木林，穿过枝叶茂盛的小树林，再走过被又高又细的松树所遮盖的保护林。透着芳香的淡蓝色雾气从地面上飘向空中，使树木的轮廓显得模糊不清。深沉的浮白色的天空低垂在树梢上。成群的乌鸦好像沐浴在灰色的空气中，不停地发出嘎嘎的叫声。路上坑坑洼洼的地方注满深黑色的水，使阴森的大自然显得更加阴森。

当蒂尔从沉思中醒来，仰望天空时，他想，这天气真可怕。

突然他想起了另一件事。他模糊地感到，似乎有什么东西遗忘在家里。他查了口袋之后，发现忘记带奶油面包了，这是他漫长的上班时间里所必需的东西。他犹豫了一会儿，突然转身往小镇方向跑。

很快他就到了施普雷河岸，然后用力划了几桨就渡到了对岸，他满头大汗地沿着缓缓上升的小镇大街走去。杂货商养的那条又老又脏的哈巴狗躺在街中心。在一个农家院子的涂了焦油的板条篱笆上停着一只乌鸦。它张开翅膀，抖抖身子，点点头，然后发出刺耳的"嘎嘎"声，接着拍打翅膀，乘风飞向松林去了。

此刻，镇上见不到一个人影。这个小镇住着二十多个渔民和林业工人以及他们的家属。

突然，一阵尖锐刺耳的叫喊声打破了寂静。蒂尔不禁停下脚步。一股嘈杂、猛烈的声浪冲击着他的耳鼓。这声浪好像是从他熟悉的矮屋窗口里传出来的。

他尽量压低脚步声，悄悄地走近小屋，马上听清这是他妻子的声音。他又向前走了几步，就听到了她说的大部分的话。

"什么！你这个冷酷的没良心的畜生！难道要让我的孩子饿得哇哇叫吗？——怎么？——嗯，等着吧，等着瞧吧，我要教训教训你！——你可要记住。"平静了一会儿，又听到好像是拍打衣服的声音，接着又是一顿臭骂。

"你这个可怜虫，"骂声又急又快，"你以为，我会为了你这个穷鬼让我亲生的儿子挨饿吗？"——"住嘴！"当她听到孩子低声抽泣时吼道，"或者给你一份够吃八天的粮食。"

孩子在哭泣。

道口工感到心情沉重，心跳不规律。他开始微微地发抖。他精神恍惚地盯着地面。有一束湿漉漉的头发总是落到他长满汗斑的额上，他几次用粗大而笨拙的手把这束头发抹到一边。

有一瞬间，他全身抽搐，差点儿昏倒，肌肉起了疙瘩，手指捏得紧紧的。他觉得虚弱和乏力。

道口工踉跄地走进窄小的砖地过道。他无力而缓慢地登上咯咯作响的楼梯。

"呸，呸，呸！"她又骂开了。蒂尔听后，如同看到那女人连续三次愤怒而鄙斥地啐唾沫。"你这可怜虫，下流胚，魔鬼，胆小鬼，无赖！"骂声逐浪高，有时由于拼命叫喊而变得粗哑。"怎么，你要打我的孩子？你这可恶的捣蛋鬼敢打这个可怜的弱小的孩子？——怎么？——嘿，怎么？——我只是不想弄脏我的手，否则——"

这时蒂尔推开客厅的门，那女人吃了一惊，把正要说的话卡在喉咙里。她气得脸色苍白，嘴角恶意地颤动着。她刚抬起右手，现在又放下，并拿起一只牛奶罐，想把罐里的牛奶倒入瓶内。她才倒了一半就停下来，因为大部分牛奶都倒在瓶颈上，流到桌子上。她由于激动显得不知所措，一会儿抓起这件东西，一会儿又抓起那件东西，但是很快又放下了。她终于壮胆骂丈夫：去上班了怎么又倒回来，这究竟是什么意思，无非想偷听她说话。"这简直无法忍受！"她喊道。马上她又接着说："我心地坦白，没有做见不得人的事。"

蒂尔几乎没有听到她说什么。他匆匆地瞥了一眼正在哭泣的托比。有一会儿他觉得，他似乎要极力压抑住心里产生的可怕的念头，然后他那紧张的神情突然又变得和过去一样冷漠，这时他贪欲的目光悄悄一闪，冷漠的表情又奇特地活跃起来。他的目光有几秒钟之久注视着妻子粗壮的身体。这时她正转过脸来在忙着什么，并且尽量保持镇静。由于情绪激动，她那丰满的半裸的乳房高高隆起，几乎要把她的紧身胸衣绷开，她那卷起的裙子使肥大的臀部显得更大。她的身子喷射出一种令人抑制不住的诱惑力，蒂尔觉得无法抗拒这种力量。

一张网——柔如蜘蛛网而又硬如铁丝网——套住了他，束缚了他，战胜了他，使他无法抗争。在这种情况下，他没有对她说一句责备的话，哪怕是一句生硬的话。托比泪水滚滚，胆怯地躲到角落里，眼睁睁地看着父亲（他再也没有望儿子一眼）从炉边长凳上拿起那块被遗忘的面包,像做说明似的向那女人扬了扬,然后心不在焉地点头,走了。

三

蒂尔孤单地急匆匆地在林中小道上行走。当他抵达目的地时,比平时迟到一刻钟。

助理道口工(因上班时温差变化太大,他已患上肺结核)与蒂尔轮流值班,这时已站在道口房前面的沙地平台上,正准备动身。蒂尔的目光穿过树林远远地看到了道口房白底黑字的号码。

两个男子握了握手,简单地交代了一些情况,就分手了。一个走进道口房里,另一个横过铁路,沿着蒂尔走来的路走了。蒂尔开始时听到他在不远的地方拼命地咳嗽,声音从树林里传来,然后渐渐地远去。助理道口工走后,在这荒凉的地带只有蒂尔一个人。蒂尔像往常一样按照他夜间的工作方式,开始把四壁用石头垒起来的窄小道口房收拾一番。他的动作有点儿呆板,脑子里还想着一个钟头前家里发生的事情。他把晚餐吃的面包放在靠窗的已裂开的褐色小桌上,从窗户可以清晰地眺望铁路线。接着,他在生锈的小炉子里生火,并放上一锅冷水。然后,他把铁铲、铁锹、钳子等工具整理好,并把提灯擦干净,再灌进煤油。

一切准备好后,尖锐的铃声响了几次,说明一列来自布雷斯劳的火车已从邻站开出。蒂尔又在小屋里待了一会儿,再不慌不忙地拿起旗子和信号枪袋，慢慢地走出去。他拖着脚步缓缓地走过沙路，向着二十步外的岔道口走去。虽然这条路行人稀少，但是火车经过这里的前后，蒂尔还是认真地放下横木。

他放下横木，身体靠在黑白相间的横木上，等待火车开来。

铁路线笔直地把茫茫的绿色森林划分为左右两片。两旁是针叶林，中间是一条用红褐色的砾石铺成的铁路路基。平行的黑色铁轨从整体来看如同一个无尽头的铁网，铁网的南北端在地平线上缩成一个小点。

起风了，微微的林涛向着树林的边缘，向着远方荡漾而去。铁路沿线上的电线在微风中奏出轻轻的和弦。电线如同大蜘蛛吐出的蛛丝，沿着一根根电杆向前缠绕，电线上停着一排排鸟儿。它们在叽叽喳喳地叫着。这时，一只啄木鸟不屑地看了蒂尔一眼，就欢叫着从他头顶上飞过。

太阳刚穿过浓云，落在暗绿色的海洋般的树梢上，把紫色的光辉撒在森林上。路基对面的松树干好像在燃烧，如同锻炼的铁一般红。

铁轨也好像开始燃烧起来，宛如火红的长龙，但是最先慢慢地熄灭。这时，阳光从地面上冉冉升起，照在松树的树干上，然后茫茫的树梢完全沐浴在银色的光辉中，最后只有一缕淡红色的霞光抹在树梢上。大自然悄悄地庄严地展现出一幅壮观的景象。蒂尔还是一动不动地倚靠在横木上。终于他向前走了一步。这时，在与铁轨交接的地平线上出现了一个黑点。黑点在变大，随着时间一秒一秒地流逝，黑点愈来愈大。黑点似乎停住了，突然又向前移动，而且愈来愈近。这时铁轨在颤动，并传来有节奏的低沉的隆隆声，声音愈来愈大，最后有如万马奔腾。

火车从远处传来一阵阵的喘息和呼啸，打破了森林的寂静。整个空间充满着天崩地裂般的轰鸣，铁轨在震动，地面在颤抖，气浪滚滚，尘土飞扬，烟雾腾腾。一个喷烟吐雾的黑色怪物呼啸而过。开始时隆隆的响声渐渐增强，然后慢慢减弱。烟雾消散了，火车又缩成一个黑点，消失在远方。森林又沉浸在原来那种神秘的寂静中。

"米娜。"蒂尔如梦初醒，轻轻地唤着前妻的名字，然后走回小屋。他冲了一杯淡咖啡，坐下来，慢慢地喝着，呆呆地看着一张不知从哪里捡来的脏报纸。

一种奇特的烦躁渐渐地向他袭来。他把那张报纸扔进炉火里，火光顿时照亮了小屋。他打开外衣和背心，想让自己放松一下，但是毫无作用。于是他站起来，从角落里拿起一把铲，向那块人家赠送给他的土地走去。

这是一块狭长的沙地，杂草丛生。地里长着两棵矮果树，树枝上开满一朵朵鲜花，宛如雪白的泡沫。

蒂尔变得平静下来，一种舒适感悄悄地通过他的全身。

他开始干起来。铁铲翻着土地，发出嚓嚓的响声。潮湿的土地翻起来后又沉沉地倒下，变成碎土。

他不断地挖着挖着。突然，他停了下来，十分忧虑地摇摇头，自言自语地说："不，不，这不行。"然后又重复一遍："不，不，这绝对不行。"

他突然想起，莱纳今后要常常到这里来耕种这块地，这样他正常的生活方式就会陷入动荡不安之中。于是他拥有这块土地的喜悦突然间变成了忧虑。他好像刚刚做了一件错事似的，匆匆地从地里拔出铁铲，扛上肩，向小屋走去。在屋里，他再次陷入苦思冥想之中。他几乎不知道，自己为什么这样忧虑。他尽力宽慰自己，但是一想到今后上班时莱纳整天和自己待在一起，心里就十分厌烦。他觉得，他似乎必须捍卫自己的价值，有人似乎企图侵犯他最神圣的权利。这时他浑身的肌肉不禁在微微抽搐，嘴里发出一种带有挑衅性的短促的笑声。小屋里响起了笑声的回音，他吃了一惊，抬起头来，思路中断了。当他找到思路时，似乎又在思索老问题。

蓦然间，有如一块密不透风的黑色帷幕被撕裂为两半一样，他模糊的眼前出现一个明亮的前景。他突然感到，他好像从长达两年的死一般的昏睡中清醒过来，这时正不可置信地观看着自己在这种情况下所做的各种令人愤慨的事情。他的大儿子受折磨的事实历历在目，这些更增强了他几个小时前得到的印象。同情和悔恨攫住了他的心。一段时间以来，他对莱纳一直迁就容忍，对无依无靠的爱子毫不关心，甚至没有勇气承认孩子在受罪，对此他深深地感到羞愧。

他悔恨自己的过错。在痛苦的回想中，极度的困倦向他袭来。于是他俯下身来，把手搁在桌上，将额头靠在手上，渐渐地入睡了。

他这样睡了一会儿，梦中多次用窒息的声音喊着"米娜"的字名。

一阵咆哮和呼啸如同汹涌的大水灌进他的耳际。天已经黑了,他睁开眼睛,从梦中醒来。他四肢无力,虚汗一身,心律不齐,满脸泪水。

周围一片漆黑。他想看看门外,但是不知道门在何方。他头昏眼花地站起来,心里还是一片惊慌。窗外的树林哗哗作响,有如浪花拍岸,大风把冰雪和雨点吹打在小屋的窗上。蒂尔不知所措地用手到处摸索着。有一会儿,他觉得自己像个醉汉。这时,突然有个蓝色的光点闪亮一下,宛如天上的流星坠入黑乎乎的地球大气层中,顿时消失得无影无踪。

在闪光的瞬间,蒂尔清醒过来了。他伸手摸灯,刚好就摸到了。这时,勃兰登堡尽头的夜空雷声隆隆。起初,那沉闷的雷声从远处滚滚而来,愈来愈响,后来变成巨大的雷击,轰鸣着,咆哮着,震撼了整个夜空。

小屋的窗上的玻璃震得咯咯作响,大地在颤抖。

蒂尔点上灯。他镇静下来后,首先看钟,现在离快车到达只有五分钟。他相信,自己刚才没有听到信号铃声。于是他顶着风雨,冲向黑夜,快速向铁路横木跑去。他刚刚放下横木,信号铃声就响了。铃声在狂风中显得衰弱而破碎。松树摇曳着,发出嘎嘎的响声。有一阵子,月亮露出来了,仿佛一只浅黄色的碗贴在云层上。借着月光,可望见松林里黑茫茫的树梢在风中不停地起伏着。路基旁的桦树细枝上树叶迎风摇晃,就像神马的尾巴在摆动。桦树下面的铁轨在雨水的映照下闪闪发光。银白色的月光透过树叶,在铁路上留下斑斑黑影。

蒂尔取下帽子,雨水使他感到舒适。雨水伴着眼泪流在他的脸上。他脑海里浮想联翩,梦中见到的模糊情景正不断地涌现出来。梦里他觉得,似乎有人在虐待托比,而且用一种令他现在想起来还心惊胆战的方式虐待他的儿子。还有一个梦他记得更清楚:他见到了亡妻。她不知从哪个遥远的地方来,正在铁路上行走。看上去她病得很重。她身上没有穿衣服,只挂些破布片。她从蒂尔的小屋旁走过,望也没望一眼。最后——在这里记忆有些不清——不知什么原因她疲惫不堪,步履艰难,甚至几乎摔倒。

蒂尔继续在回想,现在他想起来了,米娜是在逃难中。这是毫无疑问的,因为她的脚步声虽然不听使唤了,但还挣扎着往前跑,并且不时惊恐万状地回头张望。她那眼神是多么可怕啊!

她用布条裹着虚弱无力的身体,身上血迹斑斑,脸上没有血色。她垂着眼皮的样子使蒂尔想起了往事。

他想起妻子临终前的情景。当然,她的眼睛一动也不动地盯着她刚生下又不得不丢下的孩子,心如刀割,万般痛苦。蒂尔永远也不会忘记她当时的神情。

她要去什么地方呢?他毫无所知。但是他心里明白,她已经和他脱离了关系,她没有看他一眼,而是不停地向着风雨交加的黑夜走去。梦中他喊她:"米娜,米娜。"于是他醒过来了。

两条火红的光柱,如同从一只庞然大狗的眼睛里射出来一样,划破了黑夜。一片红光射过来,光照之处,雨点变成了血滴,好像天在下血雨。

蒂尔感到毛骨悚然。火车驶得愈近,他愈感到恐惧,梦境和现实在他身上融合在一起。他仿佛还一直看见亡妻在铁路上行走。他的手不自觉地伸向信号枪袋,好像要命令飞奔的火车马上停下来。好在他的动作慢了,只见眼前一闪,火车已奔驰而过。

在这残夜里，蒂尔值班时总是心慌意乱。他急着回家。他渴望见到托比。他觉得，他仿佛和儿子分开了几年似的，他越来越为儿子现在的处境而担忧，他几次想离开岗位回家去。

为了度过这段时间，他准备趁着天刚蒙蒙亮，就去检查一下线路。他左手拿着铁撬，右手拿着扳手，踏上铁轨，向着朦胧的曙光走去。

有时他用扳手拧紧螺栓，或者敲打固定铁轨的销钉。

风雨渐渐减弱了，在云层断裂处露出浅蓝色的天空。

坚硬的金属底座上响起单调的铿锵声，和雨点打在树叶上发出的嗒嗒声连成一片，这使蒂尔渐渐地平静下来。

早晨六点钟，换班的人到了，蒂尔立刻动身回家。

这是个晴朗的星期天早晨。

乌云散开了，被驱赶到地平线之下。太阳出来了，宛如一块火红的大宝石，把无际的光辉撒在森林上。

一束束光线射进杂乱的树木，清晰地照在长满凤尾草的小绿岛上，凤尾草就像精巧编结的花边，被阳光照得通红。在那边，阳光把银灰色的地面染成了红珊瑚。

树梢、树干和杂草上滴下火红的水珠。阳光照在大地上。空气中散发出一阵阵清香，沁人心脾。蒂尔后面的夜景也渐渐消失。

蒂尔走进房间，看到托比躺在阳光照射的床上，面颊比平常红润些。此刻，莱纳母子都出去了。

真的！这一天莱纳相信自己多次察觉蒂尔有点儿异样。做礼拜时，他不看《圣经》，却斜视着她；吃午饭时，托比像平常那样要带弟弟到街上去玩,但是今天蒂尔却一声不吭地把孩子从托比手里接过来,放到她的怀里,平时他是不敢这样明目张胆的。

蒂尔整天都没有休息过,因为下一周他值日班,所以将近九点钟才上床睡觉。他正要入睡,妻子向他宣布,明天要跟他到树林中去,以便挖地种土豆。

蒂尔吓了一跳,他完全醒过来了,但还是闭着眼睛。

莱纳说,如果还想收获些土豆,现在是播种的最好季节。她又补充说,她要把两个小孩都带去,因为估计要干一整天。蒂尔嘟哝了几句含糊不清的话,莱纳也不在意他说些什么。她把背朝着他,借着烛光,把内衣解开,又把裙子脱下。

突然,不知何故她转过身来。她望着丈夫因冲动而扭曲的苍白的脸。他半卧着,双手撑在床缘,用燃烧的目光盯着她。

"蒂尔!"妻子半是生气,半是害怕地叫起来。蒂尔就像被人叫作梦游者一样,从昏迷中惊醒过来,结结巴巴地说了几句混乱的话,往枕头上一倒,蒙头就睡。

第二天早上,莱纳第一个起床。她轻声地为外出做好了一切准备。她把小孩放进童车里,接着叫醒托比,替他穿上衣服。托比知道要去哪里后,脸上露出了微笑。一切都准备好了,咖啡也放在桌上,这时蒂尔醒了。他很想说句表示异议的话,但是不知从何讲起。同时,他对莱纳能够想出什么有根据的理由呢?

今天的外出给托比带来了欢乐,他的小脸渐渐有了笑容。托比愉快的心情也影响了蒂尔。他为了儿子能够快乐,终于没有提出反对意见。尽管如此,在往森林走的路上蒂尔还是烦躁不安。他吃力地把童车推过深深的沙地，把托比摘来的鲜花放在童车上。

托比兴高采烈。他戴着棕色的绒帽，在凤尾草中蹦蹦跳跳，想用一种无疑是笨拙的方法去捕捉在头顶上方飞翔的翅膀透明的蜻蜓。他们到达后，莱纳就用目光打量着这块耕地。她把带来的装着土豆种的袋子放在一棵小梨树下的草丛上，然后蹲下来，用粗壮的手捏了捏黑色的沙土。

蒂尔紧张地看着她。"喂，这沙土怎么样？"

"跟施普雷河边的泥土一样肥沃！"蒂尔听后如释重负。他担心她对这块地会不满意，他心平气静地捋捋胡须。

莱纳匆忙地吃完了一片厚厚的面包，然后摘去头巾，脱去外衣，就像机器一样快速地翻土。

干了一段时间后，她才伸一下腰，喘一口气。她除了用颤动的充满汗珠的乳房匆匆地给孩子喂奶外，其余都只休息片刻。

"我要去检查铁路线，我把托比带走。"蒂尔离开小屋前的平台，才回头对她喊道。

"什么——胡闹！"她叫嚷起来，"那谁来照顾小孩？——你过来！"她又大声地说。蒂尔当作没听到似的，带着托比走了。

开始时她考虑是否要追上去，但又觉得这样会浪费时间，只好作罢。蒂尔带着托比沿着铁路线走去。孩子很高兴，他觉得一切都是新鲜的陌生的。他不明白，那又黑又窄，被太阳照暖的铁轨到底是什么东西。他不停地问各种各样的怪问题。特别使他感到惊奇的是，电线杆上的电线为什么会发出响声。蒂尔能够分辨出他管辖范围的每一种声音,他就是闭着眼睛走,也知道自己此刻在铁路的哪个位置上。

他拉着托比的手,常常停下来倾听树林中发出的奇妙的响声,这种声音有如教堂里的合唱。他管辖范围的南端的电线杆奏出特别优美的和声。林中不断地仿佛是一气呵成地在演奏交响乐曲。托比在杂乱的树木周围跑来跑去,他以为通过树林的间隔可以发现这动听的声音是从哪里来的。蒂尔觉得这声音十分庄严,就像处身于教堂里一样。随着时光的流逝,他分辨出有一种使他想念亡妻的声音。他想象中,这是鬼神的合唱,其中也混合着他亡妻的声音。这种想象唤起他对亡妻的思念,使他感动得流下眼泪。

桦林旁长着鲜花,托比要去采摘,蒂尔像往常一样依着他。

小树林的地面上长着密密的蓝色小花,就像是几片蓝色的云朵飘落在地上。蝴蝶无声地在枝头的白花丛中翩翩起舞,这时一阵和风轻轻地吹到嫩绿的桦树林上。

托比在采摘鲜花,父亲沉思地看着他。蒂尔有时抬起头,目光穿过树林的空隙望着天空,苍穹有如一个蓝色的巨碗接受着太阳的光辉。

"爸,这就是慈爱的上帝吗?"托比突然指着一只棕色的松鼠问道,只见那松鼠哗啦一声跳上了一棵孤立的松树。

"傻瓜。"蒂尔只能这样回答。几乎剥落的树皮掉下来,落在他的脚前。

当蒂尔和托比回来时,莱纳还在挖地,这块地她已经挖完一半了。

在短时间里,火车一列又一列地开来,托比每次都是张大嘴巴,惊讶地看着火车从面前奔驰而过。

甚至连莱纳看到托比那滑稽的怪相也快活起来。

他们在道口房里吃午餐,午餐有土豆和一块剩下的冷的烤猪肉。莱纳心情愉快,蒂尔也只好高兴地附和着。吃饭时他和妻子闲谈他工作上的各种事情。他问她,她能否想象出,一根铁轨上有46个螺丝,以及其他一些问题。

上午莱纳已把地挖好了,下午准备种土豆。莱纳一定要托比下午照看弟弟,于是把他带走。

"要小心……"蒂尔突然忧虑起来,朝她的背后喊道,"要小心,不能让他走近铁轨。"

莱纳耸耸肩膀作为答复。

信号铃已报告,西里西亚快车就要开来,蒂尔必须赶到岗位上,他刚放下横木就听到火车隆隆开来的声音。

火车已经在望了,而且愈来愈近,黑色的机车烟囱不停地喷出一团团蒸气。一、二、三个乳白色的汽柱笔直地冲向空中,接着听到了火车的鸣笛声。火车连续鸣笛三次,声音短促、尖锐而恐怖。火车开始刹车。为什么要刹车?蒂尔想。警笛再次尖厉地惨叫起来,不停地惨叫起来,不停地长鸣着,回声此起彼伏。

蒂尔往前走,想看看路基那边的情况。他机械地从套子里取出红旗,把它笔直地插在铁轨上。——耶稣基督啊——他瞎了眼吗?耶稣基督——啊,耶稣,耶稣,耶稣基督!那边出了什么事?那边!铁轨之间……"停住!"道口工拼命地喊道。太迟了,一个黑乎乎的东西卷进火车底下,像一个橡皮球似的在轮子间滚来滚去。又过了片刻才听到尖锐的刹车声。火车停住了。

寂静的路段顿时喧闹起来。司机和列车员通过路轨中间的碎石向车尾跑去。一张张好奇的脸从车窗里探出来。现在人们聚过来,向车头走去。

蒂尔喘着粗气,像被砍了一刀的公牛似的,得硬撑着,以免倒下。真的,有人跟他打招呼。——"不!"

出事地方传来一阵惨叫,接着又传来野兽般的嚎叫。那是谁?!是莱纳?!那不是她的声音,但是……

一个男子匆忙走上路基。

"道口工!"

"发生了什么事?"

"出事了!……"报信的人吓得往后退,因为蒂尔的眼神异常,帽子戴歪了,红头发似乎竖了起来。

"他还活着,也许还有救。"

蒂尔哽塞住了。

"您快过来,快!"

蒂尔拼命地奔跑,松弛的肌肉绷紧了,他眼神呆板,面色惨白,神情紧张。

他和报信的人一起奔跑。他没有注意到车窗里探出的一张张惊讶的脸。一个年轻的女人伸出脑袋在张望,一个商人戴着"圆锥形"的帽子,还有一对年轻人好像在旅行结婚。这些跟他有什么关系呢?他哪有心情关心结婚箱子里装的东西——他的耳朵里充塞着莱纳的号叫,只觉得头昏眼花,眼前金星飞舞,他吓得往后退——他站住了,透过眼前直冒的金星,他看到一个面色惨白,气息奄奄,血肉模糊的躯体,额头上青一块紫一块,紫色的嘴唇上还滴着黑色的血。这就是他。

蒂尔说不出话来,他面色灰白,痴呆地傻笑着。最后他弯下腰,抱起那具躯体。他觉得,这气息奄奄死了一般的躯体是那样沉重,那面红旗还在飘动着。

他走了。

去哪里呢?

"到铁路医生那儿去,到铁路医生那儿去。"人们乱纷纷地叫喊着。

"我们要赶紧把他送去,"行李车厢的师傅喊道,并且在他的车厢里搬开工作服和书籍腾出一个地方来,"怎么样?"

蒂尔不准备把遇难的儿子交给别人。大家极力劝说,但是白费气力,行李车厢的师傅让人从车厢里抬出一副担架,并叫一个男人帮助蒂尔。

时间是宝贵的。列车长吹响哨子。旅客纷纷从窗户里扔出硬币。

莱纳的神态动作像疯子似的。"可怜的女人,"旅客在叹息,"多可怜的母亲。"

列车长两次吹起哨音。机车从气缸里喷出白色的蒸气,发出咝咝的响声,车轮开始转动几秒后,列车喷着烟雾,以双倍的速度,呼啸着穿过森林。

蒂尔神态模糊地把濒死的儿子放在担架上,孩子躺在担架上,伤势极为严重。他不时喘着粗气,使瘦骨嶙峋的胸部突起,透过破烂的衣服看得清清楚楚。他的胳膊和腿，关节都断了，而且错了位。他的脚后跟向前扭曲。他的手臂在担架边缘上直发抖。

莱纳不停地呜咽着。她以前那种固执的态度已完全消失。她一再重复事故发生的经过，以此推卸她的责任。

蒂尔似乎不看她一眼，他以恐怖的眼神盯着孩子。

四周像死一般寂静，又黑又烫的铁轨静卧在闪光的砾石上。中午，风停了，森林像磐石那样纹丝不动。

男人们低声地商量着。为了尽快抵达弗里德里希哈根，必须返回布雷斯劳站，因为下一趟快车在弗里德里希哈根附近的车站不停。

蒂尔似乎在考虑，他是否要跟着去。此刻，没有人顶替他的工作。他默默地挥一下手，叫他妻子去抬担架。尽管她担心留在田头上的孩子，但不敢不顺从丈夫。她和一个陌生的男人一起抬担架。蒂尔送他们到了他管辖区的边界上，然后他停住，久久地看着托比。突然，他用巴掌很响地打自己的额头。

他想让自己清醒过来。"这就像昨夜的梦一样，"他自言自语地说——一切徒劳——他跌跌撞撞地回到了小屋。在屋里他摔倒在地，脸朝前，帽子滚到角落，他心爱的怀表从口袋里掉出来，表盖跳开，玻璃破碎。他好像被一只铁手抓住脖颈，他呻吟着，试图挣脱开来，但是动弹不得。他的额头冰凉，咽喉在燃烧，欲哭又无泪。

信号铃声惊醒了他。铃声响了三次，他稍微平静些，能够爬起来，去执行任务。他的脚步十分沉重，脑子昏沉沉的，似乎他周围的一切都在旋转，但他还是支撑住了。

火车开来了。托比肯定在里面。火车愈来愈近，蒂尔眼前浮现出的景象也愈来愈多。最后他看到的只是嘴上滴血的被辗死的儿子。他又觉得头昏目眩。

过了一阵，他又从昏迷中苏醒过来，他发现自己倒在横木旁滚烫的沙地上。他爬起来，抖落身上的沙子，吐掉嘴里的泥沙。他慢慢地清醒了，能够比较平静地思考问题了。

回到小屋后，他立即从地上捡起怀表，把它放在桌上。它虽然掉到地上但并没有停。在这两个钟头内，他一分一秒地数着，想象着托比的情况：现在莱纳抱着托比到了医院，现在她站在医生面前，医生观察和检查孩子，然后摇摇头。

"严重，很严重——但是也许……谁知道呢？"医生详细地做了检查。"不行了，"医生说，"不行了，断气了。"

"断气了，断气了，"蒂尔呻吟着，伸直身子，睁大眼睛盯着天花板，举起的双手无意识地捏成拳头，以一种好像要震破这间小屋的声音喊道："他要活，我告诉你，他一定要活。"他又撞开小屋的门，火红的晚霞从门口射进来，他拼命地向横木跑去。他神色惊慌地在这里停了一会儿，突然张开双臂奔向路基中间，好像要挡住什么东西似的。同时，他那睁大的眼睛给人的感觉好像是瞎的。

当他往回走，好像在避开什么东西时，他在牙缝之间挤出几句似懂非懂的话："你——听着——别走——你——听着——别走——你把孩子还给我——他被碾得不成样子——是的，是的——好啊——我也要叫她受罪——你听到了吗——别走——把孩子还给我。"

听他说话的意思,似乎有什么东西从他身旁闪过,因为他马上转身朝另一方向跑去,好像在追赶什么。

"你,米娜,"——他的声音像小孩的哭泣声。"你,米娜,你听到了吗?——把孩子给我——我要……"他的手在空中摸索,好像在捉人似的。"那婆娘——好啊——我要……揍她——揍得她鼻青脸肿——我要用斧头——你听见了吗?——用劈柴的斧头砍她,要她死。"

"在那儿……就用这把斧头——劈柴的斧头——让她流黑血!"他口吐泡沫,呆滞的眼球不断地转动着。

柔和的晚风轻轻地吹拂着树林,淡红的云彩在西边的天空飘动。

蒂尔追赶这个朦胧的东西大约跑了百步之遥。然后他失去勇气,停了下来。他惊恐万状地张开双臂在祈求着,在发誓着。他睁大眼睛,用手给眼睛遮光,好像要再次看清远处那朦胧的东西。后来他把手放下来,紧张的脸色又化为冷漠的表情,他转过身,拖着沉重的步子往回走。

太阳把最后的余晖撒在树林上方,然后渐渐地消失了。松树干像苍白的腐烂的肢体延伸到树梢,那树梢如同一层灰黑色的污泥压在树干上。啄木鸟的啄树声打破了四周的寂静。一块淡红色的残云穿过清冷的钢青色的天空。风变得阴冷,蒂尔浑身在颤抖。他觉得周围的一切都是新的、陌生的。他不知道,脚下踩的是什么东西,周围的一切又是什么东西。这时一只松鼠掠过铁路,蒂尔在回想。他想起了慈爱的上帝,但是不知道,为什么会想起上帝。"慈爱的上帝掠过了铁路，慈爱的上帝掠过了铁路。"这句话他重复了几次，仿佛要借此来回忆什么相关的事情，他中断了思路，突然明白过来："我的上帝，这简直是胡闹。"他忘记了一切，开始同这个新的敌人做斗争。他试图使自己清醒过来，但是枉费心机！他的思想总是飘忽不定。他发觉自己的想象都是荒唐的，并为自己失去意识感到毛骨悚然。

一阵小孩的哭声从附近的桦林中传来，这哭声使他发狂。蒂尔几乎违背自己的意志，匆忙朝那边跑去，找到了这个无人照顾的孩子。他哭着，踢着，已经滚到车子底下。蒂尔想干什么呢？是什么驱使他跑到这儿来呢？感情和思想犹如卷起的波澜，吞没了这些问题。

"慈爱的上帝掠过了铁路。"现在他知道，这句话意味着什么。"托比——她杀害了他——莱纳——托比是交给她的——后娘，狠心的后娘，"他咬牙切齿地说，"她的孩子倒活着。"一股红色的雾气遮蔽了他的意识，那孩子的双眼穿透了他的心，他的指头感觉到了柔软的肥胖的东西。呜咽声和喘息声夹着沙哑的叫喊声——他不知道，谁在叫喊——灌入他的耳中。

这时，有样东西像滚烫的火漆滴进他的脑子里，使他的精神显得更加呆滞。他突然听到信号铃声在空中颤动，这使他清醒过来。

他马上意识到，该干什么。他的手从孩子的喉咙上松开。孩子拼命喘气，然后开始咳嗽，开始放声哭喊起来。

"他活着，谢天谢地，他活着！"他放下孩子，匆忙向过道跑去。浓烟从远处吹过铁路，狂风把他刮倒在地。他听到火车在他后面呼哧呼哧地喘气,就像一个病人气喘吁吁。

一道寒光照射在这个地段上。

过了一阵,烟雾消散了,蒂尔认出这是一列没有载货的敞篷货车,车上载着白天在这个路段工作的工人。

这列火车行车的时间很长,它随时可以暂停,以便接送在各处干活的工人。在离蒂尔道口房还有好远的地方,火车开始刹车。一阵轰隆隆的响声打破了夜晚的寂静,火车在尖锐刺耳的长鸣中停下。

车上大约有五十名男女工人。几乎所有的人都笔直地站着,有几个男人没有戴帽。所有人的脸上都流露出令人不解的严肃表情。他们见到蒂尔时,就低声地议论起来。老人们从淡黄的牙齿之间抽出烟斗,拿在手里,庄严地站着。女人们不时地转过脸去擦眼泪。列车长走下火车向蒂尔走去。工人们看见,列车长肃穆地同蒂尔握手,接着蒂尔以缓慢的简直是军人般机械的步伐向最后一节车厢走去。

工人们都认识蒂尔,但是他们谁也不敢和他打招呼。

人们把托比从最后一节车厢里抬出来,他已经死了。

莱纳跟在后面,她面色惨白,眼睛周围有道蓝圈。

蒂尔没有看她一眼。她瞥了一下丈夫,不禁大吃一惊。他的面颊陷了下去,睫毛和胡子都粘住了,她觉得,他的头发从来没有像现在这样灰白。他的脸上泪痕斑斑,神情不安,莱纳对此感到恐惧。

担架也带来了,以便运走托比的尸体。

有一阵子,一种阴森森的寂静笼罩在这里。蒂尔陷入可怕的沉思之中。天色暗下来了。一群鹿卧倒在路基旁,一只公鹿站在铁轨中间。机车鸣笛时,那只公鹿转动着脖子好奇地观望着,然后和其他的鹿一起飞快地跑掉。

火车正要开动,蒂尔又昏倒过去。

火车又停下来,大家商量着该怎么办。他们决定把小孩的尸体暂时安放在道口房里,用担架把尚未苏醒的蒂尔抬回家。

于是,就照此办事。两个男人用担架抬着昏迷的蒂尔,莱纳跟在后面,她不停地叹气,哭哭啼啼地推着小儿子的童车穿过沙地。

月亮如同紫金色的巨球挂在松树干之间。月亮渐渐地向上升,显得愈来愈小,月光也愈来愈惨白。最后月亮像一盏挂灯悬挂在森林上方,淡淡的月光穿过树林的空隙,给抬担架的人的脸上抹上一层灰白的颜色。

他们抬着担架,迈着有力的步伐,小心谨慎地向前走。他们通过茂密的小树林,然后沿着宽阔的乔木育林区的小路走去。惨淡的月光洒在育林区里,如同凝聚在一个黑色的大盒子里。

蒂尔昏迷不醒,喉咙里不时地发出呼噜声,或者说胡话。他几次握紧拳头,试图闭着眼睛坐起来。

他们费了好大劲,才把蒂尔送过施普雷河。他们还要摆渡一次,以便接那女人和她的孩子。

他们爬上小镇的斜坡,遇到几个居民。居民们很快地把这个不幸的消息传开了。

整个镇的人都跑来了。

在熟人面前,莱纳又诉说起来。

大家费力地推着蒂尔登上窄小的楼梯，把他送进屋里，并马上将他放在床上。然后工人们立刻赶回去运送托比的尸体。

一些有经验的老人建议用湿敷，莱纳小心尽力地去做。她把毛巾浸在冰冷的井水里，然后把湿毛巾敷在病人灼热的额头上，毛巾一发烫，她又拿去泡。她提心吊胆地观察着病人的呼吸，她觉得，他的呼吸似乎慢慢地正常了。

整整一天的紧张使莱纳精疲力竭。她想睡一会儿，但总是心烦意乱。不管她是睁开眼睛，还是闭着眼睛，发生的事情总是不断地浮现在她的眼前。孩子睡着了，她一反常态没有去照料他。她已变成另外一个人了，以往的固执已消失得无影无踪了。她躺在那里，老想着满脸是汗、面色惨白的丈夫。

乌云遮住了月亮，房间里变得阴暗了。莱纳听着丈夫沉重而均匀的呼吸声。她考虑是否该点灯。她感到，黑暗中有一种令人毛骨悚然的感觉。她想爬起来，但是四肢沉重似铅，眼睑垂下来，她终于渐渐地入睡了。

几个小时后，当人们把托比的尸体抬回来后，发现蒂尔的家门敞开着。他们感到很惊讶，于是就登上楼梯，看到卧室的门也是大开着，他们就走了进去。

大家多次喊着莱纳的名字，但没有人回答。后来人们点燃了墙上的火柴。闪动的火光照亮了房间，眼前一片狼藉，惨不忍睹。

"杀人了，杀人了！"

莱纳躺在血泪中，脑壳破裂，脸部无法辨别。

"他把妻子打死了，他把妻子打死了！"

人们惊慌地四处奔走。邻居们赶来了,有一个人撞到了摇篮上。"天哪!"他倒退几步,面色灰白,目光呆滞。小孩的咽喉被割断了。

蒂尔不见了,当天夜里到处找不到他。翌日早晨,值班的道口工发现蒂尔坐在托比出事处的铁轨之间。

他手里拿着托比那顶棕色的绒帽,不停地抚摸着,好像在抚摸一个有生命的东西似的。

值班的道口工问了蒂尔几个问题,但都没有得到回答,很快他发觉,蒂尔已经疯了。

值班的道口工意识到铁路交通遇到障碍,于是打电话请求帮助。

现在许多人劝蒂尔离开铁轨,但是都劝不动他。

这时,经过这里的快车只好停下来。大家用暴力才使病人离开铁路。病人立即又开始发起狂来。

大家只好把他的手脚绑起来。宪兵将他送往柏林拘留所,当天又把他从拘留所转移到沙里特疯人院。在转移的途中,他手里还拿着那顶棕色的绒帽子,并且非常小心地亲切地看护着它。

黑 塞　（1877—1962）

德国小说家，散文家，1946年获诺贝尔文学奖。他的作品富于灵感，具有洞察力，善于刻画人物的心理状态，语言优美。代表作有《乡愁》《在轮下》《德米安》和《玻璃球游戏》等。

初　恋

　　真是稀奇，一个人的经历会变得陌生，会变得淡忘！我常常看到小孩去上学，可就没有想到自己的学生时代。我时常看到中学生，可就没有想到自己曾经也是中学生。我看到机械工走进车间，看到伙计走进办公室，可我全然忘记，我曾经也做过同样的活儿，也穿过蓝色的工装和肘部磨得发光的抄写员制服。我在书店里注视着德累斯顿市皮尔索出版社出的十几岁人写的奇特的诗集，可我就想不起，我曾经也写过同样的诗。

　　不知哪一次，或是在散步中，或是在火车上，或是在难眠之夜，那全部忘却的生活片断，都一股脑儿浮现出来，就像舞台布景一样历历在目。昨天夜里就是这样。当年铭记在心，而后来又忘却多年的一件事又冒出脑际，就像一个人掉了一本书或一把小刀，遗失了也就忘记了，有一天在堆放杂物的抽屉里又发现了它，于是又得到了它。

我十几岁那年，结束了机械车间的学徒生活。不久，我意识到，干这一行没什么奔头，便决意另谋高就。可父亲不同意，我只好又留在工厂里，干起活来半是无精打采，半是高高兴兴，就像一个人已经辞了职，随时整装待发一样。

当时车间里有一个实习生跟我们在一起，他跟邻市一个贵妇人是亲戚。这位女士很年轻，是工厂主的寡妇。她有一栋小别墅，一辆舒适的汽车和一匹骑乘的马。别人觉得她很傲慢，有怪癖，因为她不愿意参加茶话会，而去跑马、钓鱼、种植郁金香、牵着狗儿玩。尤其是旁人知道她好交际，常常往斯图加特和慕尼黑跑的时候，更是嫉妒愤慨地对她评头品足。

自从她的侄儿在我们这里实习以来，她已经三次到我们车间来看他，并让我们给她看机器。她每次来都穿得很华丽。当她打扮得漂漂亮亮，睁着好奇的眼睛，一边提些滑稽的问题，一边走进我们乌黑的车间时，她那浅黄色的头发，青春而烂漫的脸部就像妙龄的姑娘一样，给我留下了不可磨灭的印象。我们穿着满是油污的工作服，手上脸上也满是油污，我们站在那儿，就觉得是公主在拜访我们一样。后来我们认识到，这不符合我们社会民主党的观点。

有一天工间休息时，这位实习生向我走来，说："这个星期天你愿意到我姑妈那儿去吗？她邀请你去。"

"邀请我？喂，别捉弄我。否则，我会把你的鼻子按到煤灰桶里去。"不过这是真的。她邀请我星期天晚上去。我们可以乘晚上十点钟的火车返回。要是我们待久了，她也许会开车送我们回来。

这个女主人拥有舒适的汽车，拥有一个男仆，两个女仆，一个车夫和一个园丁。按照我当时的世界观，这简直是犯罪的行为。但是，在我想到这里的时候，我已经答应了人家，我已经在自问，这件黄色的星期天礼服是否够派头。

到了星期六，我无比激动而喜悦地来回走动，然后我又感到十分胆怯。在那儿我该说些什么，该做些什么，该怎么对她说话？我常常引为自豪的礼服突然变得满是皱纹，衣领边缘也都起了毛。此外，我的帽子既褴褛又陈旧。虽然我脚穿针绣花边平装鞋，胸戴红色的半丝绸领带，戴着一副镍加边的夹鼻眼镜，但这三件出色的装饰，也难以抵消礼服和帽子之不足。

星期天晚上，我和实习生步行到泽特林根。我十分激动，又感到狼狈不堪。别墅到了，我们站在里面种着外国松树的栏杆旁边。狗吠声和大门上的钟声响成一片。一个男仆让我们进去，他一声不吭，不屑一顾，我忐忑不安地看着双手，几个月来从来没有像今天这样干净。昨天晚上我用煤油和肥皂整整洗了半个小时。

女主人穿着朴素的浅蓝色夏装在客厅里接待我们。她跟我们握手，叫我们坐下，说很快就要吃晚餐了。

"您近视？"她问我。

"有一点儿。"

"您知道，夹鼻眼镜对您不适合。"我除下眼镜，把它放进衣袋，做出很不服气的样子。

"您也是Sozi？"她继续问。

"您是指社会民主党吧？是的，我是。"

"为什么要加入呢？"

"出于信念。"

"原来是这样。不过，您的领带真不错。好，我们吃晚餐。你们一定饿了吧？"

在餐厅里摆着三个人用的餐具。除了三种不同的酒杯外，没有什么使我感到大惊小怪的东西。猪肺汤、烧里脊肉、蔬菜，还有色拉和糕点。这些东西我都会吃，没有当场出丑。女主人亲自斟酒。吃饭时她几乎都是和实习生说话，我倒可以安稳地吃喝，过了一会儿，我也感到不那么拘束了。

饭后，用人把我们的酒杯端到客厅，我接过一支精致的雪茄，惊叹地看着点燃的红烛，开始觉得心旷神怡。这时我才敢正视这位女士，她是那样清秀，那样动人，这使我自豪地觉得自己好像置身上流社会似的。

我们开始热烈地交谈。我变得大胆起来，开始敢于拿她先头说过的社会民主党和红色领带的话来开玩笑。"您完全正确，"她微笑着说，"您尽管坚持自己的信念。不过，您的领带戴歪了。您看，要这样——"

她站在我的面前，俯下身来，双手拿着我的领带摆弄着。我突然大吃一惊，她的两个指头伸进我的衬衣的缝隙，轻轻地触摸我的胸部。我惊愕地看着她，她又用指头按了我一下，并且直勾勾地看着我的眼睛。

天哪！我想。我的心扑扑直跳！她走开的时候，还转过头装着在看我的领带，实际上是在看我，是那样认真，是那样温情，然后她微微地向我点点头。

"你到楼上拐角处的房间里拿副纸牌来，"她对正在翻阅杂志的实习生说。

"好，这就去。"他走了。她睁大眼睛，慢慢地向我走来。"你呵，"她轻轻地温柔地说，"你真可爱。"

这时她的脸慢慢地贴近我，我们的嘴唇碰到一块了，两个人默默无言，就像燃烧着似的。我们又亲了一次，再来一次。我将她抱住，紧紧地抱住。而她只是在寻找我的嘴，在她亲我的时候，她的眼睛湿了，闪动着青春的光芒。

实习生拿着纸牌回来了，我们坐下，三个人在玩牌。她又活跃起来，有说有笑，而我一声不吭，呼吸仓促。有时她把手从桌子底下伸过来摆弄我的手，或者放在我的膝盖上。

接近十点钟，实习生说，我们该走了。

"您也想就走吗？"她问我，并凝视着我。我没有谈情说爱的经验，结结巴巴地说，可能到了该走的时候，于是便站起来。

"好吧。"她说。实习生走了，我跟着他往门外走。但是他刚走出门坎，她就扯住我的手臂，再次把我拉到她的身旁，低声地对我说："你要理智些，喂，你要理智些！"但我不明白她的话。

我们告辞了，急急忙忙地向火车站走去。我们买了票，实习生上了火车。这时我宁可不需要伙伴。我只登上车门的第一道台阶，当列车长吹哨时，我又跳了下来。我留下了。夜已漆黑。

我麻木不仁地，惆怅地沿着长长的街道往回跑去。我就像小偷一样从她园子和栏杆旁边走过。一个高贵的女士爱上我了！在我面前出现了一个童话世界。当我偶尔在口袋里发现夹鼻镜时，我把它扔到马路沟里去。

下一周星期天，实习生又接到邀请去赴晚宴，而我却没有去。她也没有再来我们的车间。

连续三个月，我常常在星期天或者晚上到泽特林根去。我站在栏杆外倾听，绕着园子徘徊，我听到狗在吠，听到风吹拂园子里的松树发出的沙沙声，我看到房间里的灯光。我在想：也许她看到了我。她确是爱我的。有一回，我听到房间里的钢琴声，那声音是那样情意绵绵，是那样沉重，我倚在围墙上，哭了……

但是仆人不再引我进去，他任凭狗儿在狂吠，她的手不再触摸我的手，她的嘴不再亲吻我的嘴。只有在梦中还发生过几回。深秋，我脱下了蓝色的工装，辞别了机械车间，到遥远的另一个城市去。

茨威格 （1881—1942）

  奥地利小说家,不仅是中篇小说的杰出大师,也是传记文学的出色代表。其小说具有社会批判精神,善于通过心理描写揭示人物的内心世界,且语言优美,情节曲折动人,结构巧妙,具有强烈的艺术魅力。

一个陌生
女人的来信

著名小说家R到山里郊游了三天，精神焕发，今天一早回到维也纳。他在火车站买了一份报纸，刚瞥了一眼日期就记起，今天是他的生日。四十一岁了，他很快地想到，这个念头并不使他感到惬意，但也不感到痛苦。他粗略地翻阅一下沙沙作响的报纸的版页，然后坐汽车回到他的住宅。仆人告诉他，他不在家期间有两个客人来过，有几次电话，并用托盘把收藏好的邮件送交给他。他漫不经心地看着信件，有几封信的寄信人使他感到兴趣，便打开来看，有一封笔迹陌生的信，看来内容挺丰富，他暂时把它放在一边。这期间茶已端上来，他舒适地靠在靠背椅上，再次浏览一下报纸和一些印刷品。接着他点燃一支雪茄，并把那封放在一旁的信取过来。

这封信大约有二十多页，写得很匆忙，是女人的笔迹，既陌生又潦草，与其说是一封信，不如说是一份手稿。他无意间再次摸了摸信封，看看是否有附件遗忘在里面。但是信封是空的，信封以及信纸都没有写明寄信人的地址,也没有署名。奇怪,他想,并又拿起信来看。"你,从不认识我的你!"这句话作为称呼如标题写在上面,他惊奇得突然停止片刻,这是针对我的呢,还是针对一个渴望中的人呢?他的好奇心突然被唤醒,他开始读下去:

> 我的儿子昨天死了——为了这条幼嫩的小生命,我与死亡搏斗了三天三夜。当流行性感冒侵袭他那可怜的发着高烧的身体时,我在他的床边坐了四十个钟头,我用湿毛巾敷在他滚烫的额头上,日夜握着他那双颤抖的小手。到了第三天晚上我累垮了,我的眼睛再也熬不住了,我的眼皮闭上了,自己都不知道。我坐在坚硬的椅子上睡着了,睡了三四个小时。在此期间,死亡夺走了他的生命。现在这个甜蜜的可怜的孩子就躺在那儿,躺在他那狭窄的儿童床上,跟他死去时完全一样;只是他那双聪明的黑眼睛给闭上了,他那双手给叠在一起,放在他的白衬衣上,四支蜡烛立在床的四个角上,高高地燃烧着。我不敢向床上望,我不敢动,因为烛光闪动时,影子就会掠过他的脸上和紧闭的嘴上。这样看起来,就好像他的脸部流露出某种表情,我会认为,他没有死,他会再醒过来,并且用他那响亮的声音对我说一些天真的柔情的话。但是我知道,他死了,为了不再抱有希望,为了不再感到绝望,我不想再往床上看。我知道,我知道,我的儿子昨天死了——如今在这个世界上我只有你,只有你,而你对我却什么也不知

道。此时你毫无所知,正在消遣,或者正在与人调情,我只有你,你从来都不认识我,而我一直爱着你。

　　我拿来第五支蜡烛,把它放在这张桌子上。我在这张桌上给你写信。因为我无法孤独地和我死去的孩子待在一起,而不对人倾诉衷情。在这可怕的时刻,如果我不对你说,又该对谁说呢?你曾经是我的一切,如今还是我的一切!也许我不可能对你完全说清楚,也许你不懂我的意思——现在我的脑袋在发涨,太阳穴在突突地跳动,我的四肢在作痛。我猜想,我在发烧,也许也得了流行性感冒。现在这种病正逐家逐户地蔓延开来。我要是也患上流感倒好,然后可以和我的孩子一起走,用不着自己来了结这残喘的生命。有时我眼前变得漆黑一团,也许我甚至写不完这封信——但是我想尽力同你讲一次,只讲这一次,你,我的亲爱的,从不认识我的你。我想单独跟你讲讲,第一次想把一切都对你说。我要让你知道我的一生,我的一生永远是你的,而你对我的一生却从来都不知道。但是,只有当我死了,你再也不用给我回信了,现在我的四肢颤抖,忽冷忽热,生命快要结束了,我才让你了解我的秘密。如果我还得继续活下去,我就撕掉这封信,我将继续沉默下去,像我从前始终保持沉默一样。但是,要是你手里拿着这封信,这样你就知道了,那是一个死去的女人在这里向你讲述她的一生。她的一生,从她开始有意识到生命的最后时刻,都是你的,你不要害怕我这些话:一个死者再也没有什么要求,她不要爱情,不要同情,也不要安慰，我对你的要求只有这一个，请你相信我对你表露衷情的痛苦的心向你倾诉的一切，请你相信我说的一切，我请求你的只有这一个，人在唯一的孩子去世的时刻是不会撒谎的。

我想把我的一生都告诉你，说真的，自从我认识你那一天起，我这一生才开始。以前，我的生活只是忧郁的、混乱的，我不会再回想起它。这样的生活像个地窖，里面的物蒙上灰尘，结满蛛丝，里面的人心情郁闷，我对此已经心灰意冷。当你来时，我十三岁，住在你现在住的同一幢房子里，在这幢房子里，你这时手里拿着这封信，我生命的最后一口气。我的住房和你的在同一层楼，我的房门正对着你的房门。不用说，你再也记不起我们，记不起那个贫穷的会计员的寡妇（当时她总是穿着孝服）和她那未成年的瘦弱的孩子——我们总是默不作声，好像沉入到我们小资产阶级的寒酸氛围中——你也许从来没有听过我们的名字，因为在我们的住宅门上没有牌子，没有人来过，也没有人询问我们，事情已经过了很久，有十五或者十六年了，你肯定什么都不知道了。我的亲爱的。但是我呢，啊，我激情满怀地想起每一个细节，事情就像在今天一样，我记得那一天，不，那一个钟头，当时我第一次听说到你，第一次看到你，我怎么会不想起呢？因为世界在那个时候才为我而开始，请你忍耐一下，亲爱的，我要从头对你诉说一切，我请求你，不厌其烦地听我说一刻钟关于我自己，我一辈子爱你也没有感到厌烦。

在你搬进我们这幢房子之前，住在你那屋子里的人，丑恶凶横，惹是生非。他们自己贫困，反而特别厌恶邻居的贫困，他们厌恶我们，因为我们不愿沾染他们那种没落的无产者的野蛮习气，这一家的男人是个醉鬼，常常打老婆。我们经常在夜里被椅子的倒地声和盘子的摔破声惊醒，有一次老婆被醉鬼打得头破血流，就披头散发地跑到楼梯上，那醉鬼在她后面狂喊乱叫，直到家家户户都开门出来，用报警威胁他，事情才平静下来。从一开始，我母亲就避免同他们往来，禁止我同这家的孩子说话，于是他们一有机会就对我进行报复。如果他们在街上遇到我，就在我背后说肮脏的话，有一回他们用硬的雪球掷我，把我的额头掷出血来。整幢房子的人以一种共同的本能憎恨这一家人。有一次突然出事了——我相信，那个男人由于偷窃被拘留起来——那个老婆不得不带着她的家什搬出去，于是我们大家都舒了一口气。出租的条子在房门上贴了几天，后来被揭了下来。有位作家，一个单身的心平气和的先生租了这套住房，消息很快由门房传布开来，那时我是第一次听到你的名字。

那家人住过的屋子脏得很，过了几天，油漆匠、粉刷匠、清洁工、裱糊匠就来清扫屋子。他们在锤击、敲打、拖地、刮墙，但是我母亲倒没有意见。她说，现在我们和对门那乱七八糟的人家总算结束了邻居关系。在搬家期间我还没有见过你本人，所有的搬迁工作都由你的仆人监督进行，这个表情严肃、头发灰白的小个子男仆总是用一种温和的、实事求是的态度居高临下地指挥着一切,他给我们留下了很深的印象。首先,因为上等男仆在我们这幢位于城郊的房子里是一件十分新奇的事;其次,因为他对大家都非常客气,而又没有因此把自己同一般的仆人同等看待,和他们密切交谈。从第一天起,他就充满敬意地跟我母亲打招呼,把她当作有地位的女士,他甚至对我这个小姑娘也总是亲切的、严肃的。要是他提到你的名字,总是怀着一种崇敬之情,怀着一种特别的尊重——人们立刻看出,他对你忠心耿耿,远不只是一般的侍候。虽然我妒忌他能够一直在你的身边,为你效劳,但我是多么喜欢他,这个善良的老约翰。

　　我向你讲述这一切,亲爱的,我把所有这些琐碎的几乎是可笑的事情都告诉你,为了使你知道,从一开始你就对我这个害羞胆怯的女孩子产生这样的影响。在你还没有进入我的生活之前,你的周围已经闪现一个光轮,一种富有、特殊和神秘的氛围——我们住在城郊这幢小房子里的人都焦急地等待你搬进来(生活圈子窄小的人对门前发生的一切新鲜事,总是感到好奇)。有一天下午我放学回家,看到房子前面停着一辆运家具的车,此时更激起我对你的好奇心。搬运工已经把大部分家具,包括沉重的大件,都搬到楼上去了,现在正在搬小件的东西,我在门旁边惊讶地注视着这一切,因为你所有东西都那么稀奇,我从来都没有看见过。那儿有印度的佛像,意大利的雕刻,色彩显眼的巨幅绘画,最后还搬来许多书。我从来没有想过，有这么多的书，有这么漂亮的书。这些书都堆在门旁边，男仆把书拿过来，一丝不苟地用木棒和掸帚把每一本书上的灰尘掸掉。我好奇地、蹑手蹑脚地绕着那堆越叠越高的书堆转来转去，男仆并不赶我走，但是也不鼓励我靠近。这样，尽管我很想摸一摸有些书的软皮封面，却一本也不敢摸，我只是胆怯地从旁边看一看书名：其中有法文的、英文的，还有一些是什么文字，我也不知道。我相信，我会在那里看几个小时，可是我母亲叫我回去。

整个晚上，我情不自禁地想着你，而那时我还不认识你。我自己只有十来本廉价的书，书的封面都是用破烂的厚纸板做的，我很喜爱这些书，总是反复地读。这时我在苦苦思索，这个人是什么模样的呢，他有许多漂亮的书，他读过这些书，还懂得这么多语言，他那么富有，又那么有学问。想起这许多的书，我产生了一种超世俗的崇敬之情。我试图想象你的形象：你是个老先生，戴着眼镜，留着白色的长胡子，像我们的地理老师，只是比他亲切得多，漂亮得多，温和得多。我不知道，当时我为什么那样确信无疑地认为，你肯定长得漂亮，因为我当时还认为你是个老人，那时我还不认识你。在那天夜里，我第一次梦见了你。

第二天你搬进来了，虽然我尽力窥探，但还是没能见到你，到了第三天，我终于看见你了，我深受震动地吃了一惊，你完全是另外一个样子，与我天真的想象中的老爷爷模样完全不同。我先前梦见的是一个戴眼镜的亲切老人，这时你出现了——你的样子跟今天的一个样，岁月在你身旁慢慢地流过，但是你一直没有变化。你穿着一身浅棕色的令人喜爱的运动服，上楼时动作像男孩似的，步伐轻快，总是一步两级。你手里拿着帽子，我看到你那明亮而生动的脸，青春而乌黑的头发，我的惊奇简直无法描述，真的，我是吃了一惊，你是那么年轻，那么漂亮，那么苗条，那么雅致。你说事情怪不怪，在开头的几秒钟，我已经非常清楚地感觉到你所具备的特殊性，我和所有其他认识你的人都惊奇地在你的身上不断地感觉到：你是一个具有两重人格的人，一方面，是一个热情、轻浮、喜欢玩耍和奇遇的年轻人；另一方面，又是一个在自己的艺术上非常严肃、忠于职责、博览群书和很有学问的人。我本能地感觉到后来每个人在你身上都感觉到的特性：你过着一种两重的生活，一面是光明的、对外界开放的，另一方面是十分阴暗的，仅有你自己知道——这种隐藏最深的两重性是你生活中的秘密，我这个十三岁的姑娘第一眼就感觉到了，我像着魔一样被吸引住了。

你现在已理解了吧，亲爱的，对我这个孩子来说，你那时该是一种怎样的奇迹，该是一个怎样的诱人的谜！大家都敬重这个人，因为他写了很多书，因为他闻名于另外一个大世界，现在突然发现这是个年轻雅致、性情开朗的二十五岁青年。我还得告诉你，从这一天起，在我们这幢房子里，在我整个可怜的儿童世界里，除了你以外，我对任何东西都不感兴趣。我以一个十三岁女孩的全部执拗劲和纠缠不放的全部固执劲,只围着你的生活和你的存在转!我观察你,观察你的习惯,观察那些到你这里来的人。所有这些不是减少而是增加了我对你的好奇,因为在与这些不同的人来往中表现出了你性格中的两重性。有时来的是年轻人,你的同学,一帮不修边幅的大学生,你同他们谈笑、纵情欢乐,有时来的是女士们,她们把车子开到门前。有一次,歌剧院的经理来了,那个伟大的指挥家。我怀着崇敬之情只是从远处看见他站在乐谱架旁边,然后又有一些还在商业学校上学的姑娘们来,她们很难为情地溜进门里去。来的女人很多很多,对此我并不感到有什么不寻常。有一天早上我去上学时,看到一位太太整个脸蒙着面纱从你那里出来,我也不感到奇怪——当时我才十三岁,我以热烈的好奇心侦探你,窥望你,我这个孩子那时还不知道,这种好奇心已经是爱情了。但是我还清楚地知道,我亲爱的,我完全地、永远地爱上你的那一天,那一刻。那一天我和一个女同学散完了步,我们站在大门口聊天,这时一辆小汽车驶过来,车子一停住,你就迫不及待地轻快灵活地从车上跳跃下来,那样子至今还一直扣动我的心弦。下车后你想往门里走去,我不由得替你开门。这样我就挡住了你的去路,我们差点儿碰撞在一起,你以亲切温柔、深情的目光望着我,那目光就像是对我的爱抚。你对着我微笑,我难以表达,只能说,含情脉脉地对我微笑,并以一种非常温柔的、几乎是亲密的声音说:"谢谢,小姐。"

这就是全部过程,亲爱的,但是自从我感觉到你那柔和多情的目光之时起,我就迷恋上了你。后来,过了不久我就知道了,你向每一个经过你身旁的女人,向每一个卖东西给你的女售货员,向每一个替你开门的使女,都投以同样的目光。这种目光可以将她们拥抱起来,将她们吸引到你的身旁,这种目光柔和又诱人,这是一个天生的引诱者的目光。在你身上的这种目光根本不是本能地流露出多情和爱慕,而是你对女人的温情使你的目光一投向她们就无意识地变得柔和、亲切起来。但是我这个十三岁的孩子对这点想象不到:我浑身就像着了火一般。我认为,你的温柔只是对着我的,只是对着我一个人的。在这一刹那,我这个未成年的姑娘长成了女人,这个女人永远迷恋上了你。

"他是谁?"我的女友问。我无法马上回答她,我不可能说出你的名字。就在这一瞬间,在这唯一的一瞬间,你的名字对于我来说是非常神圣的,成了我心中的秘密。"噢,住在这幢房子里的一位先生。"我结结巴巴地笨拙地回答。"可是他看你时,你怎么脸红了呢?"我的女友以一个好奇女孩的顽皮语气挖苦地说。刚好因为我觉得她的挖苦触到了我内心的秘密,于是热血就更加往我的脸颊上涌。我由于难堪变得粗鲁起来。"笨丫头!"我粗野地说,并且真想把她掐死,但是她笑得更大声,讥讽得更厉害。后来我觉得,我由于十分恼怒,眼泪从眼睛里涌出来。于是我丢下她不管,往楼上跑去。

从这一瞬间起我爱上了你。我知道，许多女人常常对你这个纵情惯了的人说这句话。但是请你相信我，没有一个人像我这样心甘情愿地、一心一意地爱你。我的心始终是你的，因为世界上没有东西可与一个孩子暗中拥有的觉察不到的爱情相比，因为这种爱情毫无希望：低三下四，卑躬屈膝，埋伏窥伺，激情奔放。这与一个成年妇女的爱情截然不同，那种爱情充满贪欲和不自觉的贪求。只有孤单的孩子才能把自己的热情全部聚集起来，其他人在交际中只不过空谈自己的感情，在亲密的气氛中消磨自己的感情。他们经常听说过爱情，也经常读到过爱情，并且知道，爱情是一个共同的命运，他们像玩玩具一样玩弄爱情，像男孩抽第一支香烟那样炫耀自己的爱情。可是我周围没有别人，因此无法吐露我的真情，没有人教导我，没有人提醒我，我没有经验，也毫无思想准备，我如同跌进深渊那样，跌进我的命运之中。我心里想的只有你，我做梦也只梦见你，我把你看作知己。我的父亲早就去世，母亲和我也不亲密，她靠退休金生活，整天忧虑不安，心情沉重，总是闷闷不乐。那些有点儿变坏的女同学令我讨厌，她们随随便便地玩弄爱情。而我觉得爱情是完美的激情——因此我把平时分散零乱的全部感情都献给你，把我整个缩紧的、不断急切地向外涌动的心献给你。你是我的——我该如何对你说呢？什么比喻都是不够的——你是我的一切，你是我整个的生命。一切东西只有与你有关才存在，我生活中的一切只有与你相连才有意义，你改变我整个的生活。过去我在学校里学得很一般,普普通通的,现在突然成为全班第一。我读了好多书,经常读到深夜,因为我知道,你喜欢书。我突然以一种近乎不屈不挠的精神开始练钢琴,这使我母亲感到惊讶不已。因为我想,你是爱好音乐的。我把我的衣服刷干净,缝整齐,就是为了在你面前显得整洁,使你喜欢。我非常厌恶我那条旧的校服裙子(是我母亲在家里穿的一条裙子改成的),裙子左边有个四方形的补丁。我担心,你会发现这个补丁而看不起我,因此我跑上楼梯时,总是用书包压住那个补丁,我吓得发抖,怕你会发现那个地方。然而这是多么傻啊,从那次以后你从来没有、几乎从未看我一眼。

然而,我整天除了等待你、窥视你以外,其他什么事也没干,在我们家的门上有个黄铜做的小窥视孔,通过这圆形的小孔可以望到你的房门上,这个窥视孔——不,你不要笑,亲爱的,至今,至今我对那时的举动并不感到羞愧——是我往外观察世界的眼睛。在那几个月,在那几年,我手里拿着一本书,整个下午整个下午地坐在窥视孔前,坐在冰冷的前室窥伺着你,我害怕母亲的猜疑,心里紧张得像一根琴弦,当你出现时,它就颤抖起来。为了你,我的心一直在紧张,在激动,但是你对此没有感觉,就像你对装在口袋里的怀表绷紧的发条毫无感觉一样。这根发条耐心地在暗中数着并计算着你的时间,用听不见的心跳陪你走路,在它滴答作响的几百万秒中,你只有一次匆匆地瞥它一眼。我知道你的一切事情,了解你的每一个习惯，认得你的每一条领带、每一套衣服，认得你的各个朋友，并且过不久能把他们分辨开来，把他们分为我喜欢的和我厌恶的：我从十三岁到十六岁每一个小时都生活在你的身上。啊，我做了多么愚蠢的事啊！我吻过你的手接触过的门把，我偷过你进门前扔掉的一个雪茄烟头，我觉得这个烟头是神圣的，因为你的嘴唇碰过它，晚上我成百次地找任何一个借口跑到楼下，跑到胡同里去，以便看看在你的哪个房间还亮着灯，以此有意识地去感觉你那看不见的存在。在你出去旅游的那几个星期——当我看到善良的约翰把你的那个黄色的旅行袋提到楼下时，我吓得连心脏都停止了跳动——在那几个星期，我的生命就像死去一样，活着毫无意思。我闷闷不乐，百无聊赖，十分烦恼地转来转去，我要小心翼翼，不要让母亲从我哭红的眼睛里发现我绝望的心情。

我知道，我现在向你讲述的这些事情都是荒唐可笑的，幼稚愚蠢的。我要对这些事感到羞愧，但是我并不觉得羞耻，因为我对你的爱从来没有像在这种幼稚的感情中表现得更加纯洁更加热烈的了。我可以几个小时、几天几夜地对你说，我当时是怎样和你生活在一起的。但是你几乎不认识我的面貌，因为我在楼梯上遇到你，躲避不了，又害怕你那火一般的眼睛，于是就低着头从你旁边跑上楼去，如同一个人害怕被火烧到，就跳进水里去一样。我可以几个小时、几天几夜地对你讲述那些你早已忘记的年代，我可以为你展示你一生中的整个日历。但是我不想使你感到无聊,不想使你感到痛苦。我只想再次向你吐露我童年时代最美好的经历,我请求你不要讥讽我,因为这只是一件琐细的事,但是对于我这个孩子来说,却是一件非常大的事情。可能是个星期天,你出外旅行去了,你的仆人把拍打过的沉重的地毯从打开着的房门拖进去。这位善良的人拖得很辛苦,我突然鼓起勇气,向他走去,问他要不要我帮助。他吃了一惊,但还是让我帮了一下,这样我就看到了——我只能告诉你,我是怀着怎样崇高而虔诚的敬意!——你住宅的内部,你的世界,你的写字台,你常常坐在这张桌子旁边,桌上放着一个蓝色的水晶玻璃花瓶,里面插着几支鲜花,我看到了你的柜子、你的画、你的书。我只是匆匆地偷偷地瞥了一眼你的生活,因为忠实的约翰肯定不许我详细察看的,但是这一眼我已吸收了你房间里的整个气氛,使我有足够的营养供我在醒着时或在睡着时不断地梦想着你。

这飞快的一分钟是我童年时代最幸福的时刻。我想向你讲述这个时刻,为的是让你这个从不认识我的人最终开始猜想到,有一个生命眷恋着你,并为你而日渐衰竭。我想向你讲述这个最幸福的时刻,同时还想向你讲述那个最可怕的时刻,遗憾的是,这两个时间靠得太近,我刚才已经告诉过你,为了你的缘故,我把什么都忘记了,我没有留心我的母亲,我对任何人都不关心。我没有注意到,有个上了年纪的男人,常常来做客,他是因斯布鲁克市的商人,和我母亲沾着远亲,他一来就待上很长时间。当然,这只有使我感到愉快，因为他有时带我母亲上戏院，这样我可以单独待在家里，想你，等待着你回来，这是我唯一的最大的幸福。有一天母亲哆哆嗦嗦地叫我到她房里去，说要严肃地跟我谈谈，我的脸变得苍白，我的心突然扑扑地跳动，难道她料到了什么，猜到了什么？我首先想到的是你，是我的秘密，它把我同外界联系起来。但是母亲自己倒不好意思起来，她温存地亲了我一两次（平常她从不亲我），把我拉到沙发上坐在她的旁边，然后开始犹豫地羞怯地说道，她的亲戚是个单身汉，现在向她求婚，她主要是为了我的缘故，决定接受他的求婚。一股热血涌上我的心头，我内心只有一个想法，我想到你。"那我们还在这里住下去吗？"我只能吞吞吐吐地说。"不，我们迁到因斯布鲁克去，在那里斐迪南有一幢漂亮的别墅。"其他的话我都没有听见。我突然感到两眼发黑。后来几天发生了什么事，我这样一个无力的孩子如何挡得住他们强大的意志，这些我都无法向你描述：直到现在我一想起当时的情形，我这拿笔的手就颤抖起来。我不能泄露我那真正的秘密，这样，我的反抗看来只不过是执拗、顽固和恶意的表现。没有人再跟我说话，什么事都在背后进行。他们利用我上学的时候搬家：我回家后，总是又有一件家具搬走了或者卖掉了。我看着，我的寓所搬空了，我的生活也给毁了。有一次，当我回家吃午饭时，家具包装工正在干活，他们把全部东西都搬走，在空空的房间里放着包装好的箱子和两张行军床，那是给我母亲和我用的。我们还要在这里睡一夜,最后一夜,明天我们就动身到因斯布鲁克去了。

在这最后一天,我突然坚定地感到,我不住在你的邻近,就无法活下去,我知道除了你没有别的救星,我永远说不清,当时我是怎样思考的,在这绝望的时刻我能否清醒地思考问题,但是突然——我母亲出去了——我站了起来,身上穿着校服,向你的房门走去。不,我不是走去的:我腿部僵直,关节颤抖,有一种力量像磁铁般把我吸到你的门前。我已告诉过你,我自己也不知道,我要干什么。我想跪在你的脚下,请求你收留我当女仆,当奴隶。我担心,你对一个十五岁的女孩这种纯洁的狂热之情只是付之一笑。但是亲爱的,如果你知道我那时如何站在冰凉的走廊外面,吓得四肢僵硬,被一种难以想象的力量推着向前,我如何使劲地移动颤抖的手臂,举起手来——这是一场战斗,经历了漫长的可怕的几秒钟——用指头按你家的门铃,如果你知道这些,你就不会笑话我了。至今那尖锐的铃声还在我耳际回响。按了门铃之后,里面静悄悄的,那时我的心都停止了跳动,我全身的血液都凝固了,我倾听着,你是否来开门。

但是你没有来,没有一个人来。那天下午你显然出去了,约翰也办事去了,于是我只好步履艰难地走回我们那破败的空荡荡的屋子里。那刺耳的门铃声仍然在我耳边鸣响,我疲惫地扑倒在一床旅行毛毯上。从你的房门到我门口这四步路,我走得很累很累,就好像我在积雪很深的路上走了几个小时一样。在他们把我拖走之前,尽管我精疲力竭,但是我要见你一面,跟你说上几句话的决心仍然没有变。我对你发誓,这里面没有情欲的念头,那时我还是个幼稚无知的女孩,除了你以外其他什么也没想。我只想见到你,再见你一次,只想依偎在你的身上。然后,一整夜,这漫长而可怕的一整夜,亲爱的,我都在等待你,我母亲刚刚上床入睡,我就悄悄地溜到前室,凝神倾听你什么时候回家。我整整一夜都在等待着你,这可是个冰冷的一月之夜。我筋疲力尽,四肢疼痛,那儿又没有椅子坐,我就倒在冰凉的地上,寒风不时从门底吹进来。我只穿着薄薄的衣服,躺在使人周身疼痛的冷冰冰的地面上,我没有拿毯子,我不要暖和,我担心睡着了听不见你的脚步声。我全身作疼,我的脚抽搐得蜷缩起来,我的手臂在发抖。我只好反复站起来,在这可怕的黑暗中真是冷得要命。但是我在等待,等待,等待你,如同等待我的命运。

　　终于——可能是凌晨两点或者三点吧——我听见楼下有开门的声音,然后听到脚步声沿着楼梯上来。我身上的寒意顿时消失,一股暖流通过我的全身,我蹑手蹑脚地打开房门,想奔到你面前,扑倒在你的脚下……啊,我真不知道,我这个傻孩子当时会做出什么事情来。脚步声愈来愈近,蜡烛光跳动着照上来,我抓住门把,浑身颤抖着,上来的是你吗?

　　是的,是你,亲爱的——但是你不是一个人,我听见一阵轻轻的娇滴滴的笑声,丝绸连衣裙擦过地面的沙沙声和你的低语声——你带一个女人回家。

我不知道,这一夜我是怎样度过的,第二天早上八点钟,他们把我拖到因斯布鲁克去了。我已经没有反抗的力气了。

我的孩子昨天夜里死了——假如我现在真的还要继续活下去,我又是一个人孤单单地生活。明天他们会来,那些陌生、黝黑、粗鲁的男人,他们会带一口棺材来,他们将把我那可怜的唯一的孩子装进棺材里去。大概朋友也会来,他们送花圈来,但是鲜花摆在棺材上有什么用呢?他们会安慰我,会对我说些什么话。但是他们能给我什么帮助?我知道,然后我又得一个人单独生活。周围是人群,而我却孤零零地一个人生活,没有什么比这更可怕的了。当时我在因斯布鲁克生活了漫长的两年,在这段时间里我体会到了这一点。从我十六岁到十八岁的那两年,我生活在家里像个犯人,像个被抛弃的人。我的继父对我很好,他是个心平气和、不爱开口的人。我的母亲对我有求必应,她似乎是为了抵偿无意中做出的一件不公正的事;年轻人对我很热心,但是我非常固执地把他们顶回去。远离了你,我不愿高兴地满意地生活,我要深藏于自己那昏暗的天地里,过着自我折磨、孤单寂寞的生活。我不穿他们给我买的鲜艳的新衣服,我拒绝去音乐会,去戏院,或者跟别人一起高高兴兴地去远足。我几乎不上街。亲爱的,你可相信,我在这座小城市里生活了两年,还不认识十条街道？我整天悲伤，我只想悲伤，我见不到你，我就宁愿一无所有，我只陶醉于这种一无所有。而且，我不愿意分散我对你的激情，我只想和你一起。我单独坐在家里，几个小时地坐着，成天地坐着，我除了想你，什么事情也没做。我反复地想起成百件琐细的往事，想起每一次见面和等待的情形，这些小插曲就像演戏一样展现在我面前。因为我无数次地重复过去的分分秒秒，因此我整个童年时代都清晰地留在我的记忆中，我觉得过去几年每分钟都是那样火热，那样生动，好像是昨天发生的一样。

当时我一心只想着你，我买了所有你写的书，如果你的名字登在报上，这一天就成了节日。我常常读你的书，你书中的每一行都能背出来，你相信吗？如果有人夜里把我从睡梦中唤醒，给我朗读一行从你的书中抽出来的句子，今天，时隔十三年后的今天，我还能接着这个句子背下去，就像梦中一样。你书上的每一句话对我来说都是福音书和祷告词。整个世界只因有你才存在。我在维也纳的报纸上查阅音乐会和戏剧首场演出的广告，我只有一个想法，你会对哪些演出感到兴趣，要是到了晚上，我就在远方伴随着你：现在他走进大厅，现在他坐下去，我在梦中成千次见过这样的情景，因为我有一次在音乐会上见过你。

但是为什么要说这些呢，为什么要把一个孤寂的孩子这种强烈的、自我折磨的、悲惨而失望的狂热感情向一个对此毫无预感、毫无所知的人倾诉呢？但是我那时真的还是个孩子吗?我已十七岁了,很快就十八岁了——在街上,年轻人开始张望我了,但是他们只能使我恼怒。因为想着与别人说爱而不爱你,或者只是与别人逢场作戏,我觉得这是不可理解,不可想象的陌生的事情,就是试一下,在我看来也是一种犯罪。我对你的激情始终没变,只是随着我身体的成熟,我情欲的萌动变得有些不同,变得更加火热,更加具有肉体的因素,更加带有女人的韵味。当年那个不懂事的孩子怀着她那朦胧的愿望去按你的门铃,她那时不会有的想法,现在成了我唯一的思想:把我献给你,把我委身于你。

我周围的人认为我羞涩,说我胆怯(我控制自己,保守我的秘密)。但是在我心中却产生了不可动摇的决心。我全部的思想和希望都集中在一件事上:返回维也纳,回到你身旁。我好不容易实现了我的决心,尽管别人觉得它是荒谬的、不可理解的。我的继父很富有,他把我看作是他亲生的女儿,但是我执拗地坚决要求,我要自己挣钱过活。我最终达到了目的,到维也纳的一个亲戚那里去,在一家很大的服装店里当职员。难道要我告诉你,当我在一个多雾的秋天傍晚——终于!终于!——来到维也纳时,我首先去哪里?我把箱子存放在车站,上了一辆电车——我觉得它行驶得多慢啊,每停一个站我都感到恼火——跑到那幢房子前面。你的窗户亮着灯,我的心突突直跳。现在,这座在我身旁如此陌生地毫无意义地轰鸣着的城市,才有了活力,现在,我才又有了生气,因为我感觉到了你，你，我永久的梦。我没有预料到，我不管是在千山万水之遥，还是像现在这样在你和我那仰视的目光之间仅隔着你窗户的一层薄薄的闪亮的玻璃，对于你的心灵而言，实际上都是一样遥远。我仰望着，仰望着。哪里有灯光，哪里是房子，哪里是你，那里就是我的天地。这个时刻我梦想了两年，现在终于实现了。这是个漫长、温和、雾气蒙蒙的夜晚，我站在你的窗下，直到灯光熄灭。然后我才去找我的住所。

　　后来，每个晚上我都这样站在你的房前，我在店里干活，到六点钟下班，工作很辛苦，很紧张，但是我喜欢这个工作，因为一忙起来，就使我不那么痛苦地感到自己内心里的混乱。只要铝制的卷帘式百叶窗在我后面哗啦啦地落下来，我就朝着我心爱的目标跑去。只想看你一眼，只想见你一面，只想从远处能够用我的目光拥抱你的脸，这是我唯一的愿望！大概过了一周，我终于遇到了你，而且正好是在我没有猜想到的时刻：当我抬头窥望你的窗户时，你刚好横过街道走来，突然我又成了那个十三岁的姑娘，我感到血液涌上了我的脸，我违反内心里渴望见你一眼的欲望，情不自禁地低下头，就像背后有人追赶一样，飞快地从你身旁跑开。后来，我为这种女学生似的胆怯的逃跑行为感到惭愧，因为现在我的意愿已定：我要遇见你，我在寻找你，经过这些在朝思暮想中熬过的岁月，我希望你认出我，希望引起你的注目，希望你爱上我。

　　虽然我每天晚上都站在你的胡同里，哪怕是大雪纷飞，哪怕是维也纳凛冽的寒风在呼啸，我都站在那儿。但是你一直都没有注意到我，我经常白等了几个小时，我经常等了很久。你终于在熟人的陪伴下从家里走出来，有两次我还看到你和女人在一起。当我看见你和一个陌生的女人手挽手紧挨着走来时，我的心突然震颤起来，把我的灵魂都撕碎了。此刻我已感到自己长大成熟了，内心里感到有一种新的不同的感觉。我并不感到惊奇，从童年时代起我就已经知道，经常有女人来拜访你，但是现在我突然感到肉体上的痛苦，我心里很不平衡。你对另外一个女人表现出那么明显的肉体上的亲热，我对此感到怨恨，但是同时也想得到这种亲热。我因为单纯的自尊心，一天没有到你房子那里去，以前我就有这种自尊心，现在也许仍然还有，但是由于固执和反抗，这个夜晚变得多么空虚，多么可怕啊！第二天晚上我又屈从地站在你的房子前面等候，我一生的命运就是这样，要一直站在你关闭的生活前面。

终于有一天晚上你注意到我了，我已经看到你从远处走来，我拿定主意，这回不避开你。碰巧有一辆待卸货的车子停在马路上，使道路变得狭窄，你只好从我身旁挤过去。你那心不在焉的目光无意中掠过我的身上，它刚刚碰上我全神贯注的目光，就马上又变成那种注视女人的目光——我想起往事，吃了一惊！——又变成那种温柔的、深情而又诱人的目光，又变成那种把人拥抱起来的使人心魂不定的目光。当年这种目光第一次唤醒了我，把我这个小孩变成了女人，变成了恋人。你的目光和我的目光相视了一秒钟、两秒钟,我的目光无法离开你的目光,也不想离开它——然后你在我身旁走过。我的心在跳动,我情不自禁地只好放慢脚步,我出于一种抑制不住的好奇心转过身来,看到你停下来,回头望着我,你好奇地饶有兴趣地注视着我,从你这种神态中我马上知道,你没有认出我。

你没有认出我,当时没有认出来,你从来也没有认出我来。亲爱的,我应该怎样向你描述那一时刻失望的心情呢?当时我是第一次遭到这种没有被你认出来的命运,我一生都遭受着这种命运,我是随着这种命运走向死亡的。我没有被你认出来,始终没有被你认出来。我该怎样向你描述这种失望的心情呢!因为你看,在因斯布鲁克这两年里,我时刻都在想你,除了在想象我们在维也纳重逢的情形以外,其他什么事也没做,我按照自己心情的状况,想象出除了最幸福的可能性之外还有什么最糟糕的可能性。如果我可以这样说的话,我把一切都想象过了。我在郁闷的时刻想过,你会拒不理睬我,你会蔑视我,因为我太低微,太难看,太烦人。你憎恶的样子,冷酷的表情,冷漠的神态,所有这些我在富有激情的幻想中都经历过了——但是这一点,我哪怕在情绪阴郁、自卑感严重时也不敢考虑这一点,这是最可怕的一点,你根本没有注意到我这个人的存在,今天我明白了——啊,是你教我明白的!——一个姑娘的脸,一个女人的脸,对于一个男人来说肯定是变幻莫测的。因为在通常情况下,它只是一面镜子,有时是充满激情的镜子,有时是天真单纯的镜子,有时是疲乏困倦的镜子。好像镜子里的人影很容易消失一样，一个男人更容易忘记一个女人的面貌，因为衣服也会一次又一次地映衬它。只有心灰意冷的女子才能真正明白其中的道理。但我那时还是个姑娘，我还无法理解你的健忘，因为我无限制地连续不断地想你，所以我就误以为，你也肯定经常在想我，经常在等我，如果我十分有根据地知道，你心里根本就没有我，也从来没有想过我一下，那我怎样活得下去！你那种目光使我清醒过来，它向我表明，你完全不认识我，你丝毫也记不起你的生活和我的生活有什么联系，这使我第一次跌入现实之中，第一次预感到我的命运。

  当时你没有认出我，两天后，我们再次相遇，当你的目光带着某种亲密的表情拥抱我时，你还是没有觉察出来，我就是那个当时爱上你的、被人唤醒的女孩，你仅仅看出，我是两天前在相同的地方遇上你的那个十八岁的漂亮姑娘，你友好而惊讶地望着我，嘴角上露出一丝微笑，你又从我身旁走过，又马上放慢脚步。我在发抖，我在欢呼，我在祈祷，你会过来跟我打招呼。我感觉到，我第一次为了你变得活泼起来：我也放慢了脚步，我不回避你，我没有转过身，就突然感觉到你就在我的背后。我知道，现在我将第一次听到你用亲切的声音对我说话了。内心里的期待使我全身都麻木了，我担心会停下脚步，我的心扑扑直跳——这时你走到我身旁来。你用那种快活的神情跟我说话，就好像我们是亲密的朋友一样——啊，你完全没有预料到我，你对我的生活毫无所知！——你令人陶醉地、无拘无束地跟我说话，使我甚至也能回答你的话，我们一起沿着胡同走去。走完整条胡同后，你问我，我们能否一起去吃晚餐。我说可以，我怎么敢拒绝你呢？

我们在一间小饭店里一起吃晚饭——你还记得，这间饭店在哪里吗？啊，肯定记不起了，你有许多这样的夜晚，你一定难以区分了，因为我在你心目中算得了什么呢？我只是几百个女人中的一个，那个晚上只是你连续不断的一连串艳遇中的一次。什么东西能使你想起我呢？我很少说话，因为我在你身旁，听你对我说话已使我感到无比的幸福，我不想因为一个问题、一句蠢话而浪费一分一秒的时间，我非常感谢你给了我这一小时，我永远不会忘记这个时刻。我对你满怀热情的敬意，你是那样温存，那样平易，那样得体，完全没有纠缠不休之势，丝毫没有匆忙流露爱恋温柔之情。从一开始你就给我一种稳重、亲切、可信赖的感觉，即使我原先没有决定把我整个的意志和生命都献给你，你当时的言行也势必会赢得我的心。啊，你不知道，我傻里傻气地等待了五年，你没有让我失望，我是多么的高兴啊！

时间已晚，我们起身离开饭店。在饭店的门口你问我，是否急着要走，或者还有时间。我对此已有准备，怎么能够隐瞒不说呢！我说，我还有时间，你犹豫了片刻，然后问我是否愿意到你那儿去聊聊天，我觉得这是理所当然的，于是就说："好吧。"我马上注意到，你对我不假思索地答应你的请求感到尴尬或者感到高兴，总之你是明显地感到意外的。今天我理解了,你当时为什么感到惊讶。现在我才知道,女人即使是心急如火地要委身于人,通常也要装作不情愿的样子,装作胆战心惊,或者怒气冲冲,直到男人苦苦哀求,说尽谎话,信誓旦旦,许下诺言,这才心甘情愿。我知道,也许只有以情爱作职业的女人,只有妓女,或者只有幼稚无知的、尚未长大的女孩才会完全地高兴地接受这样的邀请。但是在我的心中——你怎么能猜想到——只是变成语言的意志,只是由成千个日日夜夜聚集起来的现在迸发出来的思念。但是,反正当时是这样:你很惊讶,我开始引起你的注意了。我感觉到,当我们走路的时候,你一边说话一边有点儿惊奇地从旁边悄悄地查看我。这时你的感觉,你在觉察人的各种感情时所具有的那种魔力般的准确无误的感觉立刻预感到,在这个美丽的亲切可爱的姑娘身上有点儿独特之处,有一个秘密,你动了好奇心,拐弯抹角地试探性地提了很多问题,我从中发现,你想探问这个秘密。但是我回避了,我宁可显得傻里傻气,也不愿把我的秘密泄露给你。我们走上楼,到你家里去。请原谅,亲爱的,如果我告诉你,你也不会理解,这条走廊,这个楼梯对我意味着什么。我感到多么陶醉,多么困惑,多么强烈的、烦恼的、几乎是致命的幸福。至今我想起这些,不能不伤心落泪,但是我已没有眼泪。我只感到,那里的每一件东西都充满着我的激情,象征着我童年时代的思念。我在那个大门口成千次地等候过你,在那道楼梯上我总是在倾听你的脚步声,在那里我第一次见到你，通过那个窥视孔我一心一意地窥视你。我有一次跪在你们前的小地毯上，听到你房门上的钥匙咔嚓一声响，我就从守候着的地方突然跳起。我整个童年时代，我全部的激情都寄托在这个几米长的空间里，我整个一生都在这里，往事如风暴般向我袭来。现在一切都实现了，我和你走在一起，我和你在一起，在你的楼房里，在我们的楼房里，你想一想吧——这听起来很庸俗，但是我不知道用另外一种说法——直到你的门口为止，一切都是现实的，是个阴郁而平凡的天地，在你的门口，开始展示一个儿童的魔术世界，阿拉丁①的王国，你想一想吧，我成千次以渴望的目光凝视着你的门口，现在我心醉神迷地走进去，你能否猜想到——顶多只能预感到，永远也无法完全知道，我的亲爱的！——这飞逝的一分钟从我的生活中带走了什么。

那天晚上我整夜留在你那里。你猜想不到先前从未有一个男人接近过我，还没有一个男人触摸过或者看见过我的身体，但是你怎么能猜想到这些呢，亲爱的，因为我对你丝毫没有反抗，我抑制住了由于羞怯而产生的任何犹豫，只是为了使你无法猜出我爱你的秘密。这个秘密肯定会使你大吃一惊——因为你只喜欢无忧无虑，游玩消遣，轻轻松松，你害怕卷入他人的命运。你要把你的感情滥用在每一个人身上，滥用在所有的人身上，但是你又不愿做

---

① 阿拉丁：《一千零一夜》的一个人物。——译者注

出牺牲。我现在告诉你,我委身于你时还是个处女,我恳求你,请你不要误解我!我不是责备你,你没有诱惑我,没有蒙骗我,没有勾引我——是我主动挤到你的身边,投入你的怀抱里,投到我的命运中,我绝不会责备你,不会的,我只会永远地感谢你,因为对我来说这一夜是多么丰富,多么愉快,多么幸福!当我在黑暗中睁开眼睛,感到你在我的身旁时,我觉得奇怪,星星怎么不在我的上方,因为我感觉到自己已经在天堂上了。不,我从来没有后悔过,我的亲爱的,从来也没有为了这个时刻而后悔过。我还记忆犹新,那时你睡着了,我听到你的呼吸,感觉到你的身体,感到我在你的身旁,我感到无比的幸福,不由得在黑暗中哭了起来。

第二天清早我急于要走,我要到店里干活,也想在你的仆人到来之前离开,以免让他看到我。当我穿好衣服站在你的面前时,你拥抱了我,长久地注视着我,难道是你的心里涌起一阵阵模糊的遥远的回忆,或者是你仅仅觉得我当时外表漂亮、神态动人呢?然后你吻了我的嘴。我轻轻地挣脱开来,想走了。这时你问:"你不想拿几朵花走吗?"我说好吧。你从摆在书桌上的那只蓝色的水晶花瓶里(啊,我认识这只花瓶,我童年时那次朝你房间里偷看了一眼)拿出四朵白玫瑰,并给了我,后来几天我还吻了这些花。

事先我们已约定某个晚上见面。我去了,那天晚上又是那么美妙,你又和我度过了第三个夜晚。然后你说,你要去旅游——啊，我从童年起就憎恨你出去旅游！——并答应我，回来后马上通知我。我把邮局自取的地址给了你——我不想把我的姓名告诉你。我要保守我的秘密。你又给我几朵玫瑰花作为告别留念——作为告别留念。

在这两个月间我天天都去问……但是，不说了，为什么要对你描述这种因等待和绝望而产生的地狱般的痛苦呢。我不责备你，我就爱你这样，热烈而健忘，沉醉而不忠，我就爱你这样，我只爱你这样，你以前总是这样，现在还是这样。你早已归来，我看见你的窗户亮着灯，但是你没有给我写信。在我生命的最后时刻我也没有收到你的一行字，我把我的一生都给了你，但是我没有收到你的一行字，我在等待，我像一个绝望的女人一样在等待，但是你没有来叫我，你没有给我写一行字……没有写一行字……

我的孩子昨天死了——这也是你的孩子。这也是你的孩子，亲爱的，这是那三个夜晚的结晶，我对你发誓，人在死亡阴影下是不会说谎的。他是我们的孩子，我对你发誓，因为自从我委身于你，到孩子出世，都没有一个男人接触过我的身体。我觉得我的身体被你接触之后是神圣的，我怎能把我的身体平分给你和其他的男人呢？你是我的一切，而其他的男人在我的生活中只不过是萍水相逢而已。他是我们的孩子，亲爱的，是我那渴求的爱情和你那逍遥自在的随意挥霍的几乎是无意识的温情的结晶，他是我们的孩子,我们的儿子,我们唯一的孩子。但是你会问——也许吃了一惊,也许仅仅有点儿惊讶——你会问,亲爱的,为什么这么多年我对你隐瞒这孩子的事,直到今天才说呢?这时他躺在这里,躺在黑暗中,他睡着了,永远地睡着了,他准备离去,永远不再回头,不再回来!但是我该怎样对你说呢?我这个陌生女子,甘愿和你度过三个夜晚,没有丝毫反抗,而且充满渴望地向你敞开胸怀,我这个与你偶然相遇的无名女子,你永远也不会相信,她会对你这样一个不忠的男人一片忠心,你永远也不会毫无猜疑地承认这个孩子是你的!尽管你觉得我的话是很有可能的,但是你也永远不可能消除暗地里的怀疑:我试图把自己在风流时怀上的孩子硬说是你这个有钱人的孩子。你会怀疑我,在你我之间会留下一片阴影,一片黯淡的猜疑的阴影。我不想这样。另外,我了解你,我非常了解你,你对自己的了解还没有那么深。我知道,你在恋爱上喜欢逍遥自在,轻松愉快,游戏消遣。突然要做父亲,突然要对另一个人的命运负责,就会觉得不好受。你只有在自由的天地里才能呼吸生存,因此你会觉得与我有了某种瓜葛。为了这种瓜葛,你会恨我的——是的,我知道,你会违背自己清醒的意志恨我的。也许就那么几个小时,也许就那么短暂的几分钟,我会令你感到厌烦,感到可恨——但是我有自尊心,我要让你一辈子想起我时感到心安理得,毫无忧虑,我宁可承担全部后果,也不愿成为你的负担。在与你来往的所有女人之中,我要成为这样一个唯一的人。

你想起我时总是带着爱情，带着感激之情。但是当然啦，你从来没有想过我，你已经忘记了我。

我不责备你，我的亲爱的，我不责备你，如果有时我有点儿怨恨从笔端里流露出来，那么请你谅解我吧！我的孩子，我们的孩子在闪动的烛光映照下躺在那里，他死了。我紧握拳头对着天主，我把天主叫作凶手，我心里感到悲伤，迷惘。请你原谅我的哀诉吧，请原谅我吧。我也知道，你善良，内心里乐于助人。你帮助每个人，也帮助请求你的陌生人。但是你的善心好意很特别，它对每一个人都是公开的，每个人都可以去拿，要多少就拿多少，你的善心好意是无止境的。但是，请你原谅，它是不干脆利落的，它要人家催促，要人家自取。当人家求助你，请求你的时候，你才给予帮忙，你帮助人家是出于羞怯和软弱，而不是出于乐意。让我坦率地告诉你吧，在你看来，生活在艰难困苦中的人们，不如你那些生活在幸福快乐中的兄弟那么可爱。像你这种类型的人，哪怕是其中最善良的人，要请求他们帮忙也是很困难的。我还是孩子时，有一次透过门上的窥视孔看见，有个乞丐按了你家的门铃，你就把钱给了他。他还没有向你要，你就急忙给了他，而且给了不少，但是你给钱时带有某种恐惧和匆忙的神色，只盼着他赶快走，你好像害怕看他的眼睛。我永远也不会忘记你帮助人家时流露出来的那种不安、胆怯、怕人感谢的神态。所以我永远不去请求你。当然，我知道，当时即使不能肯定这孩子是你的，你也会帮助我。你会安慰我，给我钱，给我许多钱，但是总是带着那种隐蔽的不耐烦的心情，想把这不愉快的事情从你那儿推掉。是的，我认为，你甚至会劝说我趁早把孩子打掉，我最怕的就是这一点——因为只要你提出要求，我什么事不会去做呢，我怎么会拒绝你的要求呢！但这孩子是我的一切，他毕竟是你的孩子，他是你，而又不再是你，你这个幸福的无忧愁的人，我一直无法留住你，现在把你永久地——我这样认为——交给我了，把你关闭在我的身体内了，和我的生命连在一起了。现在我终于抓住你了，在我的血管里我可以感觉到你在生长，你的生命在生长，只要我心里想，我就可以哺育你，喂养你，爱抚你，亲吻你。你看，亲爱的，当我知道我怀上了你的孩子时，我感到多么的幸福，因此我才对你隐瞒这件事：现在你再也不能从我这儿逃走了。

可是，亲爱的，那几个月的日子不仅仅是幸福的——正如我脑子里预感到的那样——而且也充满了恐惧和痛苦，充满了对人们的卑劣的厌恶。这些日子我很难熬。为了不引起亲戚的注意，免得他们把事情告诉我家里，分娩前最后几个月我不能再到店里去干活。我不想向我母亲要钱——这样分娩前那段时间我只能靠变卖我手上仅有的那点儿首饰来度日。分娩前一周，我放在柜子里的最后几枚金币被一个洗衣妇偷走了，因此我不得不到产科医院去，只有非常贫苦的女人，被抛弃和被遗忘的女人在万般无奈的情况下才到那儿去，这孩子，你的孩子就出生在这贫困的社会渣滓中。那个地方真要命：陌生，陌生，一切都是陌生的，我们躺在那儿的人互不认识，孤独寂寞，互相仇恨，只是被贫困、被相同的痛苦驱赶到这房间里来。这房间里充满着氯仿味和血腥味，充满着喊叫和呻吟。贫困的人要忍受的侮辱，精神上和肉体上的耻辱，我在那里都经受到了，我忍受着与妓女和女病人呆在一起的苦楚，她们卑劣地对待同命运的病人。我忍受着年轻医生厚颜无耻的行为，他们带着嘲弄的微笑，翻开盖在无自卫能力的女人身上的被单，以一种伪科学的态度在她们身上乱摸；我忍受着女管理员的贪婪——啊，在那里一个人的羞耻心被别人用目光钉在十字架上，用无耻的言语加以鞭笞。只有写着病人姓名的那块牌子还算是病人自己的，因为躺在床上的仅仅是一块颤动的肉，被好奇的人摸来摸去，仅仅是一个供观看和研究的对象——啊，那些妇女在家里为自己温情地期待着的丈夫生孩子，她们不会知道，孤独寂寞，无力自卫，好像在实验台上生孩子是什么滋味！如果我在某一本书里读到地狱这个词，今天我还会突然想起那间病房，里面挤满了病人，臭气难闻，充满了呻吟声、笑声和惨叫声，我在那里受尽了苦难，还会想起这个使人遭受羞耻的屠宰场。

请原谅，请你原谅我谈起这些事情。但是我也只有这一次才说，以后永远也不再提了。这些事我沉默了十一年，不久我将永远地默不作声了。我总得叫喊一次，把憋在心里的话喊出来，我付出多么高昂的代价才得到这个孩子，他是我的全部幸福，现在他停止了呼吸躺在那里。孩子在微笑,在说话,我沉浸在幸福之中,早已忘记了那些痛苦的时刻。但是现在,孩子死了,痛苦的往事又浮现在眼前。这一次,这一次,我一定要把苦水从心底里倒出来。但是我不责怪你,我只怪天主,是天主使我付出的痛苦变得毫无价值。我不是责备你,我对你发誓,我从来都没有对你发过脾气,甚至在我的身体痛得缩成一团的时刻,甚至在痛苦把我的心灵撕破的一刹那,我都没有在天主面前控诉你。对那几个夜晚,我从来都没有感到过懊悔,我也从来没有责怪过我对你的爱情,我永远爱你,我永远赞颂我们邂逅的时刻。如果我必须再次去一趟这样的地狱,并且预先知道,等待我的将是什么,我还会再去一趟,我的亲爱的,再去一趟,再去一千趟!

  我们的孩子昨天死了——你从来没有看见过他。你从来也没有在路过时瞥一眼这个漂亮的小孩,你的孩子,你和他甚至连匆匆偶遇的机会都没有。我一生下这个孩子,就一直躲着不见你,我对你的思念变得不那么痛苦,我认为,我对你的爱也不那么狂热了,自从上天把小孩恩赐我之后,我在爱情上至少不那么受苦了。我不想把心一掰两半,一半给你,一半给孩子,因此我就全心全意地照顾孩子,再也顾不上你这个幸运儿了。你没有我照样活得快活,而孩子需要我,我要哺育他,我可以亲吻他,可以搂抱他。看来我已经从对你思念的烦躁之情中解脱出来,从我的厄运中解脱出来,似乎是通过你的另一个你,事实上是我的另一个你而得到解脱的——只有在非常罕见的情况下，我的感觉会催促我低声下气地到你的房子前面去。我仅仅做一件事情：在你过生日时，我总是给你送去一束白玫瑰，这花和你当时在我们度过恩爱的第一夜之后送给我的花完全一样。你在这十年、十一年中可曾问过，这花是谁送来的呢？你可否想起过你曾经赠送过这种花的那个女子？我不知道你的回答，以后也不会知道，我只是暗中把花送给你，一年一次，让你回忆一下那个时刻——这于我已足够。

你从来没有见过我们那可怜的孩子——今天我责怪自己，我没有让你见他，因为你如果看见他，你就会爱他。你从来没有见过他，没有见过这个可怜的男孩。当他稍稍地抬起眼睑，然后以他那聪明的黑眼睛——你的眼睛！——对着我，对着全世界投来一道明亮的愉快的目光时，你没有看见他那种微笑。啊，他是多么欢乐，多么可爱，你身上全部轻松愉快的性情在他身上天真地重现了，你那敏捷灵活的想象力在他身上重新活跃起来了。他可以几个小时入迷地摆弄玩具，如同你游玩人生一样，然后又扬起眉毛，认真地坐着看书。他变得愈来愈像你，你身上特有的认真和玩笑这两重性开始在他身上明显地表现出来，他变得越像你，我就越喜爱他。他学习很好，他用法语闲聊，就像小喜鹊一样没完没了。他的练习本在班上是最整洁的，他是多么俊美，他穿上黑色的丝绒衣服或者白色的水兵服显得多么漂亮。他不管走到哪里，都是最漂亮的。我带着他在格拉多海滩漫步时，妇女们都停下脚步，抚摸他那金色的长发。他在塞默林滑雪时，人们都转过身来赞赏他。他是多么漂亮，多么娇嫩，多么可爱。当他去年上了德莱瑟中学的寄宿学校时，他穿上了制服并佩上了短剑，看上去真像十八世纪的宫廷侍童！——现在他身上只穿着一件小衬衣，可怜的孩子，他嘴唇苍白，双手交叠地躺在那儿。

但是你也许会问我，我怎么能够在这样舒适的生活中教育孩子呢？怎么能够让他过上一种上流社会的光明而愉快的生活呢？我最亲爱的人，我在黑暗中对你说话，我没有羞耻心，我要对你说，但是你不用害怕，亲爱的——我卖身了，我并没有变成人们所说的那种街头妓女，但是我已卖身了。我有一些富裕的男朋友，有钱的情人。开头我去找他们，后来他们来找我，因为我——你没有发觉吗？——长得很漂亮。我委身的男子个个都喜欢我，他们都感谢我，眷恋我，爱我——只有你不是这样，只有你不是这样，我的亲爱的。

我对你说，我卖身了，你会蔑视我吗？不会，我知道，你不会蔑视我。我知道，你理解这一切，你也会理解，我只是为了你，为了你的另一个自我，为了你的孩子，才这样做的。我曾经在产科医院的那个房间里感受到了贫困的可怕，我知道，在这个世界上贫穷的人总是被践踏、被侮辱，总是牺牲品。我不愿意，无论如何也不愿意，让你的孩子，你那机敏而漂亮的孩子生长在深渊中，生长在小巷发霉的卑劣的环境中,生长在一间空气发臭的后屋中。他幼嫩的嘴不能去说那些污秽的话,他干净的身体不能去穿那些穷人穿的霉烂的皱巴巴的衣服——你的孩子应该拥有一切,拥有世上一切财富,享有人间一切欢乐,他也应该升到你的地位,进入你的生活圈子。

所以,仅仅为了这个原因,我的亲爱的,我卖身了。这对我不是什么牺牲,因为人们通常所说的名誉和耻辱,对于我来说是空洞的:我的身体是属于你的,属于你一个人的,但是你不爱我,因此我觉得,不管我的身体会怎么样都无关紧要。男人们对我的爱抚,甚至于他们从内心里发出强烈的激情,这些都打不动我的心,尽管我不得不对他们中的一些人表示十分敬重,我对他们的爱情未得到报答感到同情,这使我想起自己的命运,使我常常感到震惊。我认识的那些男人对我都很好,他们都宠爱我,尊重我。特别是那个上了岁数的帝国伯爵,他是个鳏夫,为了使德莱瑟中学能录取这个没有父亲的孩子,你的儿子,四处奔走求人——他爱我像爱女儿一样。他向我求婚三四次——如果我点头了,今天我可能成为伯爵夫人,可能成为提罗尔地方一座美丽的邸宅的女主人,可能成为一个无忧无虑的人,因为孩子会有一个柔情的父亲,把他当作宝贝,我会有一个丈夫在身旁,他文静、高尚、善良——虽然他一再催促我,虽然我的拒绝使他感到痛苦,但是我一直没有答应他。也许我这样做是愚蠢的,因为否则我现在就会在某个地方过上平静的生活,并且有人保护我,这个可爱的孩子就会和我在一起，但是——我为什么不对你承认这一点呢——我不想束缚自己，我想保持自由身，随时等着你。在我的心灵深处，在我的下意识中，我还一直做着当年孩子的梦，你也许会再次把我叫到你那儿，哪怕是只待一个小时也好。为了能够和你待上一个小时，我拒绝了任何人的求婚，以便听到你的一声召唤，我就能马上来到你的身边。自我从童年时代觉醒以来，我的一生都在等待，等待着你的意志！

这个时刻确实来了，但是你不知道，也没有感觉到，我的亲爱的！即使在这个时刻中，你也没有认出我——你永远、永远、永远也没有认出我！在这以前，在戏院里，在音乐会上，在普拉特尔公园，在街上，我常常遇到你——每次我的心都急促地跳动着，但是你的目光从我的身上掠过去：外表上我已经完全变了样，由一个羞怯的孩子变成一个女人，正如他们说的那样，我漂亮好看，穿戴华丽，被一群追求者簇拥着。你如何会猜想到，我就是在你卧室的黯淡光线映照下的那个害羞的姑娘呢！有时和我一起行走的先生们中有一个跟你打招呼，你一边问候他，一边抬头望着我。但是你的目光是有礼的陌生的，流露出赞赏的神情，可始终没有认出我来，陌生，可怕的陌生啊。我还记得，有一次你认不出我——对此我几乎已习惯了——这使我感到十分痛苦。我和一个男朋友坐在歌剧院的一个包厢里，你就坐在隔壁的包厢里。序曲开始时灯光熄灭了，我看不见你的面貌，只感觉到你的呼吸近在身边，就像那个夜晚一样，你的手，你那纤细而温柔的手，就靠在我们这个包厢的铺着天鹅绒的栏杆上。在我心里有一种渴望油然而生，想弯下腰来恭顺地去吻这只陌生的、使我感到亲切的手，这只手曾经温柔地拥抱过我。在我的耳际乐声悠扬，激动着我的心弦，我的那种渴望变得愈来愈强烈，我的嘴唇被一股强大的力量吸引到你那可爱的手上去，我必须极力挣扎，才能挣脱开来。第一幕完后，我请求我的男朋友和我一起离开，我忍受不了在黑暗中你靠我那么近，又那么陌生。

但是这个时刻来了，这个时刻又来了一次，在我虚度的一生中这是最后一次。差不多刚好是在一年前，在你生日后的那个白天，奇怪的是，我时时刻刻都在想你，因为我总是像过节一样在庆祝你的生日。那天一早我就出去买白玫瑰了，像往年一样让人把花给你送去，让你回忆那个已忘却的时刻，下午我带着小孩坐车出去，带他到戴默尔糕点甜食店去，晚上带他上剧院。我希望他从小就要感觉到这一天是个神秘的纪念日，尽管他不知道这一天的意义。第二天我和当时的男朋友在一起，他是布律恩地方一个年轻而富裕的工厂主，两年以来我已和他同居了。他爱我，纵我惯我，他也像其他男人一样想和我结婚，而我也像对待其他人一样，好像是无端端地拒绝了他的求婚，尽管他送给我和小孩许多礼物，而且人也可爱，就是情绪有点儿低沉，对我有点儿谦卑。我们一起到音乐会去，在那里遇到了一些逍遥自在的伙伴，然后在环市路一间饭店里进晚餐。吃饭时，在谈笑闲聊中，我建议再到一间舞厅去跳舞。我一贯讨厌那种醉生梦死、寻欢作乐的地方，平时我反对这样的建议，但是这一次，我心里好像有一种神秘莫测的魔力促使我突然无意识地提出这个建议。其他人听了非常兴奋，高兴地表示同意——我突然产生一种莫名其妙的欲望，好像在舞场有一种特别的东西在等待我。他们习惯于讨我喜欢，于是立即站起身来。我们到了舞厅，喝着香槟酒，突然，一种从未有过的强烈的近乎痛苦的高兴心情从我心底涌流出来。我喝着喝着，和他们一同唱起低级趣味的歌曲，同时我产生了一种简直是极其强烈的欲望，要跳舞，要欢呼。但是突然——我觉得，好像有一种冰冷的或者火热的东西猛地掉到我的心头上——我直起身来：你和几个朋友坐在邻桌，你以一种赞赏的爱慕的目光注视着我，你就是用那种总是使我心神不定的目光望着我。十年以来，你第一次又用你那完全无意识的充满激情充满魅力的目光凝视着我。我全身颤抖起来，举起的杯子差点儿从手里脱落下来。好在同桌的人没有发现我心神不定，这种纷乱的情绪在一阵阵的笑声和乐声中消失了。

你的目光变得越来越灼热，射得我浑身火辣辣的。我不知道，你是最终总算认出我来了呢，还是把我看作另外一个女子，看作一个陌生的女子来追求呢？顿时热血涌上我的面颊，我心猿意马地回答着同桌的人的问话。你肯定看出来了，在你的目光下我显得多么心慌意乱。在别人毫无察觉时，你悄悄地摆了一下脑袋，示意我到前厅去。

然后你有意虚张声势地在付账，向你的同伴们告辞，并向外走去，走前两次暗示我，你会在外面等我。我浑身颤抖着，好像是发冷，又好像在发烧，我无法回答别人的问题，也无法控制奔腾的热血。这时刚好有一对黑人开始跳起一种奇特的新式舞蹈，他们把脚后跟踩得劈劈啪啪地响，嘴里不断地发出尖叫声。这时大家都朝着他们看，我就抓住这个时机。我站起来，告诉我的朋友，我离开一会儿，马上回来，然后就跟在你的后面走出去。

在外面前厅里，你站在衣帽间前面等我。当我出来时，你的目光变得明亮起来。你微笑着匆忙向我走来。我马上看出，你没有认出我来，没有认出从前那个女孩，没有认出后来那个姑娘，你又把我看作一个刚认识的女子，看作一个从不认识的女子来追求。"你也可以给我一个钟头的时间吧？"你亲切地问我——从你那么肯定的语气中我感觉到，你把我看作一个在夜晚陪人玩乐的女人。"好吧。"我说。十多年前那个姑娘在昏暗的马路上就用"好吧"这个词回答你，声音同样是颤抖的，但也是理所当然地表示同意的。"我们什么时候能够见面呢？"你问。"您想什么时候都可以。"我回答——在你面前我没有羞耻心。你略带惊讶地注视着我，这种惊讶带有疑心和好奇心，就像你当年对我马上表示同意感到惊讶一样。"现在可以吗？"你有点儿迟疑地问。"可以。"我说，"我们走吧。"我想去衣帽间拿我的大衣。

我突然记起，我的男朋友拿了衣帽单，我们的大衣是一起寄存的。回去向他要单子，肯定要把理由说清楚，另一方面，我多年来渴望有个时间和你待在一起，现在要我放弃这个时间，我不愿意。因此我毫不犹豫，只拿了一条围巾披在晚礼服上，就向着雾气茫茫、潮湿寒冷的黑夜里走去。我走的时候，顾不了我的大衣，也顾不了那个善良的温柔的男朋友，多年来我靠他养活，现在我却在他朋友的面前侮辱了他，使他变成一个可笑的傻瓜。人家会笑话他，一个陌生男人使一个眼色就把他供养多年的情妇带走。啊，我在内心里深感到，我对一个忠诚的朋友做了多么卑劣无耻、多么忘恩负义的事情。我感觉到，我做得可笑，我以我的疯狂使一个善良的人永远受到致命的伤害；我感觉到，我已经毁掉了自己的生活——但是我迫不及待地想再次吻你的嘴唇，想听到你柔情地对我说话，友情和我的生存比起这些来算得了什么呢！我就是这样爱你，现在我可以对你说这句话，因为一切都已经过去，一切都已经消逝。我相信，只要你叫我，我这个躺在床上的濒死的人就会突然涌起一股力量，从床上爬起来，跟着你走。

　　一辆车子停在门前，我们乘车去你那儿。我又听到了你的声音，又感觉到你近在身旁，是那样含情脉脉，我又像当年那样充满醉意，感到像儿童般的幸福。十多年来，我第一次又登上你的楼梯，我感到——不，不，我无法向你描述，在那几秒钟里我是怎样对一切事物都产生一种两重的感觉，我感觉到过去，又感觉到现在，但是在这万物之中我只感觉到你，你的房间稍有变化，增添了几幅画，增加了许多书,有些地方摆上了新的家具,但是所有这些都在亲切地欢迎我。在你的书桌上摆着花瓶,里面插着玫瑰花——我的玫瑰花,这是我前一天派人给你送来过生日的,用来纪念一个被你忘却的女人,就是现在她在你的身边,手拉着手,嘴唇贴着嘴唇,你也没有认出她来。但是,你养着这些花,我感到高兴:终归还有我生命的一丝气息,我的爱情的呼吸萦绕着你。

  你拥抱了我。我又在你身边度过了一个美妙的夜晚。但是尽管我赤身裸体,你也没有认出我来。我幸福地得到你那内行的爱抚,我发觉,你对一个情人的激情和对一个妓女的激情都一样,没有差别。我发觉,你随意地放纵自己的情欲,你轻率地挥霍自己的感情。你对我这个从夜总会带来的女人是如此温情,如此高尚,如此真诚,如此尊敬,同时在享受女人时又是如此激情奔放。以往的幸福使我如醉如痴,这时我再次感觉到,你性格上的这种独特的两重性,在肉欲的激情中带有聪明的精神上的激情,这种激情当时已使我这个小姑娘变成你的奴隶。我从未见过一个男人既温柔爱抚又这样沉醉于眼前的欢乐,这样充分暴露自己的内心世界——然后又自然而然地化为乌有,忘得一干二净。但是我也把自己遗忘了,在黑暗中躺在你身旁的我到底是谁呢?是当年那个满怀热望的女孩,或者是你孩子的母亲,还是一个陌生的女人?啊,在这个激情奔放的夜晚中,一切是那么亲切,一切都已亲身经历过,而这一切又是那么异常的新鲜。我请求上天,但愿这个夜晚没有尽头。

但早晨还是来了,我们很晚起床,你还邀请我同你一起吃早点,有个没有出面的用人悄悄地在餐厅里准备好早餐。我们一起喝茶,聊天,你和我说话时又是那样坦率,真诚,亲切,又是那样不提任何轻率的问题,对我这个人的性格特征没有任何好奇。你不问我的姓名,不问我的住址;我对于你而言,又只是一次艳遇,又只是一个没有姓名的女子,又只是一个火热的时刻,事后在健忘的云烟中完全消失,不知所向。你对我说,你现在要到很远的地方旅游,到北非去,要两三个月,我在幸福中突然颤抖起来,因为在我的耳边又轰鸣起来:完了,完了,又被遗忘了!我真想跪在你的脚下,大声喊叫:"你带我走吧,这样你最终会认出我来,经过这许多年,你最终,最终会认出我来!"但是我在你的面前是那样害羞,那样胆怯,那样卑屈,那样软弱。我只能说:"真遗憾!"你微笑地凝视着我:"你真的感到遗憾吗?"

这时好像有一股突然冒出来的野劲儿抓住了我,我站了起来,望着你,久久地聚精会神望着你。然后我说:"我爱的那个男人也总是出外旅行。"我注视着你,盯着你的眼珠看。"现在,现在他可能认出我了!"我紧张得全身颤抖起来。但是你对着我微笑,安慰地对我说:"他还会回来。"——"是的。"我回答,"他还会回来,但是然后又什么都遗忘了。"

当我对你说这些话时,说话的腔调一定有点儿特别,有点儿激动。因为你也站起来,惊讶而亲切地看着我。你抓住我的肩膀,说:"美好的东西是不会忘记的,我不会忘记你。"说话时你的目光一直射进我的体内,好像要牢记住我的形象似的。我感觉到你的目光进入我的内心,感觉到它在探寻、搜索、吮吸着我整个的生命。这时我相信,瞎子终于看到了光明。他可能认出我了,他可能认出我了!这个想法使我的心颤抖起来。

但是你并没有认出我。没有,你没有认出我。我对于你来说,从未像这一时刻那样陌生,因为否则——你绝不可能做出几分钟后你所做出的那种事来。你吻我,再次充满激情地吻我。我的头发给搞乱了,必须再梳理一下,当我站在镜子前面时,从镜子里看到——我由于羞愧和惊愕,几乎要晕倒在地了——我看到你悄悄地把几张大钞票放进我的皮手筒里。这时我怎么能不叫喊起来呢,怎么能不打你一个耳光呢!——我从小就爱你,我是你孩子的母亲,而你为了这一夜却付钱给我!在你看来,我只是从夜总会带回来的妓女,而不是别的,你居然还付钱给我!你把我遗忘了还不够,还要这样侮辱我!

我迅速拿好我的东西,我要走,赶紧走。我感到非常痛苦,我抓起我的帽子,它就放在桌上那只花瓶的旁边,花瓶里插着白玫瑰,我的玫瑰,这时我产生了一个强烈的不可抗拒的想法:我要再试一次使你回忆往事。"你可以给我一朵你的白玫瑰吗?""很乐意。"你回答,并且马上拿出一朵。"但是这些白玫瑰也许是一个爱你的女人送给你的吧?"我说。"也许。"你说,"我不知道,这些花是别人送的,但我不知道是谁送的:所以我很喜欢它们。"我凝视着你。"也许这些花是一个被你遗忘的女人送的!"你的目光中流露出惊讶的神气。我紧紧地盯着你看。"认出我吧,你认出我吧!"我的目光在叫喊。但是你的眼睛亲切而毫无所知地微笑着,你又亲吻了我一次,但是你没有认出我来。

我急忙向门口走去,因为我觉得,泪水涌上了我的眼眶,不能让你看见我掉眼泪。在前厅——我出去时走得很匆忙——我差点儿碰撞到你的仆人约翰,他胆怯而匆忙地跳到一旁,赶快打开走廊的门,让我出去。这时,就在这一秒钟,你听到了吗?我望见他,我含着泪水望见这位苍老的老人,就在这一刹那,他的目光突然闪亮起来,就在这一秒钟,你听到了吗,就在这一秒钟。这位老人认出我了,而他从我童年时代起都没有见过我。他认出了我,为此我真想跪在他的面前,吻他的手。我只是急忙从皮手筒里拿出你用来鞭打我的那几张钞票,并塞给他。他颤抖着,并抬起头来吃惊地望着我——在这一秒钟里他对我的了解也许比你这一生对我的了解还要多。所有的人都纵我惯我,所有的人都对我亲切友好——只有你,只有你把我遗忘了,只有你,只有你认不出我!

我的孩子死了,我们的孩子——如今在这个世界上除了你以外我再也没有一个人可以爱的了。但是你算是我的什么人呢,你从来也不认识我,你在我旁边走过如同在一条河边走过,你碰到我如同碰到一块石头,你总是一直走,一直往前走,让我永远地等候。有一次我以为把你留住了,把你这个来去匆匆的人留住了,在孩子身上把你留住了。但是这孩子毕竟是你的孩子。他一夜间残酷地离我而去,把我遗忘,永不归来。我又是孤单一人,比以往任何时候都更加孤独,我什么也没有,你身上的东西我一点儿也没有——不再有孩子,没有言语,没有字行,没有回忆。如果有人在你的面前说起我的名字,你也会觉得陌生而不闻不问。我对于你来说已经死了,我为什么不高高兴兴地去死,你已经离开我了,我为什么不远远地走开?不,亲爱的,我不是责怪你,我不愿把我的悲痛抛到你愉快的生活之中。不要害怕我会继续纠缠你——请你原谅我,这时,我的孩子躺在那里,孤孤单单地躺在那里,他死了,我必须倾诉心里的话。只有这一回我必须对你说,然后我又默不作声地走回我的黑暗中去,如同我以往一直不声不响地待在你的身旁一样。但是只要我活着,你就听不见我这叫喊——只有当我死了,你才能收到我的这封遗书,收到一个女人的遗书,她比所有的女人都爱你,你却从未认出她,她一直在等待你,你却从未去叫她。也许,也许你以后会来叫我,我将第一次对你不忠诚,因为我已经死了,再也听不到你的声音。我一张相片、一个记号都没有给你留下,正如你没有给我留下任何东西一样。你将永远认不出我来,永远认不出来。这是我一生的命运。我死后的命运也是这样。在我生命的最后一刻,我不想叫你来，我走了，你并不知道我的名字，也不认识我的面貌。我将轻松地死去，因为你在远方感觉不到我的死。如果我的死会使你感到悲痛，那我就死不了。

我不能再写下去了……我的脑袋发涨……四肢痛得厉害，我在发烧……我想，我要赶快躺下去。也许这势头很快就会过去，也许我会碰上一次好运，我不用亲眼看见，他们怎样把孩子抬走……我不能再写下去了。永别了，亲爱的，永别了，我感谢你……像过去那样很好，尽管如此……我直到生命的最后一息都要为此而感谢你。我感到很舒畅。我把一切都对你说了，你现在知道了，不，你只是想象到，我是多么爱你，而你又不会被这爱情拖累。我不会使你失去什么——这使我感到安慰。在你那美好而光明的生活中不会有任何变化……我不会以我的死亡给你增添麻烦……这使我感到安慰，你啊，亲爱的。

但是谁……谁还会一直送白玫瑰给你过生日呢？啊，那只花瓶将要空着，以前一年一次我生命的一缕呼吸、一丝气息在你的周围飘动，以后也要消散！亲爱的，你听着，我请求你……这是我第一次请求你，也是最后一次……为了使我喜欢，你过生日时——这一天每个人都想着自己——去买一些玫瑰花，把它们插在那只花瓶里。就这样去做吧，亲爱的，去做吧，就像其他人一年一次替一个亲爱的死者做弥撒一样。但是我已不再相信天主，我不想别人为我做弥撒，我只相信你，我只爱你，只想在你心上还能继续活下去……啊，一年只有那么一天还活着，只是默默地活着，就像我曾经待在你的身旁一样……我请求你，就这样去做吧，亲爱的……这是我第一次请求你，也是最后一次……我谢谢你……我爱你，我爱你……永别了……

他的手颤抖着，把信放下来。然后他长久地思索着。他脑子非常混乱地想起一个邻居的小女孩，一个少女，一个夜总会的女人，但是这些回忆模糊杂乱，如同河底的一块石头，在流水中忽隐忽现，变化多端。阴影时而涌现，但又忽然散去，总是成不了一幅图像。他感觉到感情上的一些往事，但又记不起来。他觉得，他好像梦见过所有这些形象，而且常常是在深沉的梦里见过，但是只不过是梦见罢了。

这时他的目光落在摆在他面前书桌上的那只蓝色花瓶上。花瓶里空空的，多年来在他过生日时第一次花瓶是空的。他吃了一惊：他觉得，好像有一道看不见的门突然打开了，从另一个世界刮来的一股阴凉的穿堂风吹进了他宁静的房间。他感受到死亡，感受到永恒的爱情：一番感慨涌上他的心头，他想起了那个看不见的女人，无影无踪，激情奔放，如同远方的音乐。

卡夫卡 （1883—1924）

奥地利小说家，欧美现代派文学奠基人之一，二十世纪最优秀的作家之一。其作品均采用象征和夸张手法，情节生动，语言简洁，故事怪诞离奇。小说《判决》是其一夜之间一气呵成的，也是他最喜爱的一部作品。

判　决[1]

在最美好的春天里的一个星期天上午,年轻商人格奥尔格·本德曼坐在二楼自己的房间里。他的房子是沿河一长排低矮而简易的房屋中的一座,这些房屋几乎只有高度和颜色上的区别。他刚刚给居住在国外的青年时代的朋友写完一封信,随意而缓慢地把它装进信封里,然后把双肘支在书桌上,两眼眺望着窗外的河流、桥梁和对岸浅绿的山坡。

他在沉思,这位朋友怎样由于对自己在故乡的前途不满意,前几年真的逃到俄国去了。现在他在彼得堡开了一间商店,开头生意还好,但是长期以来显得不景气,他回国愈来愈少,每次回来总是在诉苦。他就这样在国外徒劳地忙碌着,外国式的络腮胡子遮不住他那张从童年起就为自己熟悉的面孔,他的脸色蜡黄,似乎正在生病。据他说,他与居住在那里的本国同胞没有联

---

[1] 献给费丽丝·鲍小姐的故事。费丽丝·鲍威尔,卡夫卡的女友。两人曾在1914年和1917年两次订婚,又两次解除婚约。——译者注

系，与当地人也没有社交往来，而且准备独身一辈子。

他显然误入歧途，人们只能为他惋惜而无法帮助他，对于这种人信上该怎么写呢？也许应该建议他重返家园，在故乡定居，重新与所有往日的朋友建立关系——这不存在什么障碍，此外，或许还要劝他应该相信朋友们的帮助？但是这样做岂不是意味着告诉他，他至今为止的尝试都失败了，他最终要丢开这些尝试，回到故乡来，让人家睁大眼睛观看他这个走回头路的人。这岂不是也意味着告诉他，只有他的朋友才懂得世事，而他却像个大孩子，要乖乖地听那些留在家乡并取得成就的朋友们的话。人家越关心他，反而越会伤害他。而且给他带来这么多的烦恼，是否肯定就有作用呢？也许，根本不可能要他重返家园，他自己说过，他对家乡的情况已经毫不了解。因此，他不管怎样都要留在异国，朋友们的劝说只能使他苦恼，使他与朋友们更加疏远一点儿。但是，如果他真的听了朋友的建议，回国后又觉得很压抑——当然不是有意的，而是事实造成的——并且无法与朋友们相处，但是又不能没有他们，这样，他就会感到羞愧。一旦他真的感到自己没有了祖国和朋友，那他还不如像以往那样待在国外。在这样的情况下，怎能想象他回国后一定会前途光明呢？

出于这些原因，如果还想与他保持通信联系，就不能像对待遥远的熟人那样随意地把什么都对他说。这位朋友至今已有三年多没有回国了，他的说明很不充分，说是俄国的政局不稳，甚至连一个小商人离开几天都不行。然而，这段时间却有成千上万的俄国人平静地到世界各地去旅游。但是，对于格奥尔格本人来说，这三年发生了很多变化。大约两年前，格奥尔格的母亲死了，从此，他就和年老的父亲一起生活。这位朋友也许听到了格奥尔格的母亲去世的消息，就寄来一封信表示悼念。信写得干巴巴的，毫不动情，原因只能是，身居异国的人完全难以想象这种事的悲痛。不过，从那时起，格奥尔格开始下决心从事商业和其他的工作。也许是母亲在世时，父亲由于在生意上一意孤行，而使他的真正的工作能力受到了抑制。也许是母亲去世后，父亲虽然还在商行里工作，但已经克制了一些；也许是运气起了重要的作用——很可能是这些——不管怎样，这两年来商行除了自身发展出乎意料之外，职工人数也增加一倍，营业额增加了五倍，毫无疑问，今后的生意会更加兴隆。

但是，他这位朋友对这些变化毫无所知。以前——最后一次也许在那封吊唁信中——这位朋友劝格奥尔格移居到俄国去，在彼得堡建个分店，这样格奥尔格的前景就很可观。不过，这位朋友列举的数字比起格奥尔格现在经营的规模小多了。但是，格奥尔格不想对这位朋友叙述自己在商业上取得的成就，要是现在再把这种情况告诉他，那倒是咄咄怪事。

因此，格奥尔格给这位朋友写信时，只写些微不足道的琐事，这些琐事都是在安静的星期天浮想出来而杂乱地堆积在记忆之中。他只想不要破坏朋友出国后的长时间里对故乡的看法，并以此来安慰自己。于是，发生了一件这样的事，格奥尔格在三封相隔很久的信中，三次向他的朋友提到一个平淡的男人与一个同样平淡的女人订婚的事情，结果完全与格奥尔格的意愿相反，这位朋友开始对这件奇特的事感兴趣了。

格奥尔格宁愿告诉他这类事情，而不愿承认自己一个月前同富家小姐弗丽达·勃兰登费尔特订婚的事。他经常同未婚妻谈起这位朋友，并说到他跟这位朋友特殊的通信情况。"这样他就不会来参加我们的婚礼了，"她说，"但是，我有权利认识你所有的朋友。""我不想打扰他，"格奥尔格答道，"你不要误解我的话，他也许会来，至少我是这样认为的，但是他会觉得很勉强，觉得受了伤害，可能会嫉妒我，一定会感到不满意，他又无法消除这种不满的情绪，于是只好孤单地走了。孤单——你明白是什么意思吗？""是的，他不会通过其他途径得到我们结婚的消息吗？""这个我是无法阻止的，但是按他的生活方式，这是难以想象的。""格奥尔格，你有这样的朋友，你根本就不应该订婚。""是的，这是我们两个人的过错。但是，我现在不想改变主意。"说完他亲吻了她，她喘着粗气说："但是，我真的有点儿难过。"这时，他确实认为，要是把一切情况都告诉这位朋友也没有什么关系。"我就是这样的人，他必须接受我，"他自言自语地说，"我不可能变成另外一种也许比我更适合与他建立友谊的人。"

事实上，在这个星期天上午，他给这位朋友写的长信中已经说到了订婚的事："我在结尾才把最好的消息告诉你。我已经和出身富家的弗丽达·勃兰登费尔特小姐订婚了。她是你出国后很久才迁移到这里来的，所以，你几乎不可能认识她。以后还有机会详细地向你介绍我未婚妻的情况，今天只想告诉你，我很幸福，在你我相互关系中只有这一点发生了变化：你现在有我这样一个幸福的朋友，就不再是一个普通的朋友了。此外，我的未婚妻让我亲切地问候你，她以后还会亲自给你写信，你将会得到她这样一个真诚的朋友,这对于一个单身汉来说,不会是无关紧要的事。我知道,由于各种各样的原因你一直不能来看我们,而我的婚礼不正是一次清除一切障碍的良机吗?但是,你也不必考虑太多,还是按你自己的意愿行事吧。"

格奥尔格坐在桌旁,脸转向窗户,手里一直拿着这封信。有个熟人路过小巷跟他打招呼,他刚好在出神地微笑,算是对人家的回应。

终于他把信放进口袋,离开房间,穿过狭小的过道,走进父亲的房间,这里他有几个月没有来过了。其实他也没有必要来,因为他在商行里经常与父亲打交道,同时又在一个餐厅用午餐,晚上虽然各行其是,但大多——除非格奥尔格常常去探望朋友,或者现在去看未婚妻——都在共同的客厅里待一会儿,各看各的报纸。

格奥尔格感到惊讶,父亲的房间在这阳光灿烂的上午怎么还这样阴暗。在狭窄庭院的对面屹立着一堵高墙,它投下了阴影。靠窗的那个角落,用各种纪念格奥尔格亡母的物品装饰着,父亲坐在那里看报,把报纸拿在眼前的侧面,使视力弱的一只眼睛看得清楚些。桌上放着没有吃完的早餐,看来他吃得不多。

"啊,格奥尔格!"父亲喊道,并马上向他走来。父亲在走动时厚实的睡衣敞开了,下摆在摇来晃去——"我的父亲还是很魁梧的。"格奥尔格心里想。

"这里太黑了。"他说。

"是的,的确很黑。"父亲答道。

"你还关着窗?"

"宁可关着。"

"外面已经很暖和了。"格奥尔格说,好像是补充前一句话似的,然后坐下。

父亲把餐具收拾好,放进一个柜子里。

"我只是想告诉你,"格奥尔格接着说,并迷惘地望着老父亲的动作,"我现在给彼得堡那边写了一封信宣布我订婚的事。"他把信从口袋里抽出一点儿,然后又放进去。

"为什么要寄信到彼得堡去?"父亲问。

"告诉我在那儿的朋友,"格奥尔格说,并且望着他的目光——"在商行里他完全不是这样。"格奥尔格想,"他现在摊开双腿坐着,双臂交叉在胸前。"

"啊,告诉你的朋友。"父亲强调说。

"父亲,你知道,起初我并不想告诉他订婚的事。主要考虑到他的情况,没有别的原因。你也知道,他这个人不好相处。我心里想,他也可能从其他地方知道我订婚的事——这我是无法阻挡的——虽然他比较孤独,几乎没有这种可能性,但是他绝不可能从我这里得到这个消息。"

"现在你改变主意了?"父亲问,并且把整张报纸放在窗台上,把眼镜放在报纸上,用一只手盖住眼镜。

"是的,现在我考虑好了。如果他是我的好朋友,我想,我幸福的婚礼对他来说也是一件喜事。所以我毫不犹豫地把这件事告诉他。但是我在寄信前,我想先跟你说一声。"

"格奥尔格,"父亲说,并撇了一下没有牙齿的嘴,"听我说!你为了这件事找我,跟我商量,这无疑是对的。但是,如果你现在不把全部真相告诉我,那就等于没说,而且比没说更令人生气。我不想重提与此无关的事情。自从你亲爱的母亲死后,已经发生了几次不愉快的事。现在也许是谈这些事的时候了,也许比我们想象的要来得早。商行里有些事我不知道,也许不是瞒着我干的——现在我不是说这是瞒着我干的——我的精力已经不足,记忆力也在衰退,许多事情我也顾及不了。首先,这是自然规律;其次,你母亲的去世给我的打击比你大——我们正在谈这件事,谈这封信,我希望你,格奥尔格,不要瞒着我什么。这是一件小事,一件无足轻重的事,因此你不要欺骗我。你真的有这样一个朋友在彼得堡?"

格奥尔格非常窘迫地站起来。"不要管我的朋友了。一千个朋友也无法代替我的父亲。你知道,我想些什么?你不注意自己的身体。毕竟岁月不饶人。你知道得很清楚,在商行里你是不可缺少的,但是如果由于商务而损害你的身体,那我明天就关门,而且永远关闭。这样下去不行。必须为你制定一种新的生活方式。你的生活方式要彻底改变。你坐在这黑暗里,要是坐在客厅,光线就很明亮。你早餐吃得很少,这样营养不够。你坐在窗户紧闭的房间里,你需要呼吸新鲜的空气。这样不行,父亲!我要去请医生,我们要按医嘱行事。我们要调换一下房间,你搬到前室去,我搬到这儿来。你的变动不会很大,可以把你的全部东西都搬过去。但是这需要时间,你现在要上床睡一下,你无论如何需要休息。来吧,我帮你脱衣服,你会看到,我能够做得很好的。或者你现在就到前室去,先在我的床上躺一会儿。这样也很好。"

格奥尔格站在父亲的身旁,父亲低垂着头,蓬乱的头发一片灰白。

"格奥尔格。"父亲小声地说,身子一动也不动。

格奥尔格马上在父亲身旁跪下,他看到,在父亲疲倦的脸上,父亲从眼角里斜视着他。

"你没有朋友在彼得堡。你总是喜欢开玩笑,连我都要作弄。你在那儿怎么会有一个朋友呢!我根本就不相信。"

"父亲,你再想一想吧,"格奥尔格说,并把他从椅子上扶起来,当他软弱无力地站着时帮他脱了睡衣。"那次我的朋友来看望我们,离现在快三年了。我还记得,你不怎么喜欢他。至少有两次我没让你看到他,尽管他当时正坐在我的房间里。我知道你为什么不喜欢他,我的朋友有点儿古怪。但是后来你和他相处得很好。你听他说话,点点头,还提问题,当时我还因此感到自豪。如果你好好想一想,肯定会记得起来的。他当时还讲了一些有关俄国革命的闻所未闻的故事。比如,有一次他在基辅出差时碰到骚乱,看到阳台上有个教士在手心里刻了一个粗大的血红的十字,还把这只手举起来,对着人群呼喊。后来你自己有时还讲过这个故事。"

这期间格奥尔格已经扶父亲坐好,小心翼翼地帮他脱了穿在亚麻布衬裤外面的针织卫生裤以及袜子。当他看到父亲的内衣不够干净时,便责备自己对父亲关心不够。经常替父亲更换内衣,这是他应该做的事。他还没有明确地和未婚妻商量过,将来应该怎样安排父亲,因为他们心里想,父亲会单独留在旧屋。但是他现在果断而明确地决定,要将父亲接到他未来的新居。要是认真想想,等住进了新居才去照料父亲,似乎可能太晚了。

他抱起父亲向床前走去。在走这几步路时,他发现父亲在他怀里玩他的表链,因此产生了一种可怕的感觉。父亲紧紧地抓住表链,因此他无法立即把父亲放到床上。

父亲刚刚躺下来时,似乎一切都很正常。他自己把被子盖上,然后又把被子盖过了肩膀。他并非不亲切地望着格奥尔格。

"你已经记起他了,是吗?"格奥尔格问,并且高兴地向父亲点了点头。

"现在我的被子盖好了吗?"父亲问,好像自己看不见脚是否盖上了。

"你躺在床上觉得舒服吧?"格奥尔格说,并替他把被子盖好。

"我的被子盖好了吗?"父亲又问一次,好像特别注意要听到回答似的。

"你尽管放心,被子已经盖好了。"

"不!"父亲打断他的答话,并用力掀起被子,被子立即飞开了,然后笔直地站在床上,只用一只手轻轻地顶着天花板。"你想把我盖住,这我知道,你这窝囊废,但是我还没有被盖住。即使这是最后的力气,也足够对付你。是的,我认识你的朋友。假如他是我的儿子倒合我的心意。你已经欺骗他几年了。难道不是吗?你以为我没有为他而哭?你躲在办公室里——经理正忙,不得打扰——只是为了书写骗人的信件,然后寄往俄国。但是,幸好父亲不用别人教,就能识破儿子的用意。现在你以为已经战胜了他,可以骑在他的身上了,他已动弹不得了,因为我的儿子大人已决定结婚了!"

格奥尔格仰望父亲那可怕的模样。父亲突然间对彼得堡这个朋友十分了解,因此这个朋友的情况从未像现在这样打动过格奥尔格。他看见他在辽阔的俄国处于绝望的境地。他看见他站在遭到洗劫的商店门前。他正站在一片狼藉之中,眼前是破烂的货架、撕碎的商品和倒塌的煤气管。他为什么要到那遥远的地方去呢!

"看着我!"父亲喊道,精神恍惚的格奥尔格向床前跑去,准备忍受一切,但中途又停住了。

"因为她撩起了裙子,"父亲开始温柔地说,"因为她这样撩起裙子,这个令人讨厌的傻丫头。"为了做出撩裙子的样子,他高高地撩起衬衣,大腿上可见战争年代留下的伤疤。"因为她把裙子这样地、这样地、这样地撩起来,所以你就接近她,并且毫无干扰地从她那里得到了满足,你亵渎了我们对你母亲的怀念,你背叛了你的朋友,你把父亲塞在被窝里,不让他动弹。但是他究竟能动还是不能动?"

现在他完全随意地站着,摆动着两条腿。他由于自己明察秋毫,脸上露出喜悦的神色。

格奥尔格站在角落里,尽量离父亲远些。很久以来他就决定认真地观察一切,以免背后和上方受到间接的袭击。现在他又想起了这个早已忘记了的决定,然后他又忘了这个决定,就像把一根短线穿过针眼似的。

"但是这位朋友到底没有被出卖!"父亲喊道,并摆动食指以示强调,"我是他在这里的代表。"

"真是个滑稽演员！"格奥尔格忍不住喊道，但他马上意识到这下惹祸了，赶紧咬住舌头，但太迟了，他两眼发呆，因为咬疼了舌头而弯下腰来。

"是的，我当然在表演滑稽剧！滑稽剧！说得好！还有什么能安慰一个老鳏夫呢？你说——你要是立即回答我，你还算是我活着的儿子——我还剩下什么呢？我住在后屋里，已到了风烛残年，又受到周围那些不忠实的人的迫害。我的儿子高兴地走遍世界，他的生意很容易做成，因为我已经做了准备。但是他却高兴得忘乎所以，居然板着面孔像个高贵的人那样在他父亲面前走过。你以为我没有爱过我亲生的儿子吗？"

"现在他要向前弯下身子了，"格奥尔格想，"如果他倒下去摔坏了怎么办！"这句话在他脑子里闪过。

父亲向前弯下身子，但是没有摔倒。因为格奥尔格没有像他所希望的那样走近他，所以他又站直了身子。

"你站在那里不要动，我用不着你！你在想，你还有力气走过来，只因为你不想过来才站着不动。你不要弄错了！我还比你强得多。如果我是孤身一人，也许我得退却，但是你母亲把她的力量给了我，而且我和你的朋友保持友好的关系，你的顾客的名单也在我的口袋里！"

"他连衬衣都有口袋！"格奥尔格心里想，并且相信，他要是把这些话公开出去，就会使他的父亲出丑。这个想法他只是一闪而过，因为他不断地忘记了一切。

"挽着你的未婚妻，向我走来吧！我把她从你身边赶走，你还不知道是怎么回事呢！"

格奥尔格做了一个怪相,好像他不相信父亲说的话似的。

父亲只是往格奥尔格站的角落点点头,表示他说话是算数的。

"你今天使我感到多么轻松愉快,你跑来问我,关于订婚的事是否要写信告诉你的朋友。他什么都知道,你这傻瓜,他知道一切!是我写信给他,因为你忘记把我的笔拿走。他有好几年没有来了,但是他知道一切,知道得比你清楚一百倍,他左手拿着你的信,不屑一读就揉成一团,右手拿着我的信,一读再读。"

他由于高兴,把手举到头上方挥动着。"他知道得比你清楚一千倍!"他喊道。

"一万倍!"格奥尔格说,本来是想嘲笑父亲,但话还在他嘴里就变得十分严肃了。

"这几年来我已经暗中注意,等你来提这个问题!你以为,我在关心别的事吗?你以为,我在读报纸吗?你看!"接着他把一张报纸扔给格奥尔格,这是他随便拿到床上去的。这是一张旧报纸,格奥尔格完全不知道它的名称。

"你在考虑成熟之前犹豫了很久啊!你母亲得先死,使她无法经历你的喜庆日子。你的朋友在俄国已到了穷途末路,他三年前已经贫困潦倒。至于我,你也看到了我这副样子。你是有眼睛的,当然看到我的景况!"

"原来你一直在窥伺我!"格奥尔格喊道。

父亲遗憾地顺便说:"这句话你可能早就想说了。现在这么说很不合适。"

然后他又大声地说:"现在你知道了吧,除了你还有什么,至今你只知道你自己!你本来是个无辜的孩子,但是从根本上来说,你是个卑劣的人!——因此你听着:现在我判你跳河淹死!"

格奥尔格觉得自己被驱逐出房间,父亲在他背后跌倒在床的响声还一直在他耳边缭绕。他匆匆跑下楼梯,那楼梯似乎是一块斜面,而不是台阶。在楼梯上,他出其不意地碰上正要去收拾房间的女用人。"天哪!"女用人叫喊起来,赶紧用围裙遮住自己的脸,可是他已经走远了。他跑出大门,穿过马路,朝着河边奔去。他紧紧地抓住桥上的栏杆,就像饥饿的人抓住食物一样。他在栏杆上摆动着,如同一个出色的体操运动员,他年轻时,父母还以他有此特长而自豪。他的手变得越来越无力了,但他还紧紧地抓住栏杆。他从栏杆之间望到一辆公共汽车驶过来,汽车的声音很容易盖过他跳河的声音。于是,他轻声地喊道:"亲爱的父母亲,我真的一直爱着你们。"说完他就让自己掉下河里。

这时刚好桥上车辆来往不绝。

特拉文　（1890—1969）

德国作家。其作品多取材于亲身经历，有强烈的感染力，被译成30多种文字，代表作有《死人船》《白玫瑰》和《被吊死者造反》等。

签　证[①]

有一天我想入非非，要去找我的领事。我事先也知道，这是毫无指望的。

首先我必须等一个上午。然后关门。下午也轮不到我。像我们这种人不管到哪里总得等。因为人家认为，没有钱的人至少有大量的时间。谁有钱，可以用钱做交易；谁拿不出钱，就得付出时间和耐心。因为你不顺从，或者以不受欢迎的形式显露出不耐烦的情绪，那么当官的懂得用各种方式让你付出四倍的时间。这样你就受到强加给你的时间的惩罚。

那里坐着许多必须牺牲时间的人。有几个人已经坐了几天。有几个人已经被打发走了六次，因为他们不是缺些什么，就是形式不合规定，或者是因为穿了制服。

[①] 美国船员盖尔斯在荷兰上岸度假，回船时船已提前驶离，他因无证件而屡遭驱逐，后来他流浪到巴黎。有一天他到美国领事馆去办签证。——译者注

这时进来一个身材矮小而胖得出奇的女士。肥得令人难以置信。无法描述她有多肥。在这个房间的凳子上坐着许多干瘪的人，他们在等候着。他们的后脑勺几乎碰到挂在墙上的星条旗上，旗很大，几乎覆盖着整个墙壁。这些习惯于干活、无辜而听话的人坐在房间里等候着，脸上的表情就好像此刻在每一道门后都写着他们的死亡判决。看来胖女士觉得自己受到了可耻的侮辱。她的头发乌黑、油光、鬈曲，鼻子呈明显的鹰钩形，双腿呈罗圈状。肥胖的生面团脸上镶着一对褐色的眼睛，眼珠子惊奇地滚动着，此刻好像要从眼窝里迸出来似的。身上穿着只有阔人可以买得到的贵重的衣物。她喘着气，冒着汗，在珍珠项链、黄金饰物和钻石别针的重压下，她似乎就要破裂。要是她手指上没有箍着这么多沉重的白金戒指，恐怕手指也会爆裂开来。

她刚刚打开门就嚷道："我遗失了护照。领事先生在哪里？我要马上领一本新的。"

哎，你瞧，别人也可能丢失护照。有谁料得到呢？我原来毫无恶意地认为，只有一个海员会碰到这种事。好了，好了，范妮，你会高兴的，领事先生马上会对你说新护照的事。也许叫你缝上围裙带的另一端。这位女士惹人厌烦的性格令我不快，但是我也同情她，同情她已被困在同一条苦工船上。

接待秘书马上跑过来："是的，夫人，请稍等片刻！"

他拿来一张椅子，屈身请这位女士就座，又拿来三张表格，轻声地跟女士说话，并且替她填写。那些干瘪的人都必须自己填写表格，有些人填了四五次，因为他们填得不好。但是这位女士显然不会写，而由秘书代劳，这也不过是助人为乐的一个标志吧。

表格填好后,秘书站起来,拿着表格进了一扇门,死刑判决书就在这些门后面签署。

他很快回来,半高声地很有礼貌地对肥婆说:"太太,格尔格尔格尔斯先生想见您,您现在有三张相片吗?"

肥胖的黑发女子有相片,把它递给乐于助人的秘书。然后她消失在门后,那里决定着世界的命运。

今天只有守旧的人士还相信,上天决定人的命运。这是令人悲叹的错误。美国领事馆决定人的命运,决定千百万人的命运。他们必须为共和国不受任何损害而操劳。是的,先生。

女士在那个神秘的房间没有待很久。她出来时,拉上自己的手提包拉链。拉时发出一种强烈的果断的咔嚓声。那响声尖叫着:"我的天,我们有钱自己生活,也让别人生活。"

秘书马上站起来,走到他桌子后面不远的地方,坐在那位女士刚才坐过的那把椅子上。女士只坐在椅子的边沿上,打开手提包,翻寻了一阵,取出粉盒,往脸上扑粉,开着的手提包放在桌子上。一分钟前她刚扑过粉,不知道为什么又要扑。

秘书为了寻找刚才必须散开的某张表格,用双手在整个桌面上搜索着。终于找到了。这时女士也扑完粉,拿起手提包,把粉盒放进去,再次拉上拉链,那包又像刚才那样发出很响的刺耳声。

坐在椅子上的那些瘪三没有听到这种声音。他们看上去个个都是流亡者。他们还不明白这种发咔嚓声的世界语言,因为他们没有可以发出这种响声的东西,所以他们只好坐在这长凳上,所以没有人毕恭毕敬地给他们端椅子，所以他们必须等到轮到他们的时候。

"夫人，您能不能过半个钟头再来一趟，或者我们派人把护照给您送到旅馆去？"

美国领事馆里的人彬彬有礼。

"一小时后我坐车到大门前。我已经在护照上签过字了。"

女士站起来。当她一小时后再来时，我还坐在那里。但是胖女士已经拿到护照了。

我终于可以在这里拿到护照了。这我知道。秘书用不着把它送到我的旅馆去。我自己会立即拿走。如果我又有了护照，就是又得到一条船。如果不是故乡的船，肯定是英国的，或者荷兰的、丹麦的。我至少又有了工作，又有希望在某个港口遇到一条家乡的船，那里需要一名甲板工。我不仅会油漆，也懂得擦黄铜。如果没有东西可油漆，黄铜却是擦不完的。

我的判断确实下得过早：美国领事们比他们的名声好得多。比利时警察、荷兰和法国警察对我说的关于我们领事的那些话，无非是民族嫉妒。

这一天，这一刻终于来到了，终于轮到我了，喊到了我的名字。我的那些干瘪的板凳同伴必须从另一个门进去，接受致命的打击。我是例外。我被传唤到格尔格尔格尔斯（或者不管这个人叫什么）跟前。

他是我从内心深处想见到的人，因为他懂得一个遗失护照的人的痛苦。即使全世界没有一个人帮助我，他也会帮忙的。

他帮助过那个穿金戴银的女士，现在他将又多又快地帮助我。这是个好主意,它诱使我再次碰碰运气。

领事是个身材瘦小的人,因为公事才变得干瘪的。

"请坐,"他指着写字台前面的一张椅子说,"我能为您做点儿什么呢?"

"我想有一本护照。"

"您遗失了护照?"

"不是我的护照,而是我的船员证。"

"噢,您是船员?"

从这一句开始,他的语气变了。这种新语气中混杂着明显的不信任。这语气持续了片刻,确定了我们谈话的性质。

"我失去了我的船。"

"大概喝醉了吧?"

"不是。这种毒液我一滴不沾。我是忌酒的。"

"您说,您是船员?"

"我是船员。我的船比原定的时间提早三个小时开走。它大概是随着涨潮开走的,但是,因为没有装货,也就用不着考虑涨潮的问题。"

"那么您的证件都留在船上了?"

"是的。"

"这我可料得到。您船员证的号码是多少?"

"我不知道。"

"船员证在哪里填发的?"

"这我说不准。我在近海船上干活,这些船有波士顿的、纽约的、波罗的海的、菲律宾的、海湾的,甚至西部的。我记不清船员证在哪里签发的。"

"这我可以想象。"

"人们不可能每天看他的证件。自从我有了证件,我从来没有认真看过。"

"是的。"

"船员证一直放在我的袋子里。"

"入籍了?"

"不,在国内出生的。"

"出生登记了没有?"

"我不知道,我出生时还太小。"

"原来没有登记。"

"我是说,我不知道。"

"但是我知道。"

"如果您知道,就用不着问我。"

"也许您想要一本护照?"他接着问。

"先生,我不知道您是否想要一本护照。"

"您想要一本护照,而不是我。如果要我给您一本护照,您就应该允许我向您提问题。不是吗?"

这个人说得对。这些人一贯正确。这对他们来说也是轻而易举的。首先他们制定法律,然后颁布法律,并赋予法律以生命。

"您在那边有固定的地址吗?"

"没有。我住在我的船上,如果我没有船,就住在船员之家和旅馆里。"

"原来没有固定的住处。是登记在册的俱乐部的成员吗？"

"谁，我？不是。"

"父母亲呢？"

"没有，已去世。"

"亲戚？"

"谢谢上帝，没有。假如我有亲戚，我就发誓同他们断绝关系。"

"您选举过吗？"

"没有，从来没有。"

"您也没有上选民登记册吧？"

"肯定没有。如果我上岸了，我也不会参加选举。"

他有点儿傻乎乎地呆板地注视了我一阵。整个过程他微笑着，像他在鹿特丹的同事那样玩弄着一支铅笔。要是没有铅笔，这些人会干什么呢？不过肯定会有一把尺子，或者一个吸墨器，或者电话线，或者眼镜，或者几张纸，或者折叠的表格。办公室事先已做好充分的准备，里面的人永远不会感到无聊。他工作不用动脑筋，如果他有头脑，通常他就不再是官老爷，而变成一个和蔼可亲的人。要是有一天他的手指不能摆弄列在财产清单上的用具，那它们也许就会玩墙基，在上面钻孔，墙基恐怕是拿不到的。

"我不能给您护照。"

"为什么不能？"

"根据什么？根据您的空口白话？这我不能。我从来不能这样做。我必须看出示的材料。凭什么证据签发护照，我要做出说明,您如何证明您是美国人?您如何证明我有义务在这里为您办事?"

"但是您可以听?"

"听什么?听语言?"

"当然。"

"这不能作为证明。就举法国为例吧。这里住着成千上万说法语的人,但不是法国人。这里有许多俄国人、罗马尼亚人、德国人,他们说的法语甚至比法国人还要好,还要地道。成千上万的人在这里出生,但他们不是法国公民。另一方面,在海外有几十万人几乎不会说英语,但他们毫无疑问是美国公民。"

"但我确实是在国内出生的。"

"当然您可能是美国公民。但是首先还要证明,当您成年时,您的父亲有没有为您保留您没有改变的其他国籍。"

"我的祖父母就是美国人,他们的父母也已经是美国人。"

"请您给我出示证明,说明我有责任给您签发护照,不管我愿不愿意。请您把曾祖父母或者仅仅是父母亲带到这里来。我想详细了解一下,请您给我证明,您是在那边出生的。"

"如果出生时没有登记,我怎么证明?"

"这肯定不是我的过错。"

"也许您甚至怀疑我已经出生了?"

"对。我表示怀疑。您在这里站在我的面前,这一事实对我来说并非您已经出生的证明。我必须相信这一点。我为什么必须相信您是美国人,是美国公民呢?"

"您甚至不相信我已经出生?这可是一切可能的界限。"

领事微笑着，这是他最动人的官气十足的微笑："当然我必须相信您已经出生了，因为我的眼睛看到您在这里。如果我现在给您签发护照，并且打报告向国内的政府说明理由，我写道：'我见到这个人，并且相信他是美国公民。'那我就很容易受到严厉处分。因为国内的政府不想知道，我相信什么。政府只想知道，我确切知道什么。我必须能够证明，我确切知道的事实，而我无法证明您的国籍和出生。"

有时候觉得很遗憾，我们还不是制型纸做的。因为这样可以从印章上看出，你是美国工厂造的或者是法国工厂造的或者是意大利工厂造的，这样领事就省去许多麻烦，不必将他宝贵的时间浪费在毫无结果的事情上。

领事把铅笔丢下，站起来，朝门走去，往外喊一个人的名字。秘书走进，领事对他说："您查一下。他叫什么名字？"他转向我："啊，我又想起来了，盖尔斯，对。是的，您马上查一查。"

这个人让门半开着，我看见，柜子里堆着成千上万张黄色卡片，他找出字母"G"，寻找我的名字。卡片上有被驱逐者，有不受欢迎者、和平主义者、共产主义者和著名的无政府主义者。

秘书又走回来。领事靠窗站着，眼睛往下看，这时转过身："怎么？"

"卡片上没有。"

这我事先就知道。现在我大概可以拿到护照了。不会这么快。秘书又走了，并把门关上。领事一声不吭，又在他的写字台旁坐下，看了我片刻，不知道该问什么。他的审问任务到这里似乎已经完成了。现在他站起来，离开房间。他肯定是向其他庄严的房间里的人请教去了。

我无事可做，便看着墙上的照片。所有这些面孔都是人所共知的。对于我来说，我父亲的面孔还没有这些面孔这么熟悉。华盛顿、富兰克林、杰弗逊、林肯。这些人痛恨官僚主义就像恨狗恨猫一样。"国家应该永远是自由的国家，受迫害和被追捕的人只要他有良好的愿望，都应得到帮助。""这个国家应该属于该国的居民。"

当然，也不能就这样下去直至永远。"国家应该属于该国的居民。"清教徒的良心不允许简要地说："国家属于我们，属于美国人。"因为那里本来住着印第安人，这个国家是上帝给他们的，清教徒必须尊重上帝的法律。"受迫害者和被追捕者在那里得到帮助。"如果住在那里的人全是来自世界各国的受迫害者和被追捕者那就太好了。那些受迫害者和被追捕者的邻居封锁这个被交给所有人的国家。为了封锁得严严实实，连一只老鼠也逃不出去，他们就不让自己的儿子进来，因为邻人的儿子可能化装成自己的儿子溜进来。

领事回来了，又坐下。他发现一个新的问题。

"您也可能是逃犯，或者是因为犯下了严重的罪行而被追捕的人。我要是根据您所报的姓名给您签发护照，那这本护照就会掩护您免受合法的追捕。"

"是的，是会这样的。现在我认识到，我来这里是完全没有意义的。"

"我感到十分遗憾，我不能帮助您。我的权限不足以给您签发护照或者任何一种能够证明您的合法身份的证件。您应该小心保管好船员证才是。现在护照比以往任何时候都重要,这种东西不该在这种时候丢失掉。"

"不过有一点我很想知道。"

"什么?"

"刚才这里有一位极胖的女士,戴着许多她几乎拖不动的钻石戒指,她也遗失了护照。您马上给她一本新的。总共只花了半个小时。"

"但她是纽约来的萨莉·马库斯太太,这个名字您也许听说过。一家大银行。"他打着手势强调说,好像是说,这是肯特公爵而不是被船抛弃的船员。

他肯定从我脸上的表情看出,我没有马上明白他的话,因为他又补充说:"您也许听到过这个名字吧?纽约的一家大银行?"

我仍然怀疑,并说:"但是我几乎不相信,这位女士是美国人,相反我认为她是在布加勒斯特出生的。"

"您从哪里知道的?马库斯太太虽然是在布加勒斯特出生的,但是她是美国公民。"

"她身上有公民证吗?"

"当然没有,为什么?"

"那您怎么知道她是美国公民?她还没有学会正确地说英语。"

"我不需要证明。银行家马库斯是众所周知的。马库斯太太是乘威严号的特等舱来的。"

"现在我终于明白了。我是甲板工,乘货轮待在水手舱里来的。这什么也不能证明,而大银行和特等舱可证明一切。"

"情况完全不是这样,盖尔斯先生。我已经对您说过,我不可能为您做什么。我甚至连一点点事也不可以为您做。我不可以给您发证件。我本人相信您对我说的话。但是如果警察把您送到这里来,要我们承认您,接受您,我就干脆拒不承认,否认您的国籍,我没有别的办法。"

"那我只能在异国他乡堕落下去了?"

"即使我本人愿意,我也绝对没有权力帮助您。我给您一张住旅馆的招待票,住三天,包三餐。过了这三天,您可以来取第二张,也可以取第三张。"

"不用,非常感谢。不用麻烦您。"

"给您一张到最近的大港口城市去的车票,也许对您帮助更大,在那里您也许可以找到一条挂着别国旗帜的船。"

"不用,谢谢。我希望自己能找到一条船。"

"那么——Goodbye,祝您好运!"

但这又是美国官员和其他国家官员之间的大矛盾。我走在街上,看到已过了五点。领事的办公时间是四点钟下班。但是他丝毫没有表现出不耐烦的神态,也没有让人觉得他的工作时间早已过了。

现在我才真正失去了我的船。

再见,阳光灿烂的新奥尔良。再见,祝您好运!姑娘,我在新奥尔良的亲爱的姑娘,现在你可能在等候你的情郎,你可能坐在杰克逊广场放声痛哭。你的情郎不再回来。大海吞没了他。

他能以油漆和坚强的拳头与风浪搏斗，但是不能与法律条文、铅笔和证件斗争。愿你趁早恋上他人，亲爱的。不要等待一个没有祖国的和没有出生的人，以免虚度你美妙的青春。再见！你的吻是甜蜜的、炽热的，因为我们没有取得结婚许可证。

　　分手吧，姑娘。好啊！起风了。伙计们，扬起风帆吧，把所有的碎布条都拿出来，挂上吧！

布莱希特 （1898—1956）

德国剧作家、诗人，二十世纪最富独创性的戏剧理论家和剧作家之一。他认为，戏剧必须起到教育作用，更应起到改造世界的作用。主要剧本有《大胆妈妈和她的孩子们》等，理论著作有《表演艺术新技巧》等。

奥格斯堡
灰阑记

在三十年战争①时，一个瑞士新教徒，名叫青利，在莱希河畔的自由辖市奥格斯堡开了一个很大的制革厂和一个皮革商店。他和一个奥格斯堡女子结婚，并生了一个孩子。当天主教的军队向这个城市行进时，他的朋友急迫地劝他逃跑。但是，可能是他的小家庭拖住了他，也可能是他不愿意放弃他的制革厂，总之他无法决定及时离开。

当皇家军队涌进来时，他还留在城里。晚上军队抢劫城市，他躲在院子的一个坑里，这个坑是用来放颜料的。他妻子本来要带孩子到郊区她的亲戚那里去。但是她收拾东西、衣服、首饰和被褥耽搁了太久。她突然从二楼的窗户里看到一群皇家军队冲进院子。她吓得要命，扔下一切东西，从后门逃出去。

这样孩子还留在家里。他躺在宽敞的前厅的摇篮里，正玩

---

① 1618—1648 年在欧洲大陆新教和旧教之间发生的一场战争。——译者注

着一个小木球,这个小木球是系在天花板上挂下的一根绳子上。

只有一个年轻的女用人还待在屋里。当听到从巷子里传来的嘈杂声时,她正在厨房里擦洗铜器。她跑到窗户旁,看到对面楼房里士兵把抢到的各种东西从二楼扔到街上。她跑到前厅,正想把孩子从摇篮里抱走,就听到沉重的捶打橡树房门的响声。她惊慌失措,立即飞跑到楼上去。

前厅里都是喝醉酒的士兵,他们把一切东西都打得支离破碎。他们知道,他们是在一个新教徒的家里。在搜查和抢劫时女用人安娜没有被发现,简直是个奇迹。士兵撤走了,安娜从藏身的柜子里爬出来,在前厅里找到孩子,他没有受伤害。她赶紧抱起他,向院子走去。这时已是夜里。邻近一栋燃烧着的房子的火光照亮了院子。她惊讶地看到主人不成样子的尸体,士兵把他从坑里拉出来,把他打死了。

现在女用人才明白,要是她带着新教徒的孩子在街上被捉住了,他是多么的危险。她怀着沉重的心情把孩子放回摇篮里,给他喝点儿牛奶,摇动着摇篮,让他入睡。然后动身到已婚的姐姐住的城区去。夜里十点钟左右,她在姐夫的陪同下。从正在庆祝胜利的混乱的士兵中穿过去,到郊区去找孩子的母亲青利夫人。这是一栋大房子,他们敲了敲门,过了好一阵开了一条缝。一个小个子老头,青利夫人的叔叔探出头来。安娜气喘吁吁地对他说,青利先生死了,但是孩子没有受伤害,还在家里。老头用冷冰冰的目光看着她,说,他的侄女已不在这儿,他自己与这个新教徒的小崽子也没有什么关系。说完他又把门关上。离开时安娜的姐夫看到,一个窗户的窗帘在动,他相信,青利夫人在那儿。她似乎不为不认自己的孩子而感到羞耻。

安娜和她的姐夫并排默默地走了一阵。然后她对他说,她想回制革厂,把孩子抱出来。她的姐夫是个冷静、正派的人,他吃惊地听她说,试图劝她放弃这个危险的念头。她与这些人有什么关系呢?他们从来都没有好好地待过她。

安娜静静地听他说,答应他不会做出什么不理智的事来。但是她无论如何要尽快回制革厂,看看孩子是否还缺少什么。她要单独回去。

她坚持要走,姐夫只好让她单独去了。在被毁坏的前厅中间,孩子安静地躺在摇篮里睡着了。安娜困倦地坐在孩子旁边,注视着他,她不敢点灯,但是邻近那栋房子还在燃烧,她借着火光可以看清孩子。他的小脖子上长着一个小小的黑痣。

女用人看了一些时间,也许有一个小时吧,她看着孩子怎样呼吸,怎样吮他的小手。她意识到,她坐得太久,看得太多,再也无法扔下孩子走开了。她迟钝地站起来,动作缓慢地用亚麻被把孩子包好,把他抱在胳膊上。她胆怯地看看四周,像干了亏心事的人,像小偷似的抱着孩子离开了大院。

安娜和姐姐、姐夫商量了很长时间,两周后她带孩子到乡下大艾廷村她哥哥住的地方去,她哥哥是农民。农院属于他妻子的,他是入赘到她家的。安娜和姐姐谈妥了,她也许只告诉哥哥,这个孩子是谁,因为他们从来没见过这个年轻的农妇,也不知道她会怎样接待一个这样危险的小客人。

将近中午,安娜到达村里。她的哥哥、嫂子和用人正在吃午饭。她受到的接待并不差,但是望了一眼新的嫂子,促使她马上对他们说,这是她自己的孩子。她说,她的丈夫在一个很远的村子的磨坊里干活,几周后她带孩子到那里去。她说完后,那位农妇才开朗起来,孩子也受到适当的称赞。

下午她陪她的哥哥到小丛林去捡柴。他们在树墩上坐下,安娜对他说明了事情的真相。她可以看出,他的处境不好。他在这个家里的地位还不巩固。他非常称赞安娜,对他妻子守口如瓶。很清楚,他相信自己年轻的妻子对这个新教徒的孩子不会采取特别慷慨的态度。他希望继续隐瞒真情。

要隐瞒很久不容易。

在收成时,安娜也一起干活。别人休息时她总是从地里跑回家去照看"她的"孩子。小家伙在成长,变胖了,他一见到安娜就笑,并用力地想抬起头来。但是接着冬天来了,嫂子开始探询安娜丈夫的事。

安娜待在农家,这没什么可说的,她能帮忙干活。不利的是,邻居对安娜孩子的父亲感到奇怪,因为他从来不来看望孩子。如果安娜不能让大家看到孩子的父亲,村子里的人不久就会议论纷纷。

一个星期天早上,安娜的哥哥把车套好,大声叫安娜一起去邻村牵一头小牛。在车辆发出嘎啦嘎啦声的路上,他告诉她,他替她找一个丈夫,现在已经找到了。他是个雇工,得了重病,快要死了。当安娜和她的哥哥站在低矮的茅屋里时,他躺在油污的床上,脑袋无力,几乎无法抬起头来。

他同意和安娜结婚。床头站着一位黄皮肤的老人,这是他的母亲。她说为安娜做了一件好事,应得到一笔报酬。

只用十分钟就谈妥了事情。安娜和她的哥哥又能继续赶路,去买小牛。婚礼就在本星期末举行。牧师咕哝了几句婚礼上的套话,那个病人目光呆滞,一次也没有看安娜。她的哥哥毫不怀疑,他们几天后就可以拿到死亡证书。然后可说安娜的丈夫,孩子的父亲在来她这里的途中,在奥格斯堡附近的一个村里死了。如果寡妇留在她哥的家里,就没有人感到惊讶了。

婚礼后——这次婚礼很奇特,没有教堂的钟声,没有铜管乐曲,没有伴娘,也没有客人——安娜高兴地回家去。她在厨房里吃了一片涂油的面包当作婚宴。然后她和哥哥一起走到木箱前,孩子躺在里面,现在他有名字了。她把被子盖好,对哥哥笑了笑。

但是死亡证书一直没有来。

到了第二周、第三周,老妇人那里还是没有消息来。安娜已经对家里人说了,她的丈夫正在来她这里的路上。现在要是有人问她,她丈夫在哪里,她就说,也许雪深路难行。但是又过了三周。她的哥哥很不安,就驾车到奥格斯堡附近的那个村子里去。

他深夜才回来。安娜还没睡,她听到院子里有车子的响声,就向门口跑去。她看到,哥哥慢慢地卸车,她的心紧缩了。

他带回不好的消息。他说,他走进茅屋时,发现那个本来快要死的人坐在桌旁吃晚饭,他穿着衬衣,嘴塞得满满地咀嚼着。他又完全恢复了健康。

哥哥继续说时,没有看安娜一眼。那个雇工——名叫奥特尔——和他的母亲似乎对这个转变也感到惊讶,也许还没有决定应该怎样做。奥特尔给人不坏的印象。他很少说话,但是当他的母亲埋怨说,他为一个不受欢迎的女人和一个别人的孩子操劳时,他制止母亲不要说,他说话时慢慢地嚼着乳酪。当他哥哥走时,他还在吃。

随后几天,安娜很忧愁。她在做家务之间,还教孩子走路。当孩子放下纺纱杆,张开两只小胳膊,摇晃着向她走来时,她抑制住抽泣。当她接住孩子时,把他紧紧抱住。

又一次她问哥哥,他是个怎样的人?那次她见到他时,他正病危躺在床上,又是在晚上,烛光微弱。现在她得知,她的丈夫五十多岁,劳累过度,像其他雇工一样艰辛。

过不久她见到了他。一个小贩神秘地转告她,"某个熟人"想在某日某时,在某个村子附近——转向兰茨堡市的路口——见她。这样这对夫妇就在两个村子之间,在白雪茫茫的广阔田野上相见了,就像古代两员战将在战役中相遇一样。

安娜不喜欢这个人。

他灰色的牙齿很小。他从头到脚看着她,虽然她穿着一件很厚的羊皮大衣,没什么好看的。然后他还使用了"结婚圣礼"这类词。她简单地对他说,这一切她还要考虑一下,要他托一个路过大泰廷村的小贩或者屠夫转告他的嫂子,说他现在快要来了,只是在路上生病了。

奥特尔慢慢地点点头。他比她高一个头,说话时总是望着她脖子的左边,这使她很生气。

但是消息一直没有送来。安娜想,干脆带着孩子离开嫂子,到远远的南方去,到开普敦或者宗特霍芬去找一份工,只是传说路上不安全，又是严冬时节，于是又留下不走。

但是现在留在嫂嫂家里很难。嫂子在吃午饭时当着所有雇工的面，对安娜的丈夫提出疑问。有一次，嫂子甚至以假同情看着孩子，大声地说"可怜虫"。于是安娜决定走，但是这时孩子病了。

孩子躺在箱子里，满脸通红，目光无神，显得很不安宁。安娜整夜没睡守着他，既担心又怀着希望。当孩子的健康正在好起来时，又会微笑时，一天上午有人敲门，奥特尔走了进来。

房间里除了安娜和孩子没有别人，因此她不用装样子，她很惊讶，也装不出来。他们默默地站了好一阵，然后奥特尔说，他把事情考虑好了，于是来接她。他又提到结婚圣礼。

安娜生气了。她用压低的声音坚定地对他说，她没有想过和他一起生活，她只是为了孩子才结婚，他除了把他的姓给她和她的孩子外，她不想从他那里得到什么。

孩子躺在箱子里，嘴里叽里咕噜地嚷着。当安娜说到孩子时，奥特尔只是往箱子那边瞥了一眼，但没有走过去。这使安娜对他很反感。

他说了几句客套话，她应该把这一切再考虑一下，他穷得连饭都吃不饱，他的母亲只能睡在厨房里。过了一会儿，嫂子进来了，她好奇地问候他，请他吃午饭。他已经坐在桌上，才对安娜的哥随便地点点头，没有装作他不认识他，也没有泄露他认识他。他只是简单地回答嫂子的问题，连目光也没有从盘子上抬起过。他说，他在梅林找到一份工，安娜可以搬到他那里去。但是他没有说要马上搬过去。

下午他避开安娜的哥哥，自己到房子后面去劈柴，并没有人要他这样做。吃晚饭时他又是默不作声。饭后嫂子亲自把被子送到安娜的房间，以便他能够在那里过夜。但是他却奇怪地慢慢站起来，喃喃地说，今天晚上他要赶回去。走之前他用发呆的目光望着孩子睡的箱子，也没有去摸摸他。

当天夜里，安娜病了，发高烧，并且持续了好几周。大部分时间她都是冷漠地躺在床上，只有几次接近中午时，烧退了一些，她才爬到孩子睡的箱子旁边，替他把被子盖好。

在她生病的第四周，奥特尔赶来一趟马车停在院子里，他来接安娜和孩子。她默默地跟着走了。

她的健康恢复得很慢，这也不奇怪，在雇工的茅屋里只能喝些稀汤。但是有一天早晨，她看到孩子很脏，就果断地站起来。

小家伙甜蜜地对她微笑，她的哥哥曾说，这孩子的微笑是她给的。他长大了，很快地在房间里爬来爬去，他摔倒脸向下时，就会拍拍手，叫喊几声。她在木桶里给孩子洗干净，又获得了信心。

几天后，她无法在茅屋里再生活下去了。她用几条床单把孩子包好，带上一个面包和一点儿乳酪出走了。

她计划到宗特霍芬去，但是没走多远。她的脚软弱无力。路上的雪在融化。由于战争，村里的人变得很多疑，而且吝啬。在她漂泊的第三天，她的脚踩到坑里，扭伤了。几个小时后——在这段时间里她一直为孩子担忧——她才被送到一个院子去，躺在牲口棚里。小家伙在牛腿之间爬来爬去，当她害怕得叫喊起来时,他只是笑笑。最后她只好对院子里的人说出她丈夫的名字,他又把她接回梅林。

从这时起她不再想逃跑,而是听天由命。她艰苦地干活。要从这块小小的地里收获点儿东西,来维持可怜的日子,真不容易。但是她丈夫对她还可以,孩子也能吃饱。她的哥哥有时也会来,并送来一些东西。有一次,她甚至让人给孩子染了一件红色的衣服,她想,这肯定很适合染匠的孩子。

随着时间的流逝,她变得很满足,在教育孩子中,她也得到许多乐趣。就这样又过了几年。

但是,有一天她到村里去取糖浆,回来时发现孩子不在茅屋里。她的丈夫告诉她,有个衣着讲究的女人坐着马车来,把孩子接走了。她吃了一惊,摇摇晃晃地撞到墙上。当天晚上她带了点儿吃的东西,就出发到奥格斯堡去了。

在这个帝国城市里,她首先去了制革厂。人家不让她进去,因此她没有见到孩子。

姐姐和姐夫想安慰她,但也没有用。她跑到官府,大声叫喊,说有人偷了她的孩子。她甚至暗示,是新教徒偷了她的孩子。后来她才知道,现在时代不同了,天主教徒和基督教徒之间已经订立了和约。

如果不是一个特别幸运的情况帮助了她,她就不会取得什么效果。她的案子让一位法官去办,这位法官是个很特殊的人。

这位法官名叫伊格纳茨·多林格尔。他由于粗鲁和博学而闻名于整个施瓦本地区。巴伐利亚的选侯——多林格尔法官为自由帝国城市的事曾经与这位选侯打过官司——称多林格尔是"会拉丁文的农民",而普通老百姓却用长篇歌谣赞颂他。

在姐姐和姐夫的陪同下,安娜来到多林格尔法官那里。这位法官年事已高,个子矮小,胖乎乎的。他坐在一间没有摆设的小屋里,周围堆满牛皮纸。他只是简短地听了安娜的诉说,然后在纸上写了一些东西,就喊道:"站到那边去,快!"他挥着短小而粗笨的手叫安娜站到房间的一个地方去,阳光透过狭小的窗户刚好照到那里。他仔细地看了她几分钟,然后叹了一口气,示意她离去。

第二天他让法警把她叫来。她才走到门槛,他就朝着她喊道:"你为什么不说,这事关系到制革厂和一所漂亮的住宅?"安娜固执地说,她只要孩子。

"你不要以为可以得到制革厂,"法官喊道,"如果这个崽子真的是你的,那么房地产就归于青利的亲戚。"

安娜没有看他就点点头。然后她说:"孩子不需要这个制革厂。"

"孩子是你的吗?"

"是的,"她轻声地说,"我只要能养到他会说话为止,现在他才会数到七。"

法官咳了一声,他在整理桌上的羊皮纸。然后他比较平静但还是生气地说:"你要这个小家伙,那个穿五条丝绸裙子的婆娘也要他。但孩子需要真正的母亲。"

"是的。"安娜说,并望着法官。

"走吧,"法官喊道,"星期六由我审判。"

星期六,在主要大街,在市政厅前的广场,到处都是黑压压的人群。他们都想旁听有关新教徒孩子的案件的审判。这个特别的案子一开始就引起很大的轰动。在住宅里，在饭店里，人们在争论谁是真正的母亲，谁是假的母亲。而且老多林格尔审案通俗，善于运用尖刻的语言和明智的格言，因此远近闻名。他审理案件比街道卖唱和教堂落成典礼还更受欢迎。

在市政厅前不仅聚集着许多奥格斯堡人，而且还有不少附近的农民。星期五是集市日，他们在城里过夜等候旁听审判。多林格尔法官在一个大厅——所谓的金厅——里进行审讯。偌大的大厅没有柱子，这在德国是唯一的，因而闻名全国。屋顶是用链子系在屋脊上的。

多林格尔法官坐在墙壁一侧的已上锁的铁门前，胖胖的，像一座小肉山似的。一根普通的绳子把听众分开。法官坐在平地上，面前没有桌子。几年前他自己采用这种布置，他很重视这种布置。

用绳子隔开的地方站着青利夫人和她的父母，专程从瑞士赶来的已故的青利先生的亲戚——这两个男人衣着漂亮，威风凛凛，看上去像地位优越的商人——以及安娜·奥特尔和她的姐姐。青利夫人旁边有个保姆带着孩子。

当事人和证人都站着。多林格尔法官说，如果参加者都站着，审判就可以简短些。但是他让他们站着，也许只是为了让他们遮住他，这样他们就要踮起脚尖，伸长脖子，才能见到他。

审判开始时发生了一点儿事。当安娜看见孩子时，就喊起来，并走过去，孩子也要安娜，拼命地在保姆怀里踢脚，并开始哭喊起来。法官让人把孩子带出大厅。

然后他传唤青利夫人。

她走过来，裙子发出沙沙的响声，她叙述着，有时用小手绢在眼角扇扇风。她说，皇家士兵在抢劫时从她手里夺走孩子。当天夜里，用人来过她父亲的家，说孩子还在家里，她可能想得到一点儿小费。她父亲的一个女厨师被派到制革厂去，但没有发现孩子。她认为，有人（她指着安娜）抢走了孩子，以便勒索一笔钱。要不是事先从她那里把孩子要回来，她也许迟早会提出这样的要求。

多林格尔法官传唤青利先生的两位亲戚。问他们，他们当时是否打听过青利先生的下落，青利夫人对他们讲了些什么。

他们供述，青利夫人告诉过他们，她的丈夫被打死了，她把孩子托付给用人照管，孩子在那里会得到很好的保护。他们谈到她的态度很不友好，这也没什么奇怪，如果青利夫人败诉，那么房地产就归他们了。

他们供述后，法官又转向青利夫人，想从她那里知道，当时在士兵冲进来时她是否失去理智，丢下孩子不管。

青利夫人用淡蓝的眼睛惊奇地看着他，受委屈地说，她没有丢下孩子不管。

多林格尔法官清了清嗓子，风趣地问她是否相信，没有一个母亲会把自己的孩子丢下不管。

是的，她相信这点，她坚定地回答。

法官继续问，她是否认为，一个母亲要是这样做了，该不该打屁股，不管她穿了多少条裙子。

青利夫人没有回答，法官传以前的用人安娜。她很快地向前走来，轻声地把她在预审时说过的话复述一遍。但是她说的时候，好像同时在倾听，有时还往大门看看，刚才他们就是把孩子带到这个门后面去的，她似乎担心孩子还在哭喊。

她供述，那天晚上她去过青利夫人叔叔的家，但是后来没有回制革厂，她害怕皇家军队，又担心自己的私生子——这孩子当时放在邻村雷希豪生的善良人那里。

老多林格尔粗暴地打断她的话，急促地说，那么当时在城里至少有一个人感到害怕。能确定这点，他感到高兴，因为这证明，当时至少有一个人还有一些理智。当然，证人这样做也不好，她只关心自己的孩子。但是用民间习惯用语来说，血浓于水，一个正派的母亲为了自己的孩子也会去偷，但是法律严禁这样做，因为私有财产就是私有财产，谁偷东西谁也会撒谎，法律同样禁止撒谎。然后他明智而粗暴地把那些欺骗法庭、弄得满脸通红的人的奸诈行为训斥了一番。他又讲了一些与本案无关的离题话——有些农民在无辜的牛的奶里掺水，市政府参事会向农民征收过高的集市税——然后宣布，证人供述结束，没有任何结论。

他休息了很长时间，显出束手无策的样子，向四周看看，好像在等待从人群的哪个方向传来一个建议：怎样才能结束本案。

人们惊讶地面面相觑，有些人伸长脖子，想望一眼不知所措的法官。但是，大厅里一片寂静，人们只能听到从大街那边传来的嘈杂声响。

然后法官叹叹气又说话了。

"现在无法确定谁是真正的母亲，"他说，"这个孩子令人惋惜。大家已经听过，有些父亲逃避责任，不想当父亲，这些人是无赖！但是这里同时来了两个母亲，法庭已经给她们应有的时间，也就是每人五分钟，听取了她们的供述。法庭确信，两个人都是谎话连篇。但是，如刚才所说，要为孩子着想，孩子要有一个母亲。不能只说空话，必须确定谁是孩子的真正母亲。"

他大声地叫来法警，命令他去取一支粉笔。

法警去了，拿来了一支粉笔。

"用粉笔在地上画一个圆圈，里面能站三个人。"法官向他指示说。

法警跪下来，按要求用粉笔画了一个圆圈。

"现在把孩子带进来。"法官命令道。

孩子带进来了。他又开始哭喊，并要找安娜。老多林格尔不理他哭闹，只是大声地继续讲话。

"现在要做的这个试验，"他宣布，"是我在一本古书中找到的，这试验很好。用粉笔圈做试验的基本思想很简单：从对孩子的母爱中识别真正的母亲。也就是说，这种爱的强度可以被检验出来。法警，把孩子带到粉笔圈里。"

法警从保姆手里把哭喊的孩子接过来，并把他带到粉笔圈里。法官转向青利夫人和安娜，继续说：

"你们也站到粉笔圈里去，每个人抓住孩子的一只手，当我说'开始'时，你们用力把孩子从圈子里拉出去。你们谁爱得更强烈，就会用更大的力气去拉，把孩子拉到自己这边来。"

大厅里骚动起来了。观众踮起脚尖，并与站在他们前面的人发生争执。

当两个女人走进圈子,各自抓住孩子的一只手时,大厅里又变得一片寂静。孩子也不出声了,似乎猜到是怎么回事。他抬起泪珠滚滚的脸望着安娜。然后法官命令说:"开始!"

青利夫人猛一拉,就把孩子从粉笔圈里拉出去了。安娜心神不安地难以置信地看着孩子被拉出去。如果两个人抓住孩子两只胳膊,同时往两个方向拉,她担心会伤了孩子,于是马上就放手了。

老多林格尔站了起来。"这样我们就知道了,"他大声地说,"谁是真正的母亲。把孩子从那个贱妇那里抱走。她那冷酷的心会把孩子撕成碎片。"然后他向安娜点点头,很快地走出大厅,去吃早餐了。

在后来的几周里,近邻那些脑袋不笨的农民说,法官把孩子判给梅林来的女人时,向她眨了眨眼睛。